Le seigneur arrogant

Du même auteur
aux Éditions J'ai lu

Prince de cœur, *J'ai lu* 3757
Le guerrier de minuit, *J'ai lu* 4217
Sans pitié, *J'ai lu* 4551
L'esclave du désert, *J'ai lu* 4815

Iris Johansen

Le seigneur arrogant

Traduit de l'américain
par Tania Jones

J'AI LU

Titre original :

THE MAGNIFICENT ROGUE
Bantam Books,
a division of Bantam Doubleday Dell Publishing Group, Inc.

1

29 janvier 1587,
Sheffield, Angleterre

La sirène !

Kate se dressa dans son lit, la peur au ventre. Avait-elle crié dans son cauchemar ? Si oui, ils n'allaient certainement pas tarder. Essuyant ses larmes d'un revers de main, Kate fixa anxieusement la porte, guettant le moindre bruit.

Rien. Peut-être n'avait-elle pas crié, après tout. Peut-être même dormaient-ils encore ? Elle souhaita que Dieu, dans sa clémence,...

Des pas résonnèrent soudain dans le corridor. Kate ferma les yeux. Elle ne leur montrerait pas qu'elle avait peur, ils seraient trop contents ! D'ailleurs, sa frayeur, ils s'en servaient comme d'une arme. Ils avaient beau s'en défendre, ce cauchemar, toujours le même, apportait de l'eau à leur moulin.

— Ah, mon enfant ! Encore ce rêve ?

Rouvrant les yeux, Kate vit Sebastian Landfield sur le seuil, un bougeoir à la main. La chandelle l'éclairait d'une lumière blafarde. Ses cheveux blancs formaient un halo autour de son visage ridé. Il paraissait très frêle dans sa robe de chambre grise.

— J'ai prié pour que ce cauchemar ne vienne plus hanter ton sommeil, Kate. Si tu savais combien j'ai mal de te voir souffrir !

— Je ne souffre pas.

Elle le défiait, il le lui ferait payer, mais Kate n'avait pas pu résister.

Sebastian s'approcha et posa son bougeoir en étain sur la table de chevet.

— Comment peux-tu dire une chose pareille, Kate ? Nous savons tous que tu souffres, et ça nous réveille !

Il caressa une boucle qui lui retombait sur le front.

— Tu as perdu ton bonnet de nuit !

Kate détestait ce bonnet, et elle l'avait délibérément laissé sur la table de chevet avant de se coucher.

— Il n'est même pas froissé, insista Sebastian, l'œil soupçonneux. Mais enfin, tu ne m'aurais pas désobéi, n'est-ce pas ? Tu es si sage ces temps-ci !

Kate s'empressa de changer de sujet.

— Je suis désolée de vous avoir dérangé, je ne voulais pas…

— Ce n'est rien… la coupa-t-il. Bien que Martha n'ait guère apprécié d'être arrachée à son sommeil.

Tout en parlant, le vieil homme laissa glisser ses doigts sur le visage de la jeune fille. Kate se sentit fort mal à l'aise. Si seulement il pouvait s'en aller ! Depuis quelque temps, elle avait droit à ce genre d'attouchements déplaisants.

— Je lui présenterai mes excuses, dit-elle en détournant la tête. Où est-elle ?

— Tu t'en doutes bien, répondit-il tristement. J'ai été obligé de l'envoyer le chercher. Elle sera là d'un instant à l'autre.

Kate frémit, imaginant le sourire satisfait de la femme du pasteur lorsqu'elle apparaîtrait avec le fouet…

— Martha estime que tu n'as plus l'âge de faire ce genre de rêve, reprit Sebastian. Elle dit que tu fais semblant, que tu nous réveilles par simple méchanceté.

Comme Kate le fixait d'un air ébahi, il s'empressa de poursuivre :

— Moi, je sais bien que non. Mais Martha n'est pas toujours très perspicace. Et puis, seize ans, ce n'est pas bien vieux, dit-il d'un ton doucereux. Nous avons encore tout le temps de te discipliner. Et maintenant, dis-moi : pour quelle raison, à ton avis, as-tu encore fait ce rêve ?

Kate ne répondit pas.

— Tu te tais ? La réserve est une vertu. Pourtant je ne pense pas qu'elle soit la cause de ton silence. Raconte-moi ton rêve. Est-ce toujours le même ?

Comme s'il ne le savait pas ! Que de fois Kate n'avait-elle pas regretté de s'être confiée à lui ! Mais elle n'était qu'une enfant lorsque le cauchemar de la sirène avait commencé. Comment aurait-elle pu deviner que Sebastian en userait à ses dépens ?

— Raconte-moi, insista-t-il doucement. Tu sais que c'est pour ton bien, alors confesse ton péché, mon enfant.

Elle pourrait mentir. Non, elle n'avait pas rêvé de la sirène ! Il la croirait sans difficulté. Qu'importe, elle n'avait pas envie de cacher la vérité !

— Vous vous trompez ! lança-t-elle avec colère. Je n'ai pas péché ! C'était seulement un rêve, et rêver n'est pas une faute !

— Ah, nous y voilà ! Tes yeux me lancent des éclairs de colère. Tous mes efforts seraient-ils donc vains ? Tu fais semblant de te montrer docile mais à la première occasion tu me défies !

— Je me défends seulement !

La croyait-il incapable de faire la distinction ? Un péché, c'était l'envie qui lui prenait, comme en cet instant, de lui arracher ses derniers cheveux !... Ou la rage que lui inspirait Martha, avec sa langue de vipère !

— Je t'ai déjà expliqué, Kate. Pourquoi ne veux-tu pas comprendre ? Tu sais fort bien que tes origines font de toi une pécheresse. Comment en serait-il autrement, dis-moi ? Tu es le fruit de l'union de deux dépravés ! Ton salut ne peut venir que de moi. Alors, avoue, tu rêvais encore de la sirène, n'est-ce pas ?

— Oui, confessa Kate, vaincue par le fanatisme du vieil homme.

— Très bien, fit-il sans pouvoir cacher son soulagement. Voyons donc maintenant ce qui a déclenché ce rêve. Qu'as-tu fait aujourd'hui ?

— J'ai étudié avec le professeur et j'ai aidé Mme Landfield à fabriquer des bougies.

— Est-ce tout ?

Kate hésita une seconde.

— Mon travail terminé, je suis allée me promener avec Caird.

— Ah, au village ?

— Non, en forêt.

La verdure, les parfums qui montaient de la terre mouillée l'avaient tellement revigorée ! Kate gardait de sa randonnée un souvenir apaisant. Rien à voir avec un péché !

— Ne mens pas. Tu n'as parlé à personne ?

— Personne.

Sebastian continuait à la fixer d'un œil méfiant. A bout de nerfs, Kate explosa :

— A personne, je vous dis ! De toute manière, même si je m'étais rendue au village, vous savez bien que nul ne m'y adresse plus la parole depuis que vous…

— Alors, c'est ta promenade à cheval, la coupa Sebastian. Quand on t'a permis d'apprendre à monter, je n'étais pas d'accord. La liberté ne vaut rien à une fille dépourvue de sagesse comme toi. Elle ne peut qu'encourager toutes sortes de…

Kate ne le laissa pas terminer. Une peur soudaine s'empara d'elle. Et si Sebastian lui enlevait Caird ? Non, pas cela !

— Non ! cria-t-elle presque. La Dame a dit que je pouvais monter ! Elle veut que je sois bonne cavalière, c'est vous-même qui me l'avez rapporté.

— Allons, du calme ! Tu vois bien, si on te cède, tu deviens insolente.

— Encore en train de faire des siennes ? demanda soudain Martha en pénétrant dans la pièce. Ne t'avais-je pas prévenu que son caractère ne pouvait que s'altérer ?

Elle tendit un petit fouet à son mari.

— Si tu me laissais faire, elle marcherait droit.

— Combien de fois faudra-t-il que je te le répète ? répliqua Sebastian. C'est à moi seul qu'incombe cette tâche. Retourne donc te coucher.

Martha le regarda d'un air étonné.

— Tu ne veux pas que je reste ?

— Retourne te coucher, répéta-t-il.

Kate fut pour le moins aussi surprise qu'elle. Habituellement, Martha Landfield assistait au châtiment rituel, savourant avec une évidente satisfaction les souffrances de la jeune fille.

— Pourquoi ? s'insurgea-t-elle. Je veux rester.

— Je me rends compte que tu aimes trop la voir souffrir. Or, ce n'est pas pour notre plaisir que nous lui donnons le fouet mais pour purifier son âme.

— Je sais bien pourquoi tu tentes de m'évincer ! Je ne suis pas aveugle, je vois de quel œil tu la regardes depuis quelque temps ! D'abord, je ne voulais pas le croire, mais tu es...

Martha s'interrompit, réduite au silence par l'expression de son mari. Kate connaissait bien cette lueur dangereuse dans les yeux de Sebastian.

— Qu'est-ce que je suis ? gronda-t-il d'une voix sourde.

— Non, rien, je n'ai rien dit, lança-t-elle très vite en se précipitant hors de la pièce.

Sebastian se tourna vers Kate.

— Lève-toi.

L'intervention de Martha lui avait peut-être fait oublier Caird, espéra la jeune fille. Elle voulut s'en assurer tout de suite.

— C'est juste un rêve, chuchota Kate.

— Le rêve est un péché. Ne vois-tu donc pas qu'il te mène tout droit à la désobéissance ? Mets-toi en place.

Kate se leva pour gagner le tabouret au milieu de la pièce. Le châtiment serait bref, car la faute était bénigne. Et Sebastian veillerait, cette fois encore, à ne laisser aucune marque. Evidemment, elle pourrait se repentir pour échapper au fouet. Non ; plutôt souffrir que de perdre sa dignité ! Elle s'y risquerait bien, malgré tout, ne fût-ce que pour sauver Caird ! En implorant sur le ton juste, peut-être arriverait-elle à épargner non seulement son cheval mais aussi les quelques instants de liberté qu'on lui octroyait ?

— Dénude ton dos.

Kate fit prestement glisser sa chemise de nuit sur ses épaules et la laissa retomber jusqu'à sa taille, puis elle s'agenouilla près du tabouret. Les bras en croix, comme Sebastian le lui avait enseigné lorsqu'elle était petite, Kate attendit.

Cependant rien ne vint. Hasardant un coup d'œil derrière elle, Kate aperçut Sebastian qui l'observait curieusement, le fouet à la main. Mais pourquoi donc avait-il le visage en feu ? se demanda la jeune fille.

— Avec quelle facilité te déshabilles-tu ! maugréa-t-il. N'as-tu pas honte ? Est-ce de cela que tu rêves ?

— Pas du tout, et je vous l'ai dit ! se défendit Kate, stupéfaite.

Qu'attendait-il donc ? Elle avait hâte qu'il en finisse !

— Vous m'avez ordonné de me préparer, j'ai simplement obéi, ajouta-t-elle en contenant son exaspération.

— Tu t'es dévêtue sans plus de manières !

Sebastian ne pouvait détacher ses yeux de la délicate chute de reins. Et il reprit d'une voix plus rauque :

— Je te vois bien faire la coquette depuis quelque temps. Je redoutais cela, d'ailleurs. Bon sang ne saurait mentir ! Il faut que tu essaies de séduire tous les hommes qui t'approchent !

— Non !

— Si ! insista-t-il. Je t'ai vue regarder les hommes, les yeux mi-clos entre tes longs cils, je t'ai vue leur sourire avec ta bouche sensuelle de petite catin ! Je connais bien ce sourire. C'était le sien quand elle traversait le village ; je le sais, je l'ai observée pendant près de vingt ans !

— Je ne suis pas ma mère ! protesta Kate. Et je n'ai

l'intention de séduire personne, je le jure ! Je veux juste qu'on me laisse en paix. Je vous en prie, fouettez-moi et finissons-en !

— Il te tarde de retourner dans ton lit faire tes rêves lubriques, pas vrai ? Eh bien, il est de mon devoir de t'en empêcher ce soir au moins !

Les lanières de cuir brûlèrent la peau de Kate mais elle se mordit les lèvres pour ne pas crier.

— Dès demain, nous allons te débarrasser de ce maudit étalon, grinça Sebastian en assenant le coup de fouet suivant.

— Non ! hurla Kate.

Le troisième coup tomba, puis les suivants. Kate ne les comptait pas, elle essayait de réfléchir malgré la douleur. Et la lumière jaillit. La Dame ! Sebastian craignait sa colère plus que tout au monde.

— La Dame sera certainement furieuse.

— La sagesse recommande de ne pas tout lui dire. C'est un vieux cheval, il va s'écrouler et mourir. Et nous omettrons tout bonnement de t'en fournir un autre.

— Vous allez le tuer ?

— Qu'est-ce que la vie d'un animal comparée au salut d'une âme ? J'aurais dû me débarrasser de ce cheval quand tu as fait cette fugue, il y a trois mois.

Et il frappa de plus belle, encore et encore… Avec une fureur jamais atteinte jusque-là. Kate était au bord de l'évanouissement lorsque Sebastian la souleva pour la déposer sur son lit, avec d'infinies précautions.

— A présent tu vas bien dormir, murmura-t-il. Pourtant tu n'aurais pas dû m'obliger à t'infliger une correction aussi sévère.

— Je vous en prie… pas Caird…

— Nous reparlerons du cheval demain, dit-il en la bordant. Et tu comprendras que je ne prends cette décision que pour ton bien.

Certainement pas ! songea farouchement Kate en serrant les poings sous sa couverture. Elle aimait

Caird, il était ce qu'elle avait de plus cher au monde. Et elle ne laisserait personne lui faire du mal!

Sebastian Landfield prit son bougeoir et gagna la porte.

— Bonne nuit, Katherine.

Il était à peine dehors que Kate sortit de son lit en titubant.

Elle ne le laisserait pas tuer Caird. Non, pas Caird...

Palais de Greenwich

— Robert le Noir... murmura la reine. C'est lui que vous avez capturé, Percy, en êtes-vous bien sûr?

— Tout à fait certain, Majesté, répondit Percy Montgrave. J'ai aussi un blessé pour en témoigner. Le comte de Craighdhu attend votre bon plaisir dans la Tour.

— Parfait. Mais vous avez pris votre temps! Je vous ai dit il y a six mois que je voulais cet homme.

Elle jeta un regard vers le document posé sur sa table.

— C'est presque trop tard désormais...

Percy Montgrave parut surpris. Toute la cour savait Elizabeth perturbée par le contenu de cet ordre. Mais quel rapport avec le comte de Craighdhu?

— Il n'est guère obligeant, Majesté. Je me suis même demandé s'il n'allait pas se faire prendre par les Espagnols avant son retour en Ecosse.

— Il est trop malin pour tomber entre leurs mains. Où l'avez-vous capturé, à Craighdhu?

— Non, à Edimbourg. Impossible, à Craighdhu. Les hommes de son clan auraient vu d'un mauvais œil leur chef aux fers. Votre parent, le roi James, a, lui, fermé les yeux. Pas mécontent, même, je crois, que je lui ôte cette épine du pied.

— Craighdhu est donc si bien défendu que nul ne puisse l'attaquer?

— A l'exception du roi d'Espagne, Philippe II,

peut-être, avec l'Invincible Armada qu'il est en train de construire pour venir défier Votre Majesté! fit Montgrave avec une pointe d'humour.

— A ce point...? murmura la souveraine. Pas la moindre faille?

— Craighdhu est une île au large des côtes ouest de l'Ecosse. On m'a dit que sa terre montagneuse est aride et noyée dans les brumes. Quant au château, c'est une vraie forteresse. Un seul port y donne accès et il est très bien gardé.

Percy Montgrave marqua une pause avant de demander:

— Si vous me permettez, Majesté, en quoi tout cela nous concerne-t-il?

Elizabeth parut ne pas entendre sa question.

— Quel genre d'homme est-ce, Percy?

— Redoutable.

— Ce n'est pas un problème pour moi, fit la reine avec un soupçon d'impatience. Un homme digne de ce nom se doit d'avoir un côté dangereux. Qu'avez-vous d'autre à me dire à son sujet?

Que voulait-elle donc de plus? Un an auparavant, il lui avait fourni le rapport détaillé qu'elle avait exigé. Depuis plus de trois ans, elle lui avait confié la délicate mission d'établir ce genre de rapports secrets sur nombre de gentilshommes. Mais elle s'intéressait tout particulièrement au comte de Craighdhu, et Percy ne comprenait pas les motivations réelles de la reine. Robert MacDarren n'avait en effet pas plus de pouvoir à la cour de James en Ecosse qu'à celle d'Elizabeth en Angleterre... A moins qu'elle ne fût attirée par le superbe pirate qu'il était!

Percy Montgrave, qui ne partageait pas le même engouement, répondit alors du bout des lèvres:

— Il est intelligent.

— Brillant, rectifia Elizabeth. En six mois, il s'est emparé de quatre galions appartenant à Philippe d'Espagne.

— Oui, il est habile au combat. Ce qui ne veut pas nécessairement dire qu'il est...

— Brillant, répéta la reine.

— Puis-je rappeler à Votre Majesté qu'il lui a pris un navire ?

— Il avait ses raisons...

— Oui, l'or.

Elizabeth observa Percy Montgrave d'un air pensif.

— Pourquoi ce ton mordant lorsque vous parlez de lui ?

— Il... m'agace, avoua Percy après une courte hésitation.

La reine se taisait, semblant attendre la suite ; alors il reprit sur le même ton.

— Ces sauvages de Highlanders ne me plaisent pas.

— Et celui-ci en particulier ?

— Drôle de personnage, en effet ! Avec une langue de vipère. Un brigand qui ne souffre aucune autre autorité que la sienne. Et puis... il rit sans cesse ! Beaucoup trop à mon goût !

— Il rit ?

— A tout propos, et souvent sans raison...

— Par exemple ?

MacDarren s'était moqué de ses souliers à la poulaine, qui étaient pourtant fort élégants. Evidemment, il n'allait tout de même pas l'avouer à la reine !

— Il tourne en dérision tout ce qui n'appartient pas à son monde.

Elizabeth examina la tenue de Percy, de sa coiffure de velours écarlate jusqu'à ses chausses brodées d'argent, en passant par son pourpoint de soie blanche qui le féminisait à outrance.

— Il s'est peut-être moqué de vos atours ?

Percy Montgrave rougit.

— Je n'ai pas dit cela.

— Désarmé, un homme à l'intelligence brillante trouvera toujours une autre arme à sa mesure.

— Est-ce à dire qu'à votre avis ma tenue...

— Vous sied à ravir, le coupa-t-elle d'un ton conciliant. Et toute la cour envie votre belle allure. Mais, comme vous dites, ce rustaud de MacDarren est incapable d'apprécier les belles choses.

Puis, changeant de sujet, Elizabeth voulut savoir si l'Ecossais était seul lorsque Percy l'avait fait prisonnier.

— Le clan exige que son chef soit toujours accompagné d'un homme chargé d'assurer sa protection. En l'occurrence, c'est MacDarren qui a dû, apparemment, s'occuper de son escorte! Son cousin, Gavin Gordon, a été blessé pendant l'échauffourée.

— Parfait, dit la reine en se levant. Tant de loyauté ne peut que nous être utile.

Comme Percy ouvrait des yeux ronds, elle ajouta en ajustant sa collerette :

— Allons-y. Vous m'accompagnez, bien sûr.

— Maintenant ? Mais, Majesté, il n'est pas loin de minuit !

— Tant mieux. J'ai envie que ma visite passe inaperçue.

— Ne vaudrait-il mieux pas attendre demain ?

— Non. A cause de votre lenteur, nous avons déjà perdu un temps précieux. Allez m'attendre dans le couloir, je vous prie.

Percy baissa les yeux pour cacher sa colère. Reine ou pas, il en avait souvent assez de cette femme qui abusait de son pouvoir. Comme si l'arrogance de ce gredin d'Ecossais n'avait pas suffi ! Voilà qu'Elizabeth lui reprochait d'avoir traîné en route ! Et qu'aurait-il dû faire, selon elle ? Une course en haute mer, aux trousses de ce sauvage en train de piller les navires espagnols ?

— A vos ordres, Votre Majesté, dit-il simplement.

Puis Percy Montgrave s'inclina très bas et sortit à reculons.

Après son départ, Elizabeth s'approcha de la fenêtre et scruta la nuit. Ce Percy était parfois fort ennuyeux... ! Mais il n'était pas idiot, et il avait su lui amener MacDarren.

Elle se retourna, jeta un coup d'œil au parchemin posé sur sa table et, à nouveau, se sentit inquiète. Il lui suffisait d'apposer sa signature, rien de plus. Mon Dieu, n'y avait-il pas d'autre issue ?

Elizabeth connaissait la réponse. Mais rien ne la contraignait à la formuler tout de suite. En dépit de la pression exercée par les rapaces assoiffés de sang qui composaient le Parlement, elle ne céderait pas. Pas encore. Pas avant de mettre en route ce qu'elle avait prévu.

Comment donc en était-on arrivé là? s'interrogea la reine avec une profonde lassitude. Tout ce qu'elle avait souhaité, elle, Elizabeth, c'était protéger le royaume. Seulement voilà, le mensonge avait la fâcheuse habitude d'engendrer le mensonge. Et ce, jusqu'à transformer le monde entier en un gigantesque tissu de faux-semblants !

Elizabeth détourna son regard du parchemin et, aussitôt, elle se sentit mieux. En outre, la perspective d'affronter Robert le Noir était loin de lui déplaire. On le disait digne de se mesurer à elle. Eh bien ! elle allait s'en donner à cœur joie. Elle lui prouverait qu'une femme pouvait se montrer tout aussi habile et intelligente que lui !

— Margaret ! appela-t-elle. Mon manteau !

Gavin jeta un coup d'œil morose autour de lui puis regarda Robert, étendu sur l'autre paillasse.

— Nous ne serions pas dans ce cachot si j'avais correctement rempli mon devoir.

— Ah, tu l'as dit ! acquiesça Robert dans un bâillement. Tu es d'une maladresse ! Surtout lorsqu'il s'agit de manier une épée…

— Je n'aurais jamais dû te servir d'escorte. Si Jock t'avait accompagné, tu ne te serais pas fait prendre.

— Les autres étaient plus nombreux que nous.

— Sans ma blessure, tu t'en serais sorti.

— Ecoute, Gavin, tu deviens fort ennuyeux. D'accord, comme garde du corps, tu ne vaux rien. Mais au moins jusque-là avais-tu pour toi de ne pas être un raseur !

Gavin se souleva sur son grabat.

— Ce qu'il peut faire chaud ici !

— Tu as soif ? demanda Robert.

— Un peu, oui.

Il aurait bu l'océan, à dire vrai, mais les forces lui manquaient pour aller jusqu'au pichet d'eau sur la table. Et pas question de déranger Robert, il avait déjà suffisamment fait pour lui ! Le voyage avait été interminable depuis Edimbourg, et son cousin l'avait soigné avec une attention de tous les instants.

— Allonge-toi, je vais te donner à boire, dit Robert en se levant.

Gavin protesta, mais déjà MacDarren lui apportait un gobelet d'eau.

— Pourquoi m'as-tu emmené, cette fois-ci, à la place de Jock ?

— C'est toi qui voulais m'accompagner.

— Toutes ces histoires d'or et de gloire...

— Eh bien, de l'or, il y en avait à la pelle ! Quant à la gloire...

Gavin but avec avidité.

— Je ne pensais pas qu'il y aurait autant de sang, murmura-t-il, j'ai horreur de cela.

— Il y a toujours du sang versé dans la flibuste, et Craighdhu a besoin d'or.

Le jeune blessé but une autre longue gorgée.

— Ils vont te pendre, Robert ?

— Non, je ne crois pas.

— Alors pourquoi sommes-nous dans cette geôle ?

— Tu as entendu Montgrave : la reine veut me voir.

— Je t'avais bien dit qu'il ne fallait pas piller son navire !

— Je doute que ce soit la raison de notre présence ici. On sait bien que Montgrave se charge des missions de confiance de la reine.

— Alors pourquoi sommes-nous ici ?

— J'ai ma petite idée. Tu as encore soif ?

Gavin secoua la tête.

— Rallonge-toi, alors, recommanda Robert en l'installant soigneusement sous sa couverture.

Tant de gentillesse ramenait Gavin des années en arrière, lorsqu'ils étaient tout jeunes. Puis Robert était parti vivre en Espagne. Et, à son retour, Gavin avait découvert celui qu'on appelait Robert le Noir, le chef de clan dur et cynique qui ne permettait à personne de l'approcher de trop près.

Gavin regarda son cousin s'asseoir sur sa paillasse, le dos au mur. Il ne semblait pas inquiet. Il est vrai que Robert MacDarren affichait rarement ses sentiments...

— Et si, malgré tout, elle avait l'intention de nous pendre ? avança Gavin, peu rassuré.

— Nous trouverons bien un moyen de nous enfuir.

— Il faudra que tu t'évades sans moi.

— Sûrement pas.

Gavin savait qu'il répondrait ainsi. Cependant, il poursuivit. C'était une question d'honneur.

— Je ne te serais d'aucune utilité, je suis bien trop affaibli.

— Tu es plus solide que tu ne penses.

Gavin comprit qu'il était inutile d'insister. Il était de Craighdhu et, à ce titre, Robert estimait de son devoir de le protéger. Gavin se détendit, soulagé. Il n'avait plus de souci à se faire, Robert trouverait le moyen de les faire sortir de ce cachot.

— Tu as probablement raison, dit-il d'un ton déjà plus enjoué.

Que cet endroit est donc sinistre ! songea Elizabeth lorsque Percy Montgrave ouvrit la porte du cachot. A la lueur de la bougie, elle distingua deux silhouettes sur les grabats contre le mur du fond.

— Emmenez Gordon dans une autre cellule jusqu'à ce que nous en ayons terminé avec le comte, ordonna Montgrave au gardien qui les accompagnait.

L'homme arracha Gavin à sa paillasse et le poussa sans ménagement vers la sortie. Furieux, Robert s'insurgea :

— Mais faites donc attention, imbécile ! Vous allez rouvrir sa plaie...

Le gardien ne l'écouta pas et précipita Gavin vers le couloir. La reine aperçut une tignasse rousse, des yeux bleus injectés de sang, et un visage au teint très pâle parsemé de taches de rousseur. Comme il était jeune ! Vingt ans à peine, et déjà garde du corps de Robert le Noir, cela paraissait invraisemblable...

— Levez-vous, ordonna Montgrave à MacDarren. Ne voyez-vous donc pas qui vous honore de sa présence ?

L'homme sur le grabat ne bougea pas. Arrogant, MacDarren ? Voilà qui n'était pas pour déplaire à Elizabeth. L'affaire qu'elle venait traiter avec l'Ecossais ne pourrait qu'en être facilitée...

— Laissez-nous, Percy, dit-elle en entrant dans la cellule. Revenez quand je vous appellerai.

— Mais, Majesté, c'est dangereux, il va...

— M'étrangler ? Ne soyez donc pas ridicule ! Il est peut-être mal élevé, mais pas fou. Sortez.

Après un moment d'hésitation, Montgrave recula vers la sortie et claqua la porte.

— Maintenant qu'il est parti, et que vous n'avez donc plus besoin de le défier de votre bravoure, que diriez-vous de faire preuve d'un peu de courtoisie ? lança la souveraine d'un ton sévère.

Il y eut un silence, puis MacDarren se mit à rire tout bas.

— Bonsoir, Majesté, fit-il en se levant.

Il s'inclina devant Elizabeth et poursuivit :

— Pardonnez-moi. Je vous ai mal jugée. Je pensais que seuls les poseurs comme Montgrave avaient votre sympathie. Alors, tout naturellement, vu la précarité de ma situation, je désirais juste vous être désagréable.

Elizabeth ne distinguait pas ses traits dans la pénombre. En revanche, elle découvrit qu'il était très grand et fort bien bâti.

— Venez donc plus près, MacDarren, je ne vous vois pas bien.

— Je crains d'être hirsute et sale, Majesté. Or, on vous dit sensible et délicate : je ne voudrais offenser ni votre vue, ni votre odorat.

Ironique avec cela ! La reine réprima un léger mouvement d'humeur. Mais enfin, n'avait-elle pas choisi cet homme, entre autres raisons, pour son irrévérence ? Cependant, il était peut-être nécessaire de lui rappeler que son sang lui donnait aussi quelques privilèges.

— Ma sensibilité ne m'empêcherait pas de vous faire châtier pour insolence. On en a maté de plus coriaces que vous dans cette Tour, sachez-le. Bon, et maintenant, approchez, que je vous regarde...

Quelques instants passèrent avant que MacDarren ne se décidât à bouger.

Dieu du ciel, quel bel homme ! pensa Elizabeth.

Les hommes de type latin l'avaient toujours attirée. MacDarren tenait sans aucun doute de sa mère espagnole ses superbes cheveux de jais, son teint mat et ses yeux noirs. Il avait des pommettes hautes et légèrement saillantes, sa bouche était charnue et sensuelle. En outre, Robert le Noir avait un corps athlétique, à la grâce féline, qui ne pouvait laisser aucune femme indifférente. Tout cela était bien agréable à constater, toutefois ce n'était pas la première des préoccupations de la reine. Elle avait d'autres objectifs.

— Mais votre intention n'est pas de me dompter, Majesté, murmura MacDarren. Vous avez autre chose en tête...

— Vraiment ? Cette pensée a dû vous être d'un grand réconfort dans votre situation ?

— Très grand, oui, acquiesça Robert en souriant.

Cet homme a des dents magnifiques, constata encore Elizabeth. Et un sourire moqueur, mais non dénué de charme.

— Je vous déçois, n'est-ce pas, Majesté ? M'imaginiez-vous tremblant de peur sur ce grabat, en train d'attendre les effets de votre royal courroux ?

— Je n'en aurais pas été autrement étonnée, vu votre situation.

— Non, Majesté, si vous aviez voulu ma mort, Montgrave aurait fait le nécessaire à Edimbourg. Au lieu de cela, vous l'avez prié de m'amener à Londres, au prix de quelques petits désagréments, pauvre cher Percy !

— De petits désagréments, en effet : deux hommes ont péri, me dit-on !

— Mais vous avez pensé que leur mort vous serait utile...

— Pour servir d'exemple, peut-être, pour montrer à mon peuple que je ne tolère pas la piraterie.

— A moins que vous ne touchiez votre part sur les trésors des galions espagnols.

Elizabeth ne nia pas.

— Mais vous ne m'avez rien donné, répondit-elle promptement. De plus, vous ne vous en êtes pas tenu aux navires espagnols. Vous avez attaqué l'un des miens.

— Ah oui ?

— Et vous avez fait croire au capitaine que vous agissiez sur les ordres de votre roi écossais. Ce qui est faux, évidemment ! Non seulement il n'a rien eu du butin, ce qui aurait peut-être apaisé son courroux, mais surtout il ne vous avait jamais donné l'ordre d'attaquer ma flotte.

Robert MacDarren souriait toujours.

— Je n'ai pas dit que j'agissais sur les ordres de James, enfin, pas exactement !

— Chicanier ? ironisa Elizabeth. Vous avez fait preuve d'une stupéfiante retenue pendant l'assaut. Vous vous êtes emparé du butin sans tuer un seul homme. A mon avis, une seule raison vous a poussé à attaquer mon navire. Vous souhaitiez me faire croire que James en voulait à ma flotte.

Robert baissa les yeux.

— Et pourquoi aurais-je agi ainsi ?

— C'est précisément une des questions que je désire vous poser.

— J'ai horreur des questions.

Il ironisait encore, et cette fois la souveraine perdit patience.

— Ce jeune homme, que le gardien a emmené, est un de vos parents ?

— Gavin ? Oui, c'est mon cousin.

Robert MacDarren ne souriait plus.

— Je crois savoir qu'en tant que chef de clan, vous êtes le protecteur de chaque membre dudit clan. Alors je vous conseille de me répondre franchement, sinon il pourrait en cuire à votre cousin.

L'expression qui passa alors sur le visage de l'Ecossais alarma la reine. Etrange, tout de même, cette peur soudaine ! Mais c'était aussi fort agréable... Il y avait quelque chose d'ennuyeux à se sentir toujours en sécurité. Ce MacDarren se souciait bien peu qu'elle fût la reine la mieux protégée du monde. Percy le qualifiait de redoutable. Et il était sûrement au-dessous de la vérité...

— Posez vos questions, déclara froidement Robert.

— Pourquoi avoir choisi d'attaquer un de mes navires ?

— Vous avez deviné, semble-t-il. Pour embêter James. L'occasion s'est présentée, je l'ai saisie.

— Mais quelle était votre véritable motivation ?

Il hésita puis, avec un haussement d'épaules, se décida à parler :

— C'était un moyen de semer la discorde entre vous. James a suffisamment de pouvoir. Or, tout le monde sait que vous envisagez d'en faire votre héritier. Qu'il devienne aussi roi d'Angleterre, alors qu'il est déjà roi d'Ecosse, ne serait pas pour arranger mes affaires. Il n'aime pas les Highlanders.

— Vous en particulier.

— Il nous est arrivé de nous opposer, en effet. Est-ce là tout ce que vous désiriez savoir, Majesté ?

— Pour le moment. Le cas échéant, je vous en aviserai.

— Je crois que vous voulez autre chose de moi, n'est-ce pas ?

Comment pouvait-il deviner ses intentions ? s'interrogea soudain Elizabeth, décidément intriguée par cet homme. En effet, rien de ses projets n'avait pu être ébruité.

— Et qu'attendrais-je de vous, Milord ?

— Que je commette un assassinat.

— Quoi ?

Robert scruta un bref instant le visage stupéfait d'Elizabeth.

— Ce n'est pas cela ? Pourtant, la conclusion s'imposait, vous ne pensez pas ?

— Et, selon vous, qui vous aurais-je demandé d'assassiner ?

— James, répondit-il tranquillement.

— James ? répéta-t-elle, sidérée. Je vous aurais choisi pour tuer un monarque comme moi ?

— Vous y trouveriez des avantages certains. Je suis écossais, et il est de notoriété publique que James ne m'inspire aucune sympathie. Voilà qui vous éviterait d'être soupçonnée. Vous gardez la mère de James, Marie, prisonnière depuis bientôt vingt ans, par crainte qu'elle ne fasse valoir ses droits sur le trône d'Angleterre. Or, aujourd'hui, le bruit court que le Parlement vous demande de mettre un terme à sa captivité... de manière brutale et définitive.

— Elle a fomenté un complot meurtrier contre moi.

— Mais la mort de Marie puis la soudaine disparition de son fils James plongeraient l'Ecosse dans le chaos... Ce serait pour vous l'occasion rêvée de franchir la frontière en vue de rétablir l'ordre. Et du même coup de vous emparer du trône...

Très fin, ce Robert le Noir ! Quinze ans plus tôt, dans des circonstances identiques, Elizabeth aurait peut-être agi de la sorte.

— Ce n'est absolument pas ce que je souhaite, riposta-t-elle. Malgré la menace qu'elle a constamment représentée pour moi, voilà des années que je m'oppose à l'exécution de Marie Stuart.

Elizabeth donna un grand coup de poing sur la table, puis poursuivit avec vigueur :

— Je n'ai pas envie de la voir mourir. C'est une reine, et la vie des monarques est sacro-sainte : on n'y touche pas ! Nous sommes tous sur la corde raide, vous savez, nous les rois. Si j'envoie Marie dans l'autre monde, je me mets également en danger de mort.

— Vous allez donc passer outre à l'ordre du Parlement ?

Elizabeth ne répondit pas directement.

— Je ne souhaite pas la mort de Marie, dit-elle. Et si je voulais éliminer James, ce serait au combat, pas en le faisant assassiner. Vous vous trompez donc de bout en bout. Toutefois, vous avez raison sur un point : j'ai l'intention de me servir de vous.

— Comment cela, Majesté ?

— En vous mariant.

La plus grande stupéfaction se peignit sur ses traits, puis il partit d'un énorme éclat de rire.

— Dieu du ciel, est-ce une demande en mariage ? La reine vierge qui a refusé la plupart des têtes couronnées d'Europe ?

Il s'inclina profondément.

— Ma réponse est oui. Et quand allons-nous nous marier, Majesté ?

— Vous savez fort bien que je ne parlais pas de moi, répliqua la reine avec agacement. Vous êtes d'une impudence incroyable !

Robert pressa une main sur sa poitrine.

— Poignardé en plein cœur ! Au moment même où je pensais connaître enfin le bonheur…

Et drôle, avec cela, se dit Elizabeth qui eut du mal à cacher un sourire.

— Percy a raison… vous êtes un vaurien. Mais puisque vous semblez si impatient de vous marier, vous ne verrez pas d'inconvénient à ce que je choisisse l'épousée.

— Je n'ai pas dit cela. Ce sera vous ou rien, j'en ai bien peur !

— Et moi, j'ai bien peur que vous ne soyez obligé de m'obéir… faute de quoi…

— Je ne me marie pas sur l'ordre de l'Angleterre, lança froidement MacDarren.

— Ni de l'Ecosse, à l'évidence. James vous a envoyé trois candidates.

— Parce qu'il veut Craighdhu et n'a pas trouvé d'autre moyen. Nos routes commerciales vers l'Irlande lui plaisent beaucoup… tout comme à Votre Majesté, j'en suis sûr, acheva-t-il avec un petit sourire ironique.

— Je me moque complètement de vos routes commerciales vers l'Irlande !

— Alors, pourquoi vouloir me faire épouser une femme de la cour ? s'enquit Robert, visiblement sceptique.

— Elle n'appartient pas à la cour. C'est une jeune fille de seize ans, Katherine Anne Kentyre, qui vit dans les Midlands. Dotée d'une bonne santé, elle a reçu une excellente éducation et n'est pas laide. Sans titre, quoique de naissance noble, c'est une enfant illégitime. Vous devrez l'emmener tout de suite et ne jamais la ramener en Angleterre. Bien sûr, elle n'aura pas de dot. Le mariage aura lieu immédiatement, et vous…

— A quel endroit dans les Midlands ? la coupa Robert.

A son expression, Elizabeth vit qu'il devinait certaines choses.

— A Sheffield, répondit-elle avec réticence.

— Une des terres des Shrewsbury… fit-il pensivement. C'est donc vrai !

— J'ignore de quoi vous parlez.

— Elle a bien eu un enfant.

Elizabeth le fixait sans un mot.

— Tout le monde en Ecosse a entendu parler du scandale soulevé par les accusations de Bess Shrewsbury, fit-il en se réinstallant sur sa paillasse, et je vous assure que cela nous a tous fort intéressés.

— Je ne vous ai pas permis de vous asseoir en ma présence.

Robert MacDarren resta silencieux un instant puis,

scrutant le moindre changement d'expression de la souveraine, demanda tranquillement :

— C'est la fille de Marie, n'est-ce pas ?

— Tout le monde sait que Marie n'a qu'un enfant, et qu'il règne sur l'Ecosse, répondit Elizabeth.

— La version de Bess Shrewsbury est tout autre. Son mari et Marie auraient été intimes, enfin, assez intimes pour permettre la naissance de deux enfants !

— C'est une langue de vipère, et je l'ai sévèrement réprimandée pour avoir répandu ces rumeurs.

— Vous l'avez purement et simplement réduite au silence.

— Le comte de Shrewsbury est un loyal sujet de la couronne qui a veillé sur Marie captive avec une grande humanité.

— Marie était jeune et belle, on la disait aussi passionnée, têtue et fort égoïste. Isolée, comment ne se serait-elle pas éprise du seul homme de son entourage ? N'a-t-elle eu qu'un enfant ?... cela me semble difficilement probable.

— Je vous répète que Bess Shrewsbury était une menteuse.

— Donc, il n'y a eu qu'un enfant... persista Robert d'un ton rêveur. Mais c'était déjà amplement suffisant pour vous, n'est-ce pas ? Il ne fallait surtout pas que la nouvelle se sache ! D'autant qu'on criait haro sur la captivité de Marie... La convaincre d'abandonner l'enfant n'a pas dû vous causer de difficulté, puisque la moitié de l'Ecosse au moins tenait Marie pour une ribaude. Par ailleurs, si le pot aux roses avait été découvert, elle aurait toujours pu prétendre que le comte l'avait violée. Evidemment, c'était risqué. Il y aurait eu là, alors, pour ses partisans, de quoi unir leurs forces à la France et à l'Espagne pour vous renverser.

— Ce ne sont que des suppositions.

— Eh bien, allons encore un peu plus loin dans nos hypothèses ! Supposons que cette enfant soit bien la fille de Marie. Supposons qu'elle soit bien la fille illégitime de la reine d'Ecosse.

— Marie n'est plus reine, elle a abdiqué en faveur de son fils.

— James ne s'est jamais attiré les sympathies du peuple écossais. Bien des seigneurs seraient ravis de trouver un autre Stuart autour de qui se rassembler. Et cela ne vous plairait pas du tout, n'est-ce pas ?

Il avait l'esprit encore plus vif qu'Elizabeth ne l'avait supposé. Bien sûr, la reine avait su d'emblée qu'il arriverait à cette conclusion, mais certainement pas avec une telle rapidité.

— Encore des suppositions ! Décidément, vous aimez ce petit jeu-là ! Cependant, l'enfant n'a que seize ans. Autrement dit, elle ne constitue guère une menace.

— Vous étiez à peine plus âgée lorsque vous êtes montée sur le trône. Tout le monde vous appelait alors « la jeune lionne ».

— Hé, parbleu, je leur ai montré à tous ce dont une femme était capable ! répliqua la souveraine d'un ton satisfait.

Puis elle haussa les épaules et se rembrunit avant de poursuivre :

— Quand bien même cette enfant serait la fille de Marie... et je ne dis pas qu'elle l'est... pensez-vous réellement que j'aurais des craintes ? Une gamine qui ignore tout des intrigues de cour ?

— Pourtant quelque chose vous fait peur, sinon je ne serais pas là.

— Je n'ai peur de rien.

Robert la fixait toujours d'un œil sceptique, alors elle ajouta :

— Si cette petite est vraiment celle que vous dites, la sagesse recommande de lui faire quitter le sol anglais.

— Et vous l'expédiez en Ecosse. James ne sera que trop heureux d'éliminer une prétendante au trône, et la sale besogne vous sera épargnée.

— Non ! J'envoie la jeune fille à Craighdhu. Vous allez l'épouser et l'emmener sur votre île pour toujours.

— Ah, vraiment ?

— Trop de rumeurs circulent sur elle. J'ai essayé de la garder à l'abri, mais si quelqu'un venait à découvrir... Non, il faut qu'elle quitte ce pays dès que possible !

— Et pourquoi avec moi ?

— Parce que c'est vous qui convenez le mieux. Croyez-vous que je vous aie choisi à l'aveuglette ? Je cherche la solution à ce problème depuis plus de trois ans. Vous n'êtes pas parfait, mais vous avez de nombreux atouts. Par exemple, je sais que vous détestez les Espagnols, une garantie pour moi que vous n'expédierez pas la jeune fille à Philippe II. Vous appartenez à une noble famille de guerriers. Seuls comptent pour vous les Highlanders, et vous ne semblez pas avoir le moindre désir de vous élever au-dessus de votre condition actuelle.

— Parce qu'il n'est pas au monde de position plus élevée qu'être seigneur de Craighdhu.

La force de conviction de Robert MacDarren était si forte qu'il était impossible de douter de sa sincérité. Elizabeth comprit aussi qu'il existait en lui une réelle autorité dont étaient dépourvus bien des chefs d'Etat, ce qui n'était, évidemment, pas à négliger... Dans l'avenir, ce genre de qualités pourrait être fort utile !

— Balivernes ! Mais ça m'arrange que vous ayez l'arrogance de le croire. Aussi longtemps que vous aurez ces idées en tête, vous ne vendrez pas la petite pour une couronne. Seulement, vous devez cesser de pirater les navires du roi d'Espagne.

— Vraiment ? Mais puis-je continuer à pirater les vôtres ?

— C'était juste pour agacer James, m'avez-vous dit, et je vous ai cru. Mais abstenez-vous désormais. Je n'ai pas envie que vous alliez vous faire tuer sur les mers, alors que votre place est à Craighdhu auprès de la jeune fille que je place dès maintenant sous votre protection.

— Je regrette, c'est non. Je ne désire ni me marier, ni me trouver mêlé à vos intrigues.

— Il vous faudra bien convoler un jour ou l'autre...

— Si cela m'arrive, je choisirai une femme qui apportera à Craighdhu autre chose qu'un bain de sang.

— Jusqu'ici, verser le sang ne vous a pourtant pas causé d'états d'âme.

— Quitte à vous paraître excentrique, je préfère choisir où et quand livrer bataille. Et ce ne sera pas pour votre cause, Majesté !

— Ni pour celle de James, à l'évidence. Pour quoi alors accepteriez-vous de vous battre ?

— Craighdhu. Et seulement Craighdhu.

Exactement la réponse qu'elle espérait !

— Parfait, dit Elizabeth. Donc, si cette jeune fille se trouve à Craighdhu, elle sera en sécurité.

— Je ne me suis peut-être pas bien fait comprendre. Je ne veux pas épouser cette personne.

— Vous l'épouserez. Ou je fais pendre votre compagnon.

— Vous n'avez pas la réputation de tuer des innocents pour imposer votre volonté, Majesté.

— Cette petite aussi est innocente. Je la croyais en sécurité à Sheffield pour quelques années encore, mais à présent... Allez la chercher tout de suite, MacDarren, et emmenez-la ! Et je veux que vous me donniez votre parole.

— Une promesse sous la contrainte ? N'espérez pas que je la tienne !

— Si. Percy m'assure que, pour un Highlander, la parole donnée est sacrée. Vous allez donc me promettre d'épouser cette jeune fille et de l'emmener à Craighdhu.

Mais Robert se taisait. Et Elizabeth reprit avec un peu de lassitude :

— Ne m'obligez pas à vous prouver que je ne parle pas en l'air. Pour l'instant, je n'ai aucune envie de tuer votre ami... cependant je peux changer d'avis !

Il la fixait en silence, guettant le moindre signe de faiblesse. La reine n'en montra aucun. Alors, étouffant un juron entre ses dents, Robert MacDarren capitula :

— Vous avez ma parole.

— Ce n'est pas suffisant. Faites-moi votre promesse en bonne et due forme.

— Je promets d'épouser cette jeune fille et de l'emmener à Craighdhu, énonça-t-il sur un ton glacial.

Elizabeth éprouva un profond soulagement.

— Sage décision, dit-elle. On vous relâchera à l'aube, vous récupérerez votre bourse et vos chevaux. Vous vous rendrez directement à Sheffield. La jeune fille habite un cottage à quelques kilomètres du village. Le pasteur Landfield et son épouse veillent sur elle depuis treize ans. Ce sont des gens dignes de confiance qui lui ont donné une excellente éducation. Percy vous remettra une lettre de ma main dans laquelle je prie Sebastian Landfield de vous confier sa protégée. Le pasteur m'a écrit que c'est une jeune fille douce et vertueuse, et une bonne protestante. Elle ne vous causera aucun ennui.

La reine se dirigea vers la porte.

— Vous avez pris une sage décision, Milord.

— Pas moi. C'est vous qui l'avez prise, Majesté. Mes choix, je préfère les faire moi-même, déclara MacDarren en se levant. Et quand ce n'est pas le cas, cela me contrarie...

Contrarié ? Il était furieux, oui ! Elizabeth le voyait bien, et un léger frisson de peur la parcourut une nouvelle fois. En outre, elle se sentit soudain mal à l'aise, habitée par un étrange regret. Elle était bien sûr en position de force mais il y avait si peu d'hommes dignes d'intérêt sur cette terre ! Ce MacDarren, elle ne le reverrait probablement jamais. Dommage qu'elle fût obligée de le sacrifier !

— Chaque bataille a son vainqueur, dit-elle.

— Vous n'avez pas encore gagné, Majesté.

— J'ai votre parole.

— Oui, vous avez ma parole...

Robert MacDarren resta immobile un instant. Puis

il scruta la reine, et dans ses yeux passa une émotion furtive.

— Alors, j'ai gagné! s'exclama Elizabeth. Mais si, par malheur, j'entends dire que vous la maltraitez, je jure d'envoyer toute une armée à l'assaut de Craighdhu!

Robert s'inclina légèrement devant elle et, sans ajouter un mot, s'éloigna vers la sortie. La discussion était close. Le regard de la reine se posa une dernière fois sur lui et, brusquement, elle ordonna:

— Ouvrez, Percy! J'ai terminé.

— Ce n'est pas tout à fait exact, Majesté, fit observer Robert MacDarren en se retournant. Vous n'en avez pas encore terminé avec moi.

— Qu'est-ce que vous...

Elizabeth le regarda attentivement, et l'expression de MacDarren la troubla. Il ne perdrait pas la bataille si facilement, semblait-il dire, le front buté et le regard sombre. Eh bien! Peut-être alors se reverraient-ils un jour? Cette perspective n'était pas si désagréable après tout! Elle lui sourit.

— Bonsoir, Milord.

Et lorsque la porte s'ouvrit, Elizabeth sortit très vite du cachot.

— Jeune marié! murmura Gavin. Quel délicieux tableau en perspective! Tu es assis au coin du feu, et ta jeune épousée, penchée sur son ouvrage, brode un joli...

— Et ça t'amuse! l'interrompit Robert d'une voix maussade. J'aurais dû laisser la reine t'envoyer à la potence.

— Il est grand temps que tu te maries, j'en ai assez d'être toujours par monts et par vaux.

— Eh bien, marie-toi et va t'asseoir au coin du feu!

— Personne ne s'est soucié de m'organiser un beau mariage!

Le regard courroucé de Robert l'avertit qu'il valait mieux changer de sujet.

— Nous irons directement à Sheffield? demanda-t-il.

— Oui. La reine l'a bien précisé. Elle m'a semblé fort pressée.

— Pourquoi?

Robert ne répondit pas tout de suite; il paraissait réfléchir.

— Marie, fit-il enfin. Elizabeth va laisser faire.

— Tu veux dire qu'elle va signer l'ordre d'exécuter Marie? Mais voilà des semaines qu'elle s'y refuse.

Et elle n'y tenait toujours pas, elle l'avait dit à Robert à deux reprises. Or, vouloir et devoir étaient deux notions bien distinctes, il le savait par expérience. En tant que chef de clan, il lui arrivait d'être contraint de prendre des décisions qui le rebutaient. Pour Elizabeth, de toute évidence, il était urgent de se débarrasser de la fille de la reine d'Ecosse. Mais comment expliquer une telle précipitation? Pour Robert, la seule réponse possible était celle-ci:

— Elizabeth va signer l'ordre d'exécution ou s'arranger pour éliminer Marie sans en porter seule la responsabilité.

— Elle a mauvaise conscience et veut éloigner la petite avant de tuer sa mère. Quelle délicatesse! Tu crois que l'arrivée de cette fille à Craighdhu va provoquer des remous?

— Je ne le permettrai pas.

— Tu es en colère.

— Très!

— Pourtant tu vas obéir à la reine?

— J'ai donné ma parole. Mais... je ne vais peut-être pas tenir ma promesse tout à fait comme elle le souhaite.

Gavin émit un léger sifflotement.

— Ce qui nous attend pourrait se révéler des plus intéressants, j'en ai bien l'impression...

Il se tourna sur sa paillasse.

— Ce qu'il fait froid dans ce trou!

— Tout à l'heure tu avais trop chaud, s'alarma Robert. Ta fièvre est revenue?

— Je ne crois pas.

Robert se leva et recouvrit le jeune homme de sa propre couverture.

— Pas de mensonges, Gavin ! Je vais déjà avoir assez de problèmes avec une femme sur les bras pour franchir les montagnes, en plein hiver. Tu veux ajouter un cadavre à mes tourments ?

— Dieu me garde de te causer autant d'ennuis ! marmonna Gavin.

— Chut, du calme !

— C'est le mariage qui te rend nerveux...

— Gavin !

Ce dernier étouffa un petit rire. En temps normal, Robert se serait réjoui que Gavin ait retrouvé sa gaieté ; cela signifiait qu'il allait mieux. Mais cette nuit, la colère le rongeait. Cette royale rouquine essayait d'impliquer Craighdhu dans la lutte fratricide que se livraient l'Angleterre et l'Ecosse, et ça, il ne pouvait pas le supporter ! Non, il n'allait pas la laisser faire ! Les factions adverses pouvaient se détruire si ça leur chantait, au nom de Dieu, et de leurs ambitions personnelles, mais lui, il resterait en dehors de ce genre de conflits. Craighdhu, personne n'y toucherait, jamais ! Il y veillerait.

Robert dormait presque lorsque la voix de Gavin s'éleva de nouveau dans le noir :

— Tu veux que je joue de la cornemuse à ton mariage ?

— Non, pas de cornemuse.

— Ou bien, je pourrais...

— Dors, Gavin !

2

— Mon mari n'est pas là, revenez demain, grommela Martha Landfield par l'entrebâillement de la porte.

— Demain, je serai à mi-chemin de l'Ecosse, répondit Robert. Dites-moi où il est, je dois lui parler.

Cette histoire commençait à l'énerver. Il était épuisé et nerveux, d'autant qu'ils venaient de chevaucher à bride abattue sous une pluie glaciale. Gavin grelottait sur le seuil de la maison de cette mégère ; il était livide, et Robert s'attendait qu'il perde connaissance d'un instant à l'autre.

— Il faut absolument que je voie le pasteur aujourd'hui, insista-t-il. Et pendant que je pars à sa recherche, puis-je laisser mon ami ici, chez vous ?

Comme la femme s'apprêtait à refermer sa porte, Robert poussa violemment le battant qui s'ouvrit en grand.

— Peut-être n'avez-vous pas compris, madame, gronda-t-il. Je veux voir votre mari, et mon ami va demeurer sous votre toit jusqu'à mon retour !

— Je préfère t'accompagner, intervint Gavin.

Robert ne lui prêta pas attention et poursuivit posément, mais sur un ton lourd de menaces, à l'intention de Martha Landfield :

— Faites-le asseoir près du feu et donnez-lui quelque chose de chaud à boire. Et s'il a besoin de quoi que ce soit, faites ce qu'il vous dit avec le sourire.

— Sourire, elle ? fit Gavin, sceptique. Elle va

essayer de m'empoisonner ! Non, décidément, j'aime mieux aller avec toi.

Robert calma gentiment son cousin et le poussa dans le vestibule, mais la femme du pasteur protesta à nouveau.

— Vous ne pouvez pas m'obliger à...

Croisant le regard de MacDarren, elle s'arrêta net. Puis elle reprit, à contrecœur mais plus doucement :

— Il peut rester.

— Vous avez la garde de Katherine Kentyre. Préparez ses bagages, et dites-lui de mettre une tenue de voyage.

— Katherine ? répéta Martha Landfield d'un air stupéfait. C'est la reine qui vous envoie ? Pour emmener la petite ?

Robert inclina la tête. Brusquement, la colère de la femme tomba.

— Mon mari ne va pas aimer cela du tout. Mais il faudra bien qu'il obéisse aux ordres de la reine, pas vrai ?

— Comme nous tous, acquiesça Robert avec un petit sourire sarcastique. Allez dire à la jeune fille de se préparer.

— Elle n'est pas là. Il est parti à sa recherche.

— Qu'est-ce que vous dites ?

— C'est à cause du cheval, marmonna Martha. Cette espèce de vieux canasson. Je lui avais bien dit que c'était une erreur de le donner à la gosse ! Elle a fugué il y a deux jours.

Douce et soumise, hein ? Et vertueuse avec cela, avait dit la reine. Robert eut l'impression d'avoir été piégé par Elizabeth. Il allait se retrouver avec sur les bras une fille aussi aventureuse que sa mère. Quel autre qualificatif donner, en effet, à une gamine qui s'en allait toute seule par les chemins ?

Quelques questions suffirent à Robert pour apprendre que le pasteur était parti passer la forêt au peigne fin afin de retrouver la jeune fille.

— La dernière fois, on l'a vite rattrapée. Le cheval, Caird, est lent, et Sebastian ne la laissera pas échapper, il connaît les bois par cœur, il a grandi ici, vous pensez...

Robert se fit faire une brève description du pasteur et se mit en route.

— Où est-il, dis-le-moi ? demanda Sebastian, emprisonnant les poignets de Katherine à l'aide d'une corde. Tu sais bien que je vais finir par le trouver. Alors pourquoi nous faire souffrir tous les deux ? Tu grelottes et tu as sûrement très faim.

La jeune fille ne répondit pas. Quelle idiote elle était ! Jamais elle n'aurait dû s'arrêter pour se reposer. Il fallait continuer sa route, c'était le seul moyen d'échapper au pasteur pour qui ces bois n'avaient plus de secret.

— Un cheval, ça ne se dissimule pas si facilement, même dans une forêt. Tu connais ma ténacité. Je le retrouverai, Kate. Je connais tous les recoins, tous les fourrés de ces bois, je le retrouverai.

— Jamais !

— Mais les animaux sauvages le retrouveront, eux, tôt ou tard. Il est vieux, incapable de se défendre, il se fera dévorer tout cru. Est-ce un sort plus enviable que celui que je lui réserve ? demanda-t-il en fixant la corde à la selle de sa monture.

Katherine frissonna. Elle n'avait pas songé aux prédateurs qui peuplaient les bois. Hélas, ce diable d'homme savait toujours toucher le point sensible ! Mais elle avait confiance. Caird était bien caché et elle lui avait laissé assez de fourrage pour tenir encore un bon bout de temps. Ensuite, elle reviendrait le chercher...

— Il est en sécurité, dit-elle. Il ne va pas mourir.

— Petite entêtée ! fit Sebastian en montant en selle. Il y a tant de dépravation en toi ! Si tu changes d'avis, dis-le-moi !

Sebastian éperonna son cheval, et la corde se resserra violemment autour des poignets de Kate. Garder toute sa dignité, sans fléchir ! se répéta-t-elle en essayant de ne pas penser à la douleur provoquée par l'étau de chanvre. Ne pas s'évanouir ! Car il ne s'arrêterait pas, il la traînerait jusqu'au cottage. Non, elle allait tenir, tenir debout, bravement, elle ferait un pas après l'autre. Cinq kilomètres, c'était dérisoire !

Le pasteur se retourna pour lui jeter un regard.

— Tu commets une grave erreur, tu sais, pauvre pécheresse !

Et il éperonna à nouveau son cheval qui partit au trot. La morsure des liens se fit plus cuisante autour des poignets de Katherine. La douleur la transperça. Ne pas fléchir, ne pas tomber, se répétait la jeune fille en trébuchant...

— Où as-tu caché le cheval ? recommença Sebastian.

Kate l'entendit à peine. Ses oreilles bourdonnaient, une sueur glacée lui coulait dans le dos, elle avait les poignets en sang à présent, et un voile commençait à embrumer ses yeux.

Encore un pas, puis un autre... Ne pas tomber, ne pas tomber... !

Cheveux blancs, mince, grande pèlerine grise... Oui, la description correspondait, pensa Robert. Le visage maigre, l'expression sévèrement ascétique du pasteur lui rappela également de mauvais souvenirs. Ce Sebastian Landfield ressemblait vraiment trop aux prêtres du château de don Diego à Santanella... Mais, finalement, il n'avait pas eu trop de difficultés à retrouver sa trace.

— Pasteur Landfield ? appela-t-il dans sa direction.

Bizarrement, l'homme d'Eglise traînait derrière lui une sorte de fardeau couvert de boue, un petit arbre, ou peut-être une branche. Difficile à dire, Robert était encore trop éloigné pour distinguer avec précision de quoi il pouvait s'agir.

A l'approche de MacDarren, le pasteur immobilisa son cheval ; il se crispa soudain.

— Qui êtes-vous ?

— Robert MacDarren, comte de Craighdhu. J'ai pour vous une lettre de Sa Majesté.

— C'est la reine qui vous envoie ?

Landfield jeta un coup d'œil embarrassé au fardeau que traînait son cheval.

— Je n'attendais pas de message.

— Et moi je ne m'attendais pas à faire le messager, répliqua Robert en lui tendant une enveloppe. Encore moins à devoir vous courir aux trousses à travers…

La chose couverte de boue remua sur le sol. Ce n'était pas un arbre…

— Sacrebleu ! s'exclama-t-il en sautant à terre. Mais qu'est-ce donc ?

— Elle n'est pas blessée, s'empressa de déclarer Landfield.

— Elle ?

Robert s'agenouilla. La forme ne bougeait plus. Il la retourna et découvrit presque une enfant, toute menue, toute fragile, dont les poignets liés saignaient. Il écarta les longues mèches mouillées qui lui collaient aux joues. Excepté un bleu sur la tempe, la jeune fille ne semblait souffrir d'aucune blessure.

— C'était simplement une punition pour désobéissance, tenta de se justifier Sebastian Landfield. Mais bien sûr, la reine pourrait ne pas comprendre, ajouta-t-il après une brève hésitation. Alors, peut-être vaut-il mieux ne pas lui parler de…

Robert dégaina son poignard et coupa la corde qui emprisonnait les poignets de la jeune fille.

— Je n'en ai pas l'intention, dit-il. C'est Katherine Kentyre, je suppose ?

— Oui.

La soulevant dans ses bras, il s'aperçut qu'elle était légère comme une plume, et ce, malgré la boue séchée qui alourdissait ses jupes. Alors, un flot de colère le submergea. Il lui arrivait d'user de violence, mais la cruauté envers les plus faibles le révoltait. Cette jeune fille n'avait sûrement pas mérité un tel châtiment.

— Vous serez soulagé d'apprendre, pasteur, qu'elle n'est plus sous votre garde désormais.

— Pardon ? s'alarma Landfield. A cause d'un incident aussi mineur ? Toutes les filles de cet âge ont besoin de corrections. Elles sont par nature...

— Lisez la lettre.

Sur quoi, Robert se remit immédiatement en selle, installant la jeune fille contre lui.

— Rejoignez-moi chez vous, ordonna-t-il sèchement au pasteur.

En chemin, un souffle monta du petit corps.

— Qui... ? murmura une voix.

Et maintenant deux grands yeux mordorés le fixaient sans comprendre.

— N'ayez pas peur, la rassura doucement Robert. Je vous emmène à la maison.

— Je n'ai... pas de maison.

Il y avait une profonde désolation dans ces mots. Ses paupières se refermèrent.

— Je n'ai pas peur. Vous n'êtes pas...

Elle s'évanouit de nouveau. Et Robert s'interrogea. Qu'avait-elle voulu dire ? Qu'il n'était pas quoi ? Qui ? Sebastian Landfield ? A l'évidence, n'importe qui, même le premier venu, un parfait inconnu, valait mieux que la brute qui venait de la châtier si cruellement. Robert sentit sa colère lui revenir. Il lança son cheval au galop et resserra son étreinte, dans un geste instinctif de protection.

— Où puis-je l'installer ? demanda Robert en entrant dans le cottage.

— Où se trouve mon mari ? s'enquit Martha Landfield.

— Il arrive. Alors, où ?

— Sa chambre est là-haut, répondit-elle en indiquant l'escalier.

— Faites chauffer de l'eau et ensuite venez lui ôter ses vêtements, ordonna-t-il.

Sur quoi, Robert MacDarren s'élança précipitamment à l'étage. Gavin le suivit, l'air inquiet.

— C'est la mariée ? Elle est blessée ?

— Landfield m'assure que non, répondit Robert en poussant la porte. Evidemment, être traîné au bout d'une corde à travers bois n'a jamais fait de mal à personne !

— Il a l'air aussi agréable que sa charmante moitié, ce brave révérend...

Robert étendit Katherine sur son petit lit étroit.

— Nous passons la nuit ici ? interrogea Gavin.

— L'après-midi touche déjà à sa fin, et je peux difficilement emmener cette petite avant qu'elle ne soit à peu près rétablie. Si elle se sent en état de monter à cheval, nous nous mettrons en route demain matin de bonne heure.

Gavin observa gravement le jeune visage défait.

— Elle n'a pas l'air d'aller très bien. Tu es sûr qu'elle n'a pas besoin d'un médecin ?

— Elle n'a rien de cassé, et elle est revenue à elle quelques instants pendant le trajet du retour. Espérons qu'elle récupérera vite... Mais avant tout, il nous faut la débarrasser de ses chaussures couvertes de boue et de ses bas trempés.

— Tu trouves qu'elle ressemble à Marie Stuart ? demanda Gavin en la regardant.

— Comment pourrais-je le savoir ? Je ne l'ai jamais rencontrée.

— Moi, j'ai vu un portrait d'elle, et puis on me l'a décrite tant de fois... J'ai l'impression de la connaître très bien !

Son regard se promena sur le petit nez délicat, la bouche bien dessinée et pulpeuse, les sourcils joliment arqués.

— Elle a les yeux de quelle couleur ?

Robert se souvenait des immenses prunelles aux reflets d'or qui le fixaient sans frayeur.

— Ils sont bruns.

— Comme Marie. Mais elle n'a pas les traits aussi réguliers. Elle est moins belle, c'est sûr.

— Peut-être ressemble-t-elle à son père. Shrewsbury n'est pas un Adonis.

Une lueur espiègle s'alluma dans les yeux bleus de Gavin.

— J'espérais mieux pour toi. Mais enfin, c'est encore une gamine, elle va peut-être embellir avec l'âge ! Vraiment, ça me chagrinerait que tu te retrouves marié à un laideron...

Robert le foudroya du regard.

— Redescends t'asseoir au coin du feu, Gavin.

— Tu me renvoies auprès du dragon ? geignit le jeune homme en gagnant la porte. Très bien.

— Et empêche Landfield de monter.

— Je doute fort qu'il essaie de lui faire du mal en ta présence.

Quand elle ouvrit les paupières, Kate vit un homme à son chevet. Il avait des yeux noirs, les pommettes hautes et une belle bouche appétissante. Curieusement, elle eut soudain envie d'en effleurer les contours du bout des doigts. Etrange, tout de même, elle qui n'avait jamais désiré caresser un homme...

L'envahit alors un agréable sentiment de bien-être... comme si brusquement elle se sentait en totale sécurité. Mais ce sentiment ne surgissait pas du néant, elle avait une très nette impression de déjà-vu. De déjà-vécu, plutôt. Où avait-elle déjà rencontré cet inconnu ? Et pourquoi, dans son souvenir, ce visage et sa personnalité étaient-ils si étroitement liés à cette sensation ?

Pourtant, en le regardant bien, il ne semblait pas particulièrement rassurant. Il avait même un côté sauvage. Il lui rappelait les bohémiens qui traversaient parfois le village... Ce qu'il n'était pas, à en juger par l'élégance de sa tenue.

— Qui... ? commença-t-elle faiblement. Qui êtes-vous ?

— Robert MacDarren, répondit-il d'une voix grave au léger accent écossais. Comment vous sentez-vous ?

— Bien.

— Vous mentez. Vous êtes maculée de boue de la tête aux pieds, et probablement couverte de bleus.

Quel ton rogue ! Katherine retrouva immédiatement tous ses esprits. Et elle cessa sur-le-champ de se sentir en sécurité. Il fallait qu'elle eût perdu la tête pour imaginer que cet individu lui voulait du bien. Il était dur, distant, sans pitié, c'était évident. Soudain, elle se rappela où elle l'avait déjà vu. Dans le bois.

— Que faites-vous ici ? s'affola-t-elle. Etes-vous médecin ?

Il secoua la tête. Elle le scruta, de plus en plus intriguée. Sebastian ne laissait jamais entrer personne, sauf en cas de nécessité.

— Etes-vous...

— Je suis le comte de Craighdhu. Je viens de la part de la reine.

— La Dame ?

Voilà pourquoi il était si bien vêtu et si sûr de lui. La femme du pasteur aussi, se rappela Robert, avait parlé de « la Dame » à propos d'Elizabeth.

— Pourquoi dites-vous « la Dame » ?

La question confondit Katherine. Les autres messagers s'étaient contentés de transmettre les ordres en veillant bien à préserver l'anonymat de celle qui les mandatait.

— Parce que personne ne doit savoir, évidemment.

— Je vois. Et personne ne doit savoir, je suppose, le traitement que Landfield vous fait subir. Je suis sûr que...

— Il faut que tu descendes tout de suite lui parler, Robert !

Katherine tourna la tête vers l'homme qui venait de surgir sur le seuil. Il avait des cheveux roux bouclés, des taches de son sur le visage et il ne paraissait guère plus âgé qu'elle. Et, surtout, elle le trouvait beaucoup moins intimidant que l'autre.

— Elle est réveillée ? chuchota-t-il. Ah, tant mieux ! Elle a de très beaux yeux, Robert, tu ne seras pas trop mal loti, après tout !

Il s'approcha encore et s'inclina.

— Gavin Gordon. Ravi de faire votre connaissance, mademoiselle Kentyre.

Katherine n'eut pas le loisir de répondre ; déjà Robert interrogeait son cousin avec humeur.

— Pourquoi devrais-je descendre ?

— Il est fou furieux, il veut te voir.

— Plus tard.

— Comme tu voudras. Mais il interdit à sa femme de monter de l'eau chaude.

MacDarren grogna, puis repoussa vivement sa chaise avant de se lever.

— Diable d'homme ! Cette boue séchée ne s'enlèvera jamais si on attend trop.

Il se retourna sur le seuil pour regarder Kate. Et quand il lui parla, il n'y avait plus de dureté dans sa voix.

— Essayez de dormir. Tout va bien se passer.

Kate fut tentée de le croire. Il avait beaucoup plus d'autorité que les autres messagers d'Elizabeth. Peut-être même pourrait-elle lui demander d'intercéder en sa faveur auprès de Sebastian pour sauver Caird... ? Oui, mais ensuite il repartirait, comme tous les autres ; elle se retrouverait seule, et Sebastian aurait à nouveau toute liberté pour la tourmenter.

Pourtant, cette fois, songea-t-elle, elle allait profiter de la situation. Le pasteur était occupé, il n'y avait pas de temps à perdre. Elle ne devait compter que sur elle-même et saisir l'occasion qui se présentait.

Rejetant ses couvertures, Kate se redressa lentement. MacDarren avait raison, elle était sûrement couverte de bleus, tout son corps n'était que douleur. Enfiler ses bas et ses chaussures fut un véritable martyre. Cependant ce n'était qu'un début. En effet, comment sortir de la maison, sinon par la fenêtre ? Ce ne serait pas la première fois, et les difficultés étaient minimes. Il lui suffisait de s'agripper au rebord et de se laisser tomber sur le sol. Mais aujourd'hui, son corps meurtri allait sûrement protester. Kate jeta un regard de regret à son lit. Que ne donnerait-elle pas pour retourner sous les couvertures, bien au chaud, en attendant que ses muscles récupèrent !

Toutefois, c'était maintenant ou jamais qu'il lui fallait fuir ; l'occasion ne se représenterait peut-être pas de sitôt.

Kate prit une profonde inspiration et ouvrit la fenêtre.

Sebastian Landfield se tenait devant la cheminée du salon, les mains derrière le dos, lorsque Robert entra.

— Vous vouliez me voir ?

— Oui, Milord, répondit le pasteur avec sévérité. Ma patience a des limites, et je trouve votre intrusion intolérable.

— C'est bien dommage. Néanmoins, si vous avez lu la lettre de Sa Majesté, vous comprenez que vous n'avez plus le droit d'émettre ce genre d'objections. La jeune fille m'appartient désormais.

— Non ! Elle n'est pas prête, elle a encore besoin qu'on veille sur elle. Je suis certain que Sa Majesté ne se rend pas compte qu'elle commet une lourde erreur.

— En tant que mari, je veillerai sur Katherine.

— Mais vous ne comprenez pas ; elle a encore besoin d'être guidée. Si elle me quitte maintenant, vous allez défaire tout ce que je me suis efforcé de construire.

— Je pense être tout à fait capable de me faire obéir d'une jeune fille. Et puis, en cas de résistance, je peux toujours la traîner derrière mon cheval sur deux ou trois kilomètres, ajouta-t-il avec ironie.

— Vous me trouvez cruel ? demanda Landfield sèchement. Vous ne savez rien. Aucun châtiment ne l'affecte. Elle a en elle une force incroyable.

Robert avait en mémoire l'image d'une enfant pitoyable au fond d'un petit lit.

— Le sujet est clos, fit-il en contenant sa colère. Dites à votre femme de monter de l'eau chaude.

Les yeux de Landfield lancèrent des éclairs et il insista :

— Nous n'avons pas terminé. Et vous allez m'écouter ! Il n'est pas question que je la lâche dans le monde ; elle causerait trop de dégâts, tout comme sa mère avant elle ! La reine vous a sûrement révélé son nom. Savez-vous que c'est une diablesse ? Elle ressemble chaque jour un peu plus à la putain catholique. Vous ne pouvez pas l'épouser. Elle ne doit pas se marier. C'est une créature, une Lilith !

— Une Lilith ?

— La première épouse d'Adam au Paradis, la tentatrice, celle qui engendra le vice et la méchanceté ! Elle vous prendra dans ses griffes, vous tentera, vous séduira et fera de vous son esclave. Vous serez perdu, réduit à rien.

Gavin, derrière eux, émit un petit soupir de mépris qui correspondait exactement à ce que Robert pensait en cet instant. La pauvre chose couverte de boue, là-haut, une Lilith capable de transformer un homme de caractère en chiffe molle ? Très franchement, Robert MacDarren trouvait cela plutôt hilarant.

Oh, et puis il avait suffisamment perdu de temps à écouter toutes ces bêtises !

— Gavin, va dans la cuisine et aide Mme Landfield à monter l'eau chaude dans la chambre.

Gavin sorti, Robert se tourna à nouveau vers le pasteur.

— Votre inquiétude à mon sujet me touche, mon révérend, mais je vous assure que je ne cours aucun danger. Une gamine ne me fait pas peur, croyez-moi.

— Vous pensez pouvoir vous faire obéir d'elle, alors que je n'ai pas encore réussi à lui faire entendre raison ? Mais j'y arriverai, je la vaincrai corps et âme. Et pour cela, Sa Majesté doit me la laisser.

— Le sujet est clos, je vous le répète. Nous partirons à l'aube, si Katherine est en état de voyager.

Rouge de colère, le pasteur allait protester lorsque Gavin revint, visiblement très embarrassé.

— Robert… elle est partie, dit-il simplement.

— Quoi ?
— Elle est partie. La fenêtre de sa chambre était ouverte.
— Comment est-ce possible ? s'écria le comte, incrédule. Elle pouvait à peine bouger...
— Je vous l'avais dit, triompha le pasteur. Elle a une volonté de fer. Ne voyez-vous donc pas qu'elle ne sera pour vous qu'une source d'ennuis ? Elle a besoin d'une poigne solide pour la...
— En route, Gavin, ordonna Robert en gagnant la porte. Elle n'a pas pu aller bien loin, et nous n'aurons aucun mal à la suivre à la trace. C'est un véritable marécage par ici !
— Je vais chercher les chevaux ? proposa Gavin.
— Non, le temps presse, nous irons à pied.

Elle était suivie ! Kate s'arrêta une seconde pour se retourner. Qui la suivait ? Sebastian ? Elle aperçut une chevelure noire et l'éclat d'une chaîne en or... Non, ce n'était pas Sebastian, mais Robert MacDarren.

Le pasteur l'avait envoyé à sa recherche, cela ne faisait aucun doute. Cet étranger ne valait pas mieux que les autres, s'il se pliait aussi volontiers aux ruses de Sebastian.

Alors, Kate prit ses jambes à son cou, jetant de temps à autre un coup d'œil inquiet par-dessus son épaule. Mais MacDarren se rapprochait, avançant à grands pas sans même avoir besoin de courir ! La marche de la jeune fille était, elle, ralentie par la boue qui engluait ses chaussures. Elle était à bout de souffle, ses forces l'abandonnaient, pourtant elle ne pouvait pas se rendre. Non, elle ne le devait pas !

Une seule solution s'offrait à elle. Surmontant sa faiblesse quelques instants encore, Kate fonça droit devant elle sur une dizaine de mètres, puis bifurqua dans les broussailles.

Vite, il fallait faire vite ! Elle repéra une grosse branche tombée, s'en empara, recula de quelques pas et attendit, tenant sa massue improvisée de ses deux mains levées. La tête, elle devait viser la tête ! Ses fragiles forces ne lui permettraient d'assener qu'un seul coup sur le crâne de son poursuivant ; elle ne devait donc pas le rater. Elle s'embusqua derrière un arbre et attendit. Cependant, elle respirait si vite et si fort qu'elle fut effrayée à l'idée d'être découverte par l'Ecossais avant même de pouvoir le frapper. Alors, elle tenta de retenir son souffle...

Soudain elle l'entendit. Il arrivait à sa hauteur... Elle serra la branche plus fort entre ses doigts gelés. Lorsque Robert la dépassa, scrutant le sentier, Kate émergea brusquement de sa cachette, brandit son arme et frappa de toutes ses forces.

MacDarren émit un grognement de douleur avant de s'écrouler sur le chemin. Kate lâcha la branche et se remit à courir. Mais un obstacle invisible la fit trébucher, et elle tomba si lourdement qu'un immense voile noir se referma autour d'elle.

Quand elle revit la lumière du jour, elle était étendue à terre et MacDarren la tenait plaquée au sol. Elle tenta immédiatement de se libérer en se débattant.

— Restez tranquille, sacrebleu ! maugréa-t-il. Je ne suis pas... Aïe... !

Kate venait de lui mordre le poignet. Mais il ne desserra pas son étreinte pour autant, au contraire, il serra plus encore.

— Lâchez-moi !

Injonction aussi futile que stupide, elle en avait parfaitement conscience ; de toute évidence, cet homme n'avait pas l'intention de la laisser filer.

— Mais enfin, Robert, attends au moins d'être marié ! lança soudain Gavin en apparaissant derrière eux.

— Eh bien, tu en as mis du temps ! bougonna MacDarren. Elle essaie de me tuer, figure-toi !

— Oui, elle se défend bien pour quelqu'un qui pouvait à peine remuer. Je l'ai vue t'assommer. Quelle force ! Malheureusement, j'étais trop loin pour voler à ton secours. Tu es blessé ?

— Non, mais je vais me payer de sacrés maux de tête !

— Tu saignes !

— Elle m'a mordu. Ah, je comprends maintenant pourquoi Landfield l'enchaînait !

Kate sentit son cœur se serrer. Sebastian l'avait aisément convaincu. Si ces deux hommes unissaient leurs forces à celles du pasteur, quelle chance avait-elle désormais de gagner la bataille. Elle attendrait donc une occasion plus favorable. Aussitôt, elle cessa de lutter, mais le regard qu'elle décocha à MacDarren était lourd de défi.

— Voilà qui est mieux, fit-il. Je ne suis pas particulièrement de bonne humeur aujourd'hui. Il est donc préférable que vous n'aggraviez pas votre cas.

— Lâchez-moi !

— Vous avez fugué une nouvelle fois, hein ? Bon, vous m'avez causé assez d'ennuis comme cela. Gavin, passe-moi ta ceinture.

— Je ne retournerai pas au cottage ! maugréa-t-elle, les poings maintenant liés par une lanière de cuir.

Robert MacDarren se releva.

— Vous irez où je vous dirai d'aller, même si je dois vous y traîner...

Il s'interrompit, révolté par ses propres paroles.

— Bon Dieu, voilà que je parle comme ce maudit prêcheur !

Kate se redressa.

— Vous avez peur de lui ? demanda-t-il.

Oui, elle avait peur et elle ne voulait plus vivre de la sorte...

— Je ne peux pas retourner là-bas, répéta-t-elle avec obstination.

Robert l'observa un moment.

— Très bien, nous n'y retournerons pas, vous ne serez plus jamais obligée de voir le pasteur.

Kate leva sur lui un regard incrédule.

— Nous passerons la nuit dans cette auberge que nous avons vue à l'orée du village, dit-il à Gavin. Va récupérer les affaires de Katherine au cottage et selle les chevaux. Nous te retrouverons à l'écurie.

— Vous m'emmenez avec vous ? s'enquit la jeune fille.

— Si vous aviez attendu un peu, au lieu de sauter par la fenêtre, je vous aurais mise au courant. Je suis venu vous chercher.

Kate crut alors comprendre.

— Vous m'emmenez chez la Dame ?

— Non. Mais Sa Majesté estime qu'il est temps pour vous de vous marier.

— Me marier ? balbutia Kate, suffoquée.

— Ignorez-vous ce que cela signifie ? On a dû pourtant faire votre éducation ?

— Je sais surtout ce que cela signifie.

Le mariage était synonyme de servitude, d'étouffement et de cruauté… Si on prenait pour critère la vie de couple du pasteur et de sa femme… D'ailleurs, Kate se souvenait avec effroi des cris de Martha, qui s'échappaient de leur chambre la nuit. Cette existence, elle aurait voulu la fuir pour toujours. Et voilà qu'il était question de mariage ! Dire qu'elle avait espéré échapper à pareil destin !

— Mais je ne peux pas me marier !

— Est-ce ce brave pasteur qui vous l'a dit ? En tout cas, la reine n'est pas de cet avis.

Une lueur d'espoir jaillit dans le cœur de la jeune fille. Elizabeth lui avait peut-être choisi comme maître un homme plus facile à vivre que Landfield ?

— Qui vais-je épouser ?

— C'est à moi que revient cet honneur, répliqua MacDarren avec un petit sourire.

Kate sursauta. Elle allait de surprise en surprise. Celle-ci n'était guère drôle. Ce MacDarren ne semblait correspondre en rien à l'idée qu'on pouvait se faire d'un homme facile à vivre…

— Et vous n'avez pas peur ? fit-elle avec quelque provocation.

— Peur de vous ? Non, si quelqu'un surveille ce qui se passe dans mon dos !

Il se moquait, bien sûr, ce n'était pas ce qu'elle avait voulu dire. De toute manière, quelle question idiote ! Cet homme-là n'avait sûrement peur de rien ni de personne. En outre, elle n'était pas la furie décrite par Sebastian ! Evidemment, à force de le lui répéter, il avait presque réussi à l'en convaincre, mais là, maintenant, sa fatigue était telle qu'elle avait les pensées un peu floues. Ses forces semblaient diminuer à chaque seconde.

— Non, vous n'avez pas besoin d'avoir peur... je ne suis pas Lilith, murmura-t-elle en vacillant.

— Il faut que nous allions jusqu'à l'écurie, dit-il en l'aidant à retrouver l'équilibre. Vous pouvez marcher, ou voulez-vous que je vous porte ?

— Je peux marcher.

Inutile d'approfondir cette histoire de mariage ; elle avait d'autres sujets de préoccupation plus urgents.

— Je dois d'abord aller chercher Caird.

— Caird ? Qui est-ce ?

— Mon cheval, répondit-elle en retournant vers le sous-bois. Il n'est pas loin.

— Votre cheval est dans la forêt ? s'étonna Robert qui la suivit.

— Je l'ai amené ici pour le cacher. Sebastian avait décidé de le tuer. Il voulait que je lui dise où il se trouvait...

— Et c'est pour cette raison qu'il vous traînait sur le sol ?

La jeune fille ignora la question et continua :

— Sebastian disait que les animaux sauvages qui vivent dans les bois dévoreraient Caird. Il m'a fait peur... mais je ne veux pas l'écouter.

Ces derniers mots semblèrent lui redonner de l'énergie et Kate commença à se diriger vers le bois. MacDarren lui emboîta le pas.

— Il y a déjà un bout de temps que je l'ai laissé. J'espère que...

Et puis Caird parut, en train de brouter paisiblement sous un gros chêne.

— Oh, il va bien! s'exclama Kate avec soulagement.

— Vous trouvez? fit MacDarren en examinant l'animal d'un air sceptique. Moi pas. Quel âge a-t-il?

— Bientôt vingt ans, répondit-elle en lui caressant tendrement la tête. Mais il est solide, et il a très bon caractère.

— Nous allons être obligés de le laisser derrière nous. Il ne supporterait pas le voyage. Nous le confierons à l'aubergiste et je vous achèterai une autre monture.

— Je ne veux pas me séparer de lui! se fâcha Kate. Comment saurais-je s'ils s'occupent bien de lui? Je ne peux pas le laisser, il vient avec nous.

— Et moi je dis qu'il restera ici.

Kate frissonna de terreur. Le ton était sans réplique, et elle crut entendre Sebastian.

— Dans ce cas, je vais être obligée de rester moi aussi.

— Et si Landfield vous reprend?

Elle haussa les épaules et pressa sa joue contre le museau de Caird.

— Il est à moi.

— Ah, là, là!

Robert ramassa la selle près de l'arbre, sangla le cheval et poussa un soupir résigné.

— Bon, d'accord, il vient avec nous.

— Vraiment? bredouilla Kate, déjà rayonnante.

— Puisque je vous le dis.

Il l'installa en selle et ajouta:

— Nous l'utiliserons comme bête de somme, et je vous achèterai une autre monture. Vous êtes satisfaite?

Si elle était satisfaite!

— Oh, oui! Et vous ne le regretterez pas. Mais inutile de dépenser votre argent pour m'acheter un autre cheval. Caird est réellement très costaud, je suis certaine qu'il sera capable de...

— Je regrette déjà d'avoir pris cette décision, la coupa MacDarren, un peu agacé. Même peu chargé, je doute fort qu'il traverse les Highlands.

Il mentionnait ces rudes contrées pour la deuxième fois. Mais Kate se souciait peu de savoir où ils allaient. Rien ne lui importait, hormis la présence de son cheval adoré ! Au diable tous les soucis… Pourtant, à nouveau, elle s'inquiéta :

— Vous n'allez pas changer d'avis ?

— Non, je ne changerai pas d'avis, la rassura-t-il avec une furtive douceur dans les yeux.

Quand ils arrivèrent à l'écurie, Gavin était déjà en selle à les attendre.

— Il est à elle ? demanda-t-il en voyant Caird.

Robert inclina la tête.

— Oui, et c'est lui la cause de tout ce remue-ménage.

— Ah ? Mais il ne vaut rien.

— Tout à fait mon avis. Pourtant nous le gardons.

— Tiens donc ! Comme c'est intéressant… remarqua Gavin.

— Aucun problème avec le pasteur et sa charmante épouse ? s'enquit Robert en enfourchant son cheval.

Kate sentit ses doigts se crisper sur les rênes de sa monture.

— Mme Landfield paraissait ravie de me remettre les affaires de la petite, répondit Gavin en indiquant un modeste baluchon accroché à sa selle. Quant à son époux, il m'a juste regardé d'un œil sombre.

— Il en a peut-être pris son parti.

— Jamais, chuchota Kate. Il ne renonce jamais.

— Dans ce cas, filons, décréta Robert. Fais attention que Katherine ne tombe pas, Gavin, elle est morte d'épuisement.

Sebastian Landfield les attendait à une vingtaine de mètres du cottage. Il leur barrait la route.

— Ôtez-vous de mon chemin, ordonna froidement

Robert. Je ne suis pas d'humeur à jouer à ce petit jeu-là.

— C'est votre dernière chance, dit le pasteur. Rendez-moi Katherine avant qu'il ne soit trop tard.

— Ôtez-vous de là, Landfield !

— Katherine ! implora Sebastian. Ne t'en va pas. Tu sais que tu ne pourras jamais te marier. Tu sais ce qui arrivera.

Robert s'avança, obligeant Landfield à se mettre sur le côté. Puis il fit signe à Gavin et à Kate de s'éloigner.

— C'est fini, pasteur, elle n'est plus ni sous votre responsabilité ni sous votre joug ! Et si jamais vous vous avisez de l'approcher de nouveau, vous vous en repentirez ! conclut-il sur un ton menaçant.

— On se reverra, promit Sebastian à Kate, les yeux brillants de larmes. Je voulais t'épargner, Katherine. Je voulais te sauver, mais Dieu en a décidé autrement. Tu sais ce qu'il te reste à faire.

Il se détourna et reprit le chemin de sa maison.

— Qu'a-t-il voulu dire ? demanda Gavin.

Kate ne répondit pas. Suivant le pasteur des yeux, elle se mit à frissonner, comme si une terrible menace pesait maintenant sur elle. Mais non, voyons ! C'était ce qu'il désirait, la mettre mal à l'aise. Une de ses façons de l'enchaîner...

— Eh bien ? interrogea également Robert. Que voulait-il dire ?

— Rien, dit Kate. Il a simplement essayé de me faire peur. Il est tellement content quand j'ai peur de lui...

Robert n'en croyait pas un mot, elle le comprit. Sans doute allait-il insister. Pourtant, il se contenta de la rassurer.

— Vous n'avez plus à avoir peur de lui. Il n'a plus aucun pouvoir sur vous.

Lui, si, en revanche, constata-t-elle, en soutenant le regard qui la subjuguait et l'apaisait tout à la fois.

— Je suis désormais le seul capable de vous faire du mal ou de vous venir en aide...

3

Les lumières de l'auberge éclairaient le chemin, là-bas, à l'entrée du village. Elles promettaient au passant un accueil chaleureux.

Pas pour moi, songea Kate qui se raidit soudain. Sur le moment, elle n'avait pas réalisé. Jamais elle n'aurait dû accepter que MacDarren l'amène dans la taverne des Tabord.

— Non ! dit-elle en tirant sur les rênes de Caird. Je n'irai pas dans cette auberge !

— Qu'est-ce qui vous prend ? riposta Robert, agacé. Vous ne vouliez pas retourner au cottage des Landfield et maintenant vous refusez l'auberge ? Je n'ai pas l'intention de dormir à la belle étoile. J'ai besoin d'un lit et d'un bon bain, et vous aussi d'ailleurs. Allez, en route !

Il ne comprenait pas son attitude, et elle était trop épuisée pour lui expliquer. De toute façon, il découvrirait bien vite ses raisons.

L'aubergiste ouvrit toute grande sa porte et sortit dans la cour avec empressement. Sa lanterne, qu'il portait haut, révéla son large sourire. Il avait repéré un client de marque à l'élégance de MacDarren.

— Bonsoir, Milord, je suis Peter Tabord, patron de cette auberge, pour vous servir.

Robert inclina la tête.

— Robert MacDarren, comte de Craighdhu. Il me faut deux chambres et de quoi nous restaurer.

— Nous avons ce qu'il y a de mieux à des lieues à

la ronde, assura Tabord, redoublant d'empressement. Oh, la dame est tombée ? ajouta-t-il avec compassion. J'espère qu'elle ne s'est pas...

A la lueur de sa lanterne il venait de reconnaître Kate, et ses traits se figèrent.

— Désolé, Milord, je ne peux pas vous loger, il ne me reste plus de chambres.

— Vous en aviez pourtant il y a un instant.

— Plus maintenant.

Tabord se tourna vers Kate, l'œil mauvais.

— Rentre chez toi, Kate, tu as causé assez d'ennuis comme cela à notre révérend ! Je ne vais pas permettre que tu viennes faire la ribaude sous mon toit. Tu ne...

— Silence ! ordonna Robert, son poignard sur la panse de l'aubergiste. Assez ! Vous nous trouvez deux chambres dans votre masure surpeuplée ou je vous étripe !

— Je t'en prie, pas cela ! supplia Gavin. Tu sais que j'ai horreur de voir le sang couler.

Indifférent à sa prière, Robert appuya son arme un peu plus fort.

— Ma femme a besoin d'une servante, tâchez de lui en trouver une. Et je vous demande de la traiter avec respect et courtoisie !

Tabord se braqua.

— Je ne me laisserai pas intimider, Milord, j'ai ma conscience pour...

Il s'arrêta net, soudain abasourdi par ce qu'il venait d'entendre.

— Votre femme ? Kate ? Ne me dites pas que...

— Nous sommes mariés.

Robert rengaina son poignard et se tourna vers son cousin.

— Gavin, rentre les chevaux.

Puis il poussa Kate à l'intérieur. Tabord les suivit en traînant les pieds.

— Je n'ai pas de servante, maugréa-t-il. Seulement ma fille, Carolyn.

— Bon, ça suffira. Qu'elle monte de l'eau chaude et prépare la baignoire.

— Non, fit Kate. Pas Carolyn. Je ne veux pas qu'elle s'occupe de moi.

Pour la première fois, l'aubergiste regarda la jeune fille sans hostilité.

— Elle voudra bien, tu sais, Kate, elle parle tout le temps de toi.

Il leur ouvrit une porte à l'étage, et resta sur le seuil.

— Vous êtes vraiment mariés ?

— Je ne vous le redirai pas. Elle est ma femme, et vous allez la traiter avec les égards qui lui sont dus, riposta Robert d'un ton sans réplique.

Puis il referma la porte au nez de Tabord.

— Vous lui avez menti, lui reprocha Kate.

— Je ne mens pas, rétorqua Robert en jetant sa cape sur un siège.

— Attention ! Vous allez tout salir, mettre de la boue sur ces jolis coussins brodés, fit-elle.

La jeune fille se saisit précipitamment du vêtement de Robert et le laissa tomber par terre. Le comte la regardait d'un air intrigué.

— Je me moque bien du mobilier de Tabord ! Du reste, comment diable avez-vous de tels scrupules alors qu'il vient de vous traiter avec tant de grossièreté ?

— Il n'est pas vraiment fautif, vous savez. C'est un brave homme. Il a toujours été gentil avec moi quand j'étais petite, je venais souvent jouer avec sa fille.

— Pourtant, ce soir, il ne se montre pas particulièrement aimable avec vous.

— Lorsque je suis devenue grande, Sebastian m'a interdit de venir au village ; il disait que ces gens-là n'étaient pas assez bien pour moi, et il s'est mis à leur raconter...

Kate s'interrompit un instant ; le souvenir faisait si mal.

— Il racontait à tout le monde que j'étais une... catin, et qu'il devait me surveiller de près.

— Et les villageois l'ont cru ?

— Evidemment. C'est le pasteur, un homme de

Dieu ! Sebastian pense que j'ai réellement le vice dans le sang, et les gens lui font confiance.

Sa mante couverte de boue pesait une tonne sur ses épaules. Kate l'enleva et la jeta par terre, près de la cape de MacDarren. Etrange, comme ces vêtements étaient disparates, songea-t-elle. Le velours et la bure. Eux aussi étaient bien différents l'un de l'autre, d'ailleurs. Soudain, Kate sentit sourdre la colère au fond de son cœur.

— Mais je ne suis pas une putain, comme il se plaît à le proclamer ! Et je ne deviendrai pas la vôtre, en tout cas, je ne me laisserai pas faire !

— Je n'ai pas l'intention de vous manquer de respect...

— Je ne suis pas une idiote. Sebastian a veillé à ce que je sache ce qu'était le péché de chair. Vous m'installez dans une chambre avec vous et vous mentez en disant que nous sommes mariés. Comptez-vous vraiment m'épouser ?

— Nous sommes mariés.

— Vous êtes fou ou quoi ? Ce n'est pas parce que vous le dites que nous sommes effectivement mariés, c'est impossible, voyons !

— Ah, mais si, c'est tout à fait possible. Et nous n'aurons jamais d'autre mariage. Notre union se conclut à l'écossaise, sans cérémonie religieuse, c'est un mariage civil tout à fait légal. Les conjoints déclarent devant témoins qu'ils vont vivre ensemble pendant un an. Si l'essai les satisfait, ou si un enfant voit le jour entre-temps, le mariage est déclaré permanent. Dans le cas contraire, les époux sont libres de repartir chacun de leur côté.

— Je trouve cela très étrange, remarqua Kate d'un air soupçonneux.

— Mais l'union est parfaitement légitime. Je vous emmène à Craighdhu, je vous reconnais comme ma femme, et nous nous séparons dans un an. Même si Sa Majesté a des projets à plus long terme...

Kate sentit qu'il était en colère, mais pas contre elle.

— Vous ne voulez pas rester marié avec moi ?

— Oh, sûrement pas ! Vous m'excuserez de manquer de galanterie, mais vous êtes bien la dernière femme avec qui je voudrais vivre... J'ai déjà assez de problèmes !

— Parce que je suis la fille de... qui vous savez.

Kate ne posait pas la question, c'était inutile. Sebastian n'avait jamais cessé de lui répéter qu'elle n'était pas digne du mariage, qu'aucun homme ne voudrait d'elle pour d'autres raisons que strictement charnelles.

— Exactement.

Elle avait beau le savoir, c'était une blessure jamais refermée, une plaie toujours à vif. Mais Kate redressa la tête.

— Eh bien, je m'en moque ! Moi non plus, je ne veux pas de vous. D'ailleurs, je ne veux épouser personne.

Si seulement il s'en allait, qu'elle puisse soigner ses blessures... Elle croyait s'être endurcie, pourtant il avait réussi à percer une brèche dans sa fragile cuirasse, et jamais elle ne s'était sentie aussi seule. La fatigue, se dit-elle. Quand on tombe d'épuisement, la moindre émotion prend des proportions démesurées.

— Je ne vois pas pourquoi la Dame — je veux dire Sa Majesté — a jugé nécessaire de me marier.

— A l'évidence, ce bon révérend a omis de vous éclairer sur un point. A savoir, les implications politiques qu'il y a à être la fille de Marie Stuart.

— Politiques ? répéta Kate en levant sur lui un regard stupéfait. Mais je ne suis rien, moi, pour personne ! Je n'ai aucun pouvoir. Je suis une enfant illégitime.

— Cela n'a rien à voir !

Quelqu'un montait l'escalier. Ils prêtèrent l'oreille.

— Ah, ils vous montent votre bain, continua Robert. Nous poursuivrons cette conversation plus tard. Mais au fait, ajouta-t-il en gagnant la porte, puisque nous sommes mari et femme, appelez-moi Robert. D'accord… Katherine ?

— Kate ! rectifia-t-elle avec violence. Lui, il m'appelait trop souvent Katherine.

— Et vous refusez tout ce qui vous rappelle cet homme. Que signifiaient ses propos tout à l'heure : « Tu sais ce qu'il te reste à faire » ? Que voulait-il dire ?

— Le salut ou la destruction, je n'avais pas le choix, m'a-t-il constamment répété. Maintenant, je cours à ma perte, voilà ce qu'il voulait dire. Il va donc tenter de me détruire.

— Vous paraissez accepter cela avec beaucoup de calme. J'aurais cru que…

On frappa à la porte et Robert ouvrit. Une jeune femme brune leur souriait sur le seuil. Kate reconnut la fille de l'aubergiste et se crispa. Simon, son petit frère, la suivait.

— Je suis Carolyn Tabord, Milord. Nous apportons le bain de Madame la Comtesse. Le vôtre se trouve déjà dans la chambre d'à côté. Votre escorte est en train de se laver dans la cuisine. J'espère que l'arrangement vous satisfait.

— Tout à fait.

Robert regarda Kate quelques secondes, puis quitta la pièce.

— Et je suis sûre que Madame la Comtesse est satisfaite elle aussi, Monsieur le Comte est si bien fait de sa personne ! murmura Carolyn en s'approchant de Kate. Moi, il me rappelle ce beau mâle que nous avions espionné un jour qu'il fautait avec la Maggie, dans le pré, tu t'en souviens ?

Kate se détendit. Tout redevenait si simple avec Carolyn. Elle avait l'impression de l'avoir quittée la veille alors qu'elles ne s'étaient pas revues depuis trois ans.

— Je ne sais pas — enfin, peut-être, oui… Bonsoir, Carolyn, comment vas-tu ?

— Très bien, comme toujours, répondit la jolie brune en ramassant les vêtements. Moi aussi je vais me marier, tu sais.

— Avec qui ?

— Timothy Kanut, le forgeron.

Carolyn ouvrit la porte, le temps de jeter les vêtements sales sur le palier.

— Je vais les mettre à sécher devant le feu, dans la cuisine, puis je leur donnerai un bon coup de brosse pour chasser la boue. Nom d'un chien, ce que tu es sale !

Kate n'avait qu'un souvenir assez vague de Timothy Kanut. Il était leur aîné de quelques années. Trapu, solide, tout en muscles, Kanut avait un très gentil sourire et une femme à la langue de vipère.

— Je le croyais déjà marié ?

— Il est veuf à présent, depuis un an. Sa femme est morte juste à temps pour mon salut — la pauvre ! J'ai bien failli fauter dans le grenier à foin pour convaincre Timothy de s'enfuir avec moi.

— Tu aurais fait cela ?

— Je l'aime, et j'étais prête à tout pour qu'il soit mien. Du reste, si je l'avais laissé avec cette mégère qui le rendait malheureux, j'aurais commis un péché bien plus grave encore.

— Ton père ne s'en serait pas remis.

— Parfois le discernement lui fait défaut. C'est comme à ton sujet ; il n'aurait jamais dû croire Sebastian. J'ai essayé de le raisonner... Tu sais, je me suis rendue au presbytère à plusieurs reprises la première année.

— Je ne savais pas.

— Martha n'a pas voulu me laisser te voir. J'ai insisté, crié, même, bref, j'ai fait tout ce que j'ai pu pour la convaincre. Mais elle me fixait de son regard glacial, et, finalement, j'ai eu peur, j'ai abandonné. Je ne suis plus jamais retournée là-bas.

— Moi, je n'aurais pas renoncé, gronda Kate.

— J'ai fait de mon mieux, Kate ! Mais je me doutais bien que tu ne comprendrais pas. Je n'ai jamais été capable de répondre à tes espérances. Tu as toujours tellement exigé de moi ! Tu ne m'as jamais acceptée telle que je suis.

Kate n'avait pas soufflé mot à la jeune fille de sa vie au cottage. Les heures qu'elles passaient ensemble lui étaient trop précieuses pour les teinter de tristesse. Pourtant, si Carolyn avait été réellement son amie, n'aurait-elle pas dû deviner qu'en acceptant la séparation que leur imposait Sebastian elle condamnait Kate à une affreuse solitude ? Mais « solitude » était un mot dont Carolyn ne connaissait pas le sens. De toute façon, elle n'avait jamais compris Kate, ni même cherché à la comprendre.

— Mais enfin, tout cela n'a plus d'importance, fit Carolyn avec un large sourire. A présent, tu es comtesse, et même mon père est impressionné ! Tu vois, tout s'arrange toujours dans la vie. Je n'avais pas entendu dire que tu te mariais. Cela remonte à quand ?

— C'est très récent.

Kate se demandait encore, du reste, si elle pouvait donner foi aux déclarations de MacDarren. Ce genre de mariage lui paraissait si étrange. Elle porta la main à son front, puis à sa tempe.

— Tu es fatiguée, je vois ; et moi qui t'empêche de prendre ton bain !

Tandis que Carolyn s'affairait autour de la baignoire, Kate se mit à rêver. Comme il serait merveilleux, en effet, de pouvoir se laisser aller à croire que Carolyn avait raison, et que tout finissait toujours par s'arranger dans la vie. Même si, dans son cas, son sort se trouvait entre les mains d'un étranger...

Cependant, il fallait le reconnaître, l'arrivée de Robert MacDarren dans son existence lui avait déjà procuré deux raisons de se réjouir. D'abord, elle était débarrassée de Sebastian ; ensuite elle apprenait que sa seule amie ne l'avait pas tout à fait abandonnée. Tout n'était donc pas perdu...

Une heure plus tard, Robert parut seul dans la salle de l'auberge et Gavin lui demanda d'un ton inquiet :

— Et où est notre jeune mariée ?

— Dans son bain, je présume. Je sors du mien, d'ailleurs. Bon, alors, as-tu demandé à l'aubergiste de nous préparer un repas ?

— Oui, ça ne va pas tarder, répondit Gavin en lui tendant une chope de bière. En outre, je me suis renseigné ; il a une belle jument à vendre. Elle ne vaut évidemment pas ce qu'il en demande, mais je vais tenter de marchander.

Gavin but une gorgée de bière, puis demanda :

— Et le vieux canasson, tu comptes toujours l'emmener ?

— J'ai dit non, tu as oublié ?

Robert vida sa chope. La bière était revigorante, mais il était toujours de méchante humeur. Pour quelle raison ? Il l'ignorait. Mais il savait seulement que cela avait commencé au moment où Kate, épuisée, maculée de boue, l'avait regardé droit dans les yeux, bien déterminée à ne pas céder à sa propre faiblesse.

— Mais tu vas l'emmener, n'est-ce pas ? insista Gavin. Puis-je te demander pourquoi ?

— Pour qu'elle nous fiche la paix.

— Ah bon ! Je croyais que la pauvre donzelle t'avait attendri. Enfin, troublé, je veux dire.

— Une gamine toute crottée ? Dis donc, j'ai plus de goût que ça !

— Oui, mais tu es chaste comme un moine depuis des semaines, toi, si ardent...

— Peut-être, mais cette fille-là, je ne tiens pas à coucher avec elle, quand bien même je serais tenté de la fourrer dans mon lit !

— Eh bien, tu te comportes vraiment bizarrement, commenta Gavin d'un air réellement surpris.

Puis son visage s'éclaira.

— Ah, je comprends ! Tu crains de l'engrosser. Et ton mariage serait alors indissoluble, que tu le veuilles ou non.

— Exactement.

— A moins que tu ne prennes des précautions...

— A quoi bon ? Je n'ai pas envie d'elle.

— Pauvre fille ! En pleine jeunesse, et les plaisirs de la chair lui sont refusés... Tu lui as dit ?

— Je dispose de peu de temps pour m'étendre sur les détails. Elle ignore qu'elle représente un danger.

— Pour toi ?

— Pour moi, pour James, pour tout le monde. Le comble, en effet, c'est qu'elle semble l'ignorer !

MacDarren avait dit cela avec une violence qui surprit Gavin.

— Sa Majesté a veillé à ce qu'on la laisse dans l'ignorance, parce que ça l'arrangeait probablement.

— Mais c'est la porte ouverte à toutes les erreurs ! Et les erreurs peuvent mener à l'échafaud.

— C'est presque une enfant... Et puis tu aurais pu t'en douter, non ? Pourquoi cela te préoccupe-t-il brusquement ?

Dès le début, Robert avait été ému par la jeune fille, mais il avait refusé de songer à autre chose qu'au piège à éviter. Et il devait absolument continuer. Katherine Kentyre n'était rien pour lui, alors que Craighdhu représentait toute sa vie.

A cet instant surgit Carolyn, visiblement très inquiète.

— Venez vite, Milord, je vous en prie ! Je n'arrive pas à la réveiller !

— Que voulez-vous dire ? demanda Robert en fonçant vers l'escalier.

— Elle s'est endormie dans son bain. Enfin, je pense qu'elle dort... Mais elle est peut-être malade. J'ai beau la secouer, elle remue un peu, mais ne...

— Dieu du ciel !

Robert gravit les marches à toute vitesse, Carolyn et Gavin à sa suite.

Il s'agenouilla près du baquet.

— Kate ! appela-t-il en la secouant.

Elle ne réagissait pas et restait là immobile et sans réaction. Pourtant Robert pouvait voir la veine de son cou qui battait normalement. Elle semblait aussi respirer paisiblement... Toutefois, il avait entendu parler de ces soldats qui, malgré leurs blessures, pouvaient tenir debout jusqu'à la fin de la bataille. Kate était peut-être en train de mourir ?

A cette pensée, il accentua la pression de ses doigts sur son épaule.

— Kate ? Vous êtes sourde ou quoi ? Dites-moi quelque chose !

Ses longs cils frémirent et elle ouvrit lentement les yeux.

— Que voulez-vous que je vous dise ? chuchota-t-elle.

Etouffant un soupir de soulagement, Robert relâcha son étreinte.

— Rien, ça suffira. Et maintenant, tâchez de rester éveillée un instant. Il faut que je vous sorte du bain. La serviette, demanda-t-il à Carolyn derrière lui.

— Décidément, ça ne s'arrange pas, remarqua Gavin. J'espère seulement que ce n'est pas un mauvais présage. Tu veux que je me détourne ?

— Je veux que tu descendes lui chercher quelque chose à manger.

Puis il pria la fille de l'aubergiste de préparer le lit.

Enveloppant Kate dans la serviette, il commença à la sécher, et s'aperçut qu'elle n'était pas aussi fluette qu'il l'avait imaginé. Elle avait même des seins joliment galbés, petits et fermes.

— Ne vous rendormez pas ! ordonna-t-il. Il va falloir manger un morceau avant d'aller au lit.

— Fatiguée... murmura-t-elle en luttant pour garder les yeux entrouverts.

— Elle va bien, vous êtes sûr ? s'inquiéta Carolyn. Je devrais peut-être appeler le docteur ?

— Elle va très bien. Laissez-nous maintenant.

Il finit de sécher Kate avec des gestes très doux.

— Depuis combien de temps n'avez-vous pas dormi ? demanda-t-il.

— Trois... jours, je crois. J'avais peur... Il fallait que je... me déplace tout le temps.

— Et depuis combien de temps n'avez-vous pas mangé ?

— J'ai cueilli... des baies...

Traquée comme une bête, pratiquement morte d'épuisement et de faim, et pourtant si stoïque ! Robert pensa que bien des gaillards de son clan pourraient envier un tel courage.

— Le dîner ! annonça Gavin en revenant avec un plateau.

Robert emporta Kate dans ses bras et s'installa avec elle dans un fauteuil au coin du feu.

— Pourquoi ne la laisses-tu pas dormir ? s'enquit son cousin.

— Elle doit manger d'abord pour reprendre des forces. Et si elle s'endort, Dieu seul sait quand elle se réveillera.

— Eh bien, toi qui comptais partir à l'aube !

Gavin caressa d'un doigt la joue de la jeune fille.

— Qui aurait deviné ce qui se cachait sous la boue ? Une vraie peau de satin...

Sans y penser, Robert fit basculer Kate sur ses genoux, dos à Gavin. Ce dernier s'étonna.

— Je n'allais pas lui faire mal...

Robert fut aussi surpris que son cousin de sa réaction.

— Elle était en train de glisser, se défendit-il.

— Ah oui ? J'avais pourtant l'impression que tu la tenais étroitement serrée contre toi. Bon, si tu n'as plus besoin de moi, je crois que je vais aller me reposer.

— Je n'ai plus besoin de toi.

Robert approcha un petit morceau de porc rôti des lèvres de Kate.

— Ouvrez la bouche...

Les yeux clos, la jeune fille obéit, et, dès que la nourriture fut sur sa langue, elle se mit à mâcher.

— Quelque chose t'amuse ? lança Robert à Gavin qui gloussait sur le seuil.

— On dirait un nourrisson plutôt qu'une jeune mariée ! Et toi, tu ressembles à une nounou qui...

— Bonne nuit, Gavin.

L'expression de Robert lui ôtant toute envie de rire, son cousin sortit très vite, sans demander son reste.

Kate mangea encore deux ou trois bouchées, puis résista en détournant la tête.

— Assez... chuchota-t-elle en se pelotonnant contre Robert.

Ce dernier n'insista pas, satisfait qu'elle ait mangé plus qu'il ne l'avait espéré. Alors qu'il s'apprêtait à se lever du fauteuil, Kate protesta dans un souffle.

— Non!

Elle gardait les yeux clos, mais ses doigts agrippaient farouchement le pourpoint de Robert.

— Au lit, dit-il avec fermeté.

Il avait faim lui aussi, il était exténué, et il n'avait pas l'intention de passer la nuit dans ce fauteuil. Kate secoua faiblement la tête. Non, elle ne voulait pas aller au lit!

— Bien... ici... à l'abri...

Instinctivement, Robert l'enveloppa d'un bras protecteur. Il devina la vie qu'elle avait eue jusqu'ici, faite de précarité et de souffrances, et il doutait fort que son avenir fût plus brillant. Pour l'heure, elle se sentait en sécurité avec lui, Dieu seul savait pourquoi. Il l'avait quelque peu rudoyée pourtant. Il pouvait lui accorder quelques instants de plus. Mais dès que Kate serait profondément endormie, il la mettrait au lit, un point c'est tout.

Il se cala bien dans son fauteuil, installa la jeune fille confortablement sur ses genoux et contempla pensivement les flammes dans l'âtre.

Un parfum de bois de cèdre et de cire chaude flottait dans l'air. Cela sentait aussi le savon, le propre...

Et c'était Kate qui exhalait ces senteurs délicates. Robert lui jeta un coup d'œil. Sa chevelure qui brillait comme de l'or bruni retombait en cascades soyeuses autour de son visage, lisse comme celui d'un enfant.

Mais Kate avait des seins ronds tout à fait adaptés à la bouche d'un homme...

La pensée l'enflamma, des images dansaient devant ses yeux, et son corps se troubla. Gavin avait raison, il y avait trop longtemps qu'il n'avait pas fait l'amour.

Comme s'il n'avait pas déjà suffisamment de soucis!

Mais le jeune corps tiède abandonné contre lui ranimait son désir. A travers la couverture, il sentait des formes douces, des rondeurs qu'il n'aurait aucun mal à dénuder. Après tout, elle était sa femme, il pouvait la caresser, puis la posséder, là, très vite. Et s'il prenait quelques précautions, il éviterait une grossesse gênante. Pourquoi donc ne pas s'offrir un petit plaisir aux frais d'Elizabeth ?

Il fit glisser la couverture sur ses épaules et se figea. Kate avait le dos marbré de longues traces rouges. On ne pouvait pas s'y tromper. Elle avait dû subir le même traitement que lui. Un instant, Robert fut replongé dans son propre passé. Il avait supporté tant de coups pendant ses années à Santanella... Soudain, ce spectacle le mit en rage.

Sebastian ! Le félon !

A sa colère se mêlaient la pitié et la frustration. Cependant, il n'avait pas envie d'éprouver de la pitié pour Kate. Il voulait prendre son plaisir... Mais il ne pouvait pas faire ça, non ! A cause de ces marques sur son dos. Elles lui rappelaient trop sa propre souffrance ; elles lui rappelaient trop à quel point il s'était senti seul, abandonné, sans défense, quand on le flagellait, là-bas, au fin fond de l'Espagne.

Que faire alors ? Rester assis dans ce fauteuil, tenaillé par le désir, pendant qu'elle allait dormir paisiblement toute la nuit ?

Kate gémit de bien-être contre lui.

— Bien... à l'abri... murmura-t-elle dans son demi-sommeil.

Oh, sacrebleu, quel supplice... !

On la portait. Un court instant, Kate prit peur. Puis, ouvrant les yeux, elle vit Robert et fut rassurée. Elle était en sécurité.

— On ne discute pas, bougonna-t-il. Je suis assis dans ce fauteuil depuis des heures, ça suffit.

Mais de quoi parlait-il ? Kate savait simplement qu'elle était bien, que tout allait bien. Elle avait les paupières lourdes, impossible de les garder ouvertes, mais quelle importance ? Tout se passait comme il fallait. Pourtant, privée soudain de sa chaleur, elle s'alarma et rouvrit péniblement un œil.

— S'il vous plaît... ne partez pas !

— Fermez les yeux, ordonna-t-il en enlevant ses bottes. Je ne vais nulle part.

Quelque chose le contrariait, mais au moins il promettait de rester. Kate se détendit. Tant que Robert MacDarren était à ses côtés, rien de mal ne pouvait se produire.

Maître de lui, même dans son sommeil, remarqua Kate en s'éveillant, Robert étendu près d'elle sur le lit. Le soleil de midi caressait son visage aux traits affirmés mais harmonieux et faisait briller ses cheveux noirs. Kate tendit la main vers lui avec reconnaissance, puis, soudain, elle sursauta.

Il était nu. Et elle aussi.

Se redressant, elle attrapa la couverture et s'en couvrit jusqu'au menton, sans quitter Robert des yeux.

— Ah, je me demandais si vous alliez bouger un jour ! dit-il en se tournant vers elle.

Il était tout à fait éveillé, et observa d'un ton pincé :

— Vous me regardez d'un air... ! On dirait que vous venez de trouver un serpent dans votre lit.

— Je suis surprise, voilà tout... je ne savais pas... Pourquoi êtes-vous là ?

— Nous sommes mari et femme, ma place est donc dans votre lit. Vous feriez bien de vous habituer.

Robert s'assit, prêt à se lever.

— Notez bien, il se peut que vous ne dormiez plus dans un vrai lit d'ici notre arrivée à Craighdhu. On peut voyager longtemps dans les Highlands sans rencontrer une seule auberge.

Il gagna la table de toilette et s'aspergea d'eau le visage.

— Eh bien, comment vous sentez-vous ?

Kate demeura muette de stupéfaction en découvrant qu'il avait le dos marqué de zébrures blanches. Des coups de fouet !

— Très bien, répondit-elle d'un air absent.

— Assez bien pour voyager ?

— Evidemment.

— Alors habillez-vous, dit-il en s'essuyant le visage.

Kate rougit.

— J'attends que vous soyez sorti. Je ne suis pas aussi impudique que vous, moi !

Robert sourit, moqueur.

— Je ne vous plais pas dans cette tenue ? Vous feriez pourtant bien de vous habituer à cela aussi.

— Je ne vois vraiment pas pourquoi.

— Avant, moi non plus. Mais depuis cette nuit, la situation a... changé.

Il était magnifique, elle ne pouvait détacher son regard de son corps superbe. Et lorsqu'il s'en aperçut, son sourire s'accentua.

— Pourquoi devrais-je jouer les prudes, Kate ? Vous ne l'étiez pas du tout hier soir.

— Ah non ? fit-elle, soudain alarmée.

— Vous ne vous rappelez pas ?

Alors qu'elle fouillait désespérément dans sa mémoire, il poursuivit :

— Après votre bain, vous vous êtes blottie sur mes genoux devant la cheminée... sans la moindre pudeur ! Apparemment, cette expérience ne vous a pas laissé un souvenir impérissable !

Kate sentit son cœur s'emballer de frayeur. Il disait qu'elle n'avait pas eu de pudeur. Oh, comme elle voulait que ce ne fût pas vrai ! Pourtant, lorsqu'elle s'était réveillée, elle avait eu envie de le toucher, et... Non, impossible, elle n'avait tout de même pas... ?

— Est-ce que je... l'ai... fait avec vous ? balbutia-t-elle, saisie de panique.

— Ne prenez pas cet air catastrophé ! Et quand bien même ? La femme a pour devoir de donner du plaisir à son mari.

— Répondez-moi. Avons-nous… couché ensemble ?

Il la regarda un instant, puis secoua lentement la tête.

— Si c'était arrivé, croyez-moi, vous ne l'auriez pas oublié, j'aurais tout fait pour…

Kate poussa un soupir de soulagement. Robert, lui, l'observait avec curiosité.

— Vous étiez donc si paniquée ?

— Pendant un instant, j'ai pensé qu'il avait peut-être raison…

— Sebastian ?

— Il a toujours dit de moi que j'étais une créature lubrique, incapable de contrôler ses pulsions et ses désirs. Il a toujours dit que, sans lui pour me guider, je me donnerais à n'importe quel homme. Mais je savais bien qu'il se trompait, déclara soudain Kate en levant fièrement le menton. Et j'ai été stupide de penser même que je manquerais à ce point de force de caractère !

— Mais le désir n'est pas désagréable à vivre pour une femme mariée ! Et ce n'est pas un péché !

— Il disait aussi que je ne me contenterais jamais d'un seul homme.

— Cela, en effet, n'est absolument pas souhaitable, et je ne le tolérerais en aucune façon.

— Pourquoi cette conversation ? protesta Kate. Vous ne me trouviez pas à votre goût, sinon vous m'auriez prise hier soir !

— Ah oui ? Alors que vous étiez à bout de forces, meurtrie et incapable de vous défendre ?

— Les hommes se fichent pas mal de ce genre de détails. A leurs yeux, les femmes ne sont que des objets offerts à leur plaisir.

— Encore une citation de ce bon vieux révérend, pas vrai ? Mais si vous refusez d'admettre certaines de ses paroles, pourquoi par ailleurs lui faites-vous confiance ? Croyez-vous vraiment que tous les hommes s'adonnent à la luxure ?

Kate se rappelait les cris déchirants de Martha, la

nuit. Si Sebastian se laissait aller au vice, n'en était-il pas de même pour tous les hommes?

— Vous voulez dire que ce n'est pas le cas?

— Hélas, pour une fois, Landfield n'avait pas tort! admit Robert d'un ton maussade. Méfiez-vous de nous, les hommes, Kate. Le désir, s'il est trop fort, peut faire de nous de véritables bêtes sauvages.

Elle gardait le souvenir de bras solides qui l'enlaçaient; elle était bien, en paix, heureuse...

— Rien en vous ne m'effraie. Et Sebastian a beau dire, je ne suis pas une Lilith! En outre, si je ne vous plais pas, vous me ficherez la paix.

— Vous croyez? fit Robert avec un sourire. Je puis être encore plus lubrique que ne l'imagine Sebastian, et je satisfais mes envies quand ça me chante. Et, à l'évidence, vous me plaisez...

Il avait dit cela avec un coup d'œil éloquent en direction de son bas-ventre. Kate suivit son regard et rougit.

— Vous voyez? dit-il en venant se planter devant elle. Ma lubricité est telle qu'il en faut peu pour me plaire... Toutefois, il y a beaucoup de choses chez vous qui m'attirent!

Il lui caressa les cheveux.

— Cette chevelure soyeuse, par exemple, qui vous descend jusqu'aux reins.

Il fit couler une mèche sur les rondeurs de sa poitrine moulées par la couverture.

— Hier soir, lorsque vous étiez nue, votre chevelure vous recouvrait comme un voile. Mais les voiles sont là pour être écartés!

A son grand étonnement, Kate se sentit soudain troublée. A dire vrai, le son même de la voix de Robert la bouleversait. Elle eut brusquement l'impression d'être envahie par sa présence...

— Votre bouche me plaît aussi, murmura-t-il en approchant du doigt le contour de ses lèvres.

» Exquise, ajouta-t-il, plongeant ses yeux dans les siens.

Kate retint son souffle, fascinée par ce regard de braise.

— Mais je ne vais pas donner raison à ce gredin de curé, dit-il en laissant retomber sa main. Pas après mes efforts de la nuit passée pour demeurer correct. Je peux attendre.

Il commença à s'habiller.

— Mais pas trop longtemps, Kate. Surtout si vous persistez à vous pelotonner toute nue sur mes genoux !

— Je n'étais pas moi-même, se défendit-elle. Et ce n'est pas très courtois de votre part de me le rappeler.

— Vous avez raison, je me suis montré injuste.

Sa réaction surprit Kate. Elle l'avait jugé encore plus opiniâtre et arrogant que Sebastian. Pourtant il reconnaissait avoir commis une faute. Jamais Sebastian n'aurait admis s'être trompé.

— Sebastian croit que les gens sont responsables de leurs péchés à tout moment du jour et de la nuit, qu'ils soient éveillés ou endormis.

— Je n'en suis pas surpris. Ce qui ne veut pas dire que cela soit vrai !

— Certes, mais parfois, à force d'entendre ce genre de litanies, elles vous semblent justes et on a de plus en plus de mal à faire la distinction entre la vérité et le mensonge.

— Je sais.

Oui, elle était certaine qu'il savait exactement ce qu'elle voulait dire. Elle se souvint alors des cicatrices sur son dos, et elle se demanda s'il y avait eu aussi un Sebastian dans la vie de Robert.

Il enfila son pourpoint.

— Mais quand cela se produit, dit-il, il faut se battre avec plus de vigueur encore.

Kate hocha la tête. Etrange, tout de même, d'être là, assise sur un lit, à regarder un homme s'habiller ! Etrange, oui, et pourtant, cela avait quelque chose de bizarrement familier.

— Je ne suis pas Sebastian Landfield, reprit Robert en chaussant ses bottes. Vous ne me trouverez peut-être guère aimable, mais je me montrerai juste avec vous. Je me rends bien compte que la situation ne vous enchante pas plus que moi. Montrez-vous obéissante, ne me causez pas d'ennuis, et pendant un an vous mènerez une existence confortable et sereine.

— Et après ?

— Après, ce ne sera plus de mon ressort. Vous serez libre d'agir à votre guise.

— Libre ? répéta-t-elle, très surprise.

— Je vous verserai une petite pension jusqu'à votre remariage. Pour ma part, je vous conseillerais de quitter l'Ecosse. Plus loin vous serez, mieux cela sera. James peut être dangereux. A mon avis, la France vous conviendrait assez.

Soudain, Kate comprit qu'il parlait comme si une menace pesait sur elle. Cependant, dans l'immédiat, ce qui la frappait le plus, c'était cette notion de liberté dont il venait de faire mention.

— Je serai vraiment libre de faire ce qui me plaira ?

— Puisque je vous le dis.

— Vous ne me renverrez jamais chez Sebastian ?

Robert se leva.

— Quoi qu'il arrive, plus rien ne vous obligera à revoir Landfield.

Kate n'en était pas encore convaincue. Sebastian n'allait pas renoncer aussi facilement. Toutefois, les paroles de Robert lui procuraient un réel soulagement. Elle avait si peur de revenir au presbytère...

— Promis ? Oh, je ne parle pas de Sebastian ! Lui, j'en fais mon affaire, si nécessaire. Non, je veux dire... vous me rendrez ma liberté ? C'est vrai ?

Les yeux brillants de Kate, son visage radieux et pourtant inquiet le radoucirent.

— Hé, là ! Se méfierait-on, par hasard ? Oui, dans un an vous serez libre, si vous êtes sage...

Cela semblait trop beau pour être vrai. Si Robert MacDarren était prêt à faire de telles concessions, ne pourrait-elle pas retirer encore de plus précieux avantages de ce mariage détestable ? se demanda-t-elle soudain.

— Vous vous rendez bien compte, n'est-ce pas, que

si je le voulais, je vous causerais pas mal d'ennuis? Sebastian dit de moi que je suis un élément perturbateur.

— Qu'essayez-vous de me dire? s'enquit Robert qui ne souriait plus.

— Une maison. Je veux une maison, répondit-elle très vite.

— Une maison? Tiens donc!

— Juste une petite maison, mais solide. Une maison en pierre, dit-elle sur un ton pensif.

— Comme le cottage de Sebastian?

— Je veillerai à ce que ma maison ne ressemble pas à la sienne. Et je veux aussi un lopin de terre pour en faire un jardin. Toutes les habitations devraient avoir un jardin.

— Donc, vous refusez de coopérer si vous n'avez pas cette maison? L'avidité est un vilain défaut, Kate.

— Ce n'est pas faire preuve d'avidité que d'exiger un dédommagement pour services rendus, rétorqua-t-elle avec colère. Et je ne demande pas un palais, simplement une maison. Quelque chose qui m'appartienne.

Robert la scruta un instant avec une grande attention.

— C'est très important pour vous, n'est-ce pas? Pourquoi?

— Je n'ai jamais été à l'abri du besoin, et je sais que posséder quelques biens est une sécurité dans ce monde, répondit-elle évasivement.

— Mais ce n'est pas pour cette raison que vous désirez avoir votre propre maison?

Kate n'avait pas envie de lui répondre; c'était trop personnel, son jardin secret, elle ne voulait pas le partager.

— Cela ne vous regarde pas.

— Si, ça me regarde, dans la mesure où je suis obligé de vous donner cette maison.

Elle devait se rendre à l'évidence, il la harcèlerait jusqu'à ce qu'elle parle!

— Je veux un endroit bien à moi! Un endroit qui

n'appartienne qu'à moi, à moi toute seule, un endroit que personne ne pourra me prendre ! Voilà, je l'ai dit. Vous êtes satisfait ?

— Pour le moment.

— Et vous me le donnerez ?

Il la regardait toujours, pensivement, comme s'il attendait. Puis il inclina la tête.

— Vous l'aurez, votre maison.

— En pierre ?

Il hocha de nouveau la tête, et Kate, soulagée, arbora un sourire radieux.

— Oh... merci !

— Vous savez donc sourire ? Je me suis posé la question, remarqua Robert. Mon intention était bien de vous fournir une résidence, vous savez. C'est la moindre des choses.

Le sourire de Kate s'évanouit.

— Vous auriez dû me le dire tout de suite.

— Mais cela m'aurait privé d'une belle occasion de vous voir sourire.

— Je n'aime pas cette façon de faire. Si j'agissais ainsi avec vous, ça ne vous plairait pas non plus.

— Non, ça ne me plairait pas. Seulement voilà, ce sont les charmantes prérogatives du pouvoir.

Il ouvrit la porte et s'arrêta une seconde sur le seuil.

— Habillez-vous, Kate, et soyez en bas dans un quart d'heure. Au train où nous allons, nous aurons de la chance si nous nous mettons en route avant la nuit.

Une fois seule, Kate laissa éclater sa joie. Elle se sentait heureuse comme autrefois avec Carolyn lorsqu'elles couraient la campagne en riant et en chantant. Ces instants de liberté étaient bénis et lui faisaient oublier tout le reste.

La liberté ! Ce serait pour bientôt, elle la voyait déjà pointer à l'horizon. Pour cela, elle devrait vivre une année avec MacDarren. Et ce ne serait sûrement pas plus terrible que de vivre avec Sebastian Landfield.

Oh, bien sûr, l'Ecossais allait exiger d'elle des

choses qui n'auraient même pas traversé l'esprit du pasteur, mais elle supporterait la corvée. Un an, c'était finalement peu de temps !

Un drôle de tremblement la parcourut et une bouffée de chaleur lui colora le visage au souvenir de la caresse de son doigt sur ses lèvres.

Non, non, rien de lubrique là-dedans ! se rassura aussitôt Kate. Ce n'était pas un manque de pudeur, non, elle avait juste été surprise, et sa réaction avait été... Non, elle n'était pas ce que Sebastian disait d'elle ! Le comte de Craighdhu avait le droit de coucher avec elle, puisqu'il était son mari. Mais dès qu'il l'approcherait à nouveau, elle veillerait bien à ne lui témoigner que réserve et froideur. Et ce, même sous les caresses ! Apparemment, ce n'était pas un homme cruel, mais si le temps lui prouvait le contraire, rien ne l'empêcherait de s'enfuir... comme elle s'était sauvée de chez Sebastian !

Sauf que... Robert MacDarren, se souvint-elle, l'avait traquée sans relâche dans les bois. Déterminé comme il l'était, sûr de lui, elle aurait sûrement plus de difficultés à lui échapper...

Mais qu'importe : elle n'allait pas gâcher ses instants de bonheur présents avec de telles pensées ! Pour la première fois depuis de longues années, Kate se sentait impatiente de vivre, remplie d'espoir, et tellement jeune ! Et elle comptait bien en profiter !

4

— Ah, enfin ! lança Gavin, quand Robert entra dans la grande salle de l'auberge.

Assis à une table, il était en train de manger une tranche de rôti de bœuf.

— Tu as raté le petit déjeuner. Tu veux déjeuner ?

— Non.

Il regarda Carolyn, occupée à servir Gavin.

— Montez un plateau à ma femme, lui dit-il.

— Tout de suite, Milord. Heu... est-ce qu'elle va mieux ce matin ?

— Beaucoup mieux.

Rassurée, Carolyn sourit et se hâta vers la cuisine.

— Et toi, comment s'est passée ta nuit ? demanda Robert à son cousin. Ta blessure t'a fait souffrir ?

— Non. J'ai bien dormi. Tu m'as laissé le temps de faire la grasse matinée ! Je commençais à me demander si tu te lèverais avant ce soir.

— Moi aussi. Elle était exténuée.

— Et, bien entendu, il fallait que tu la bichonnes, pauvre gamine !

— Pourquoi diable t'obstines-tu à la qualifier de gamine ?

Remarquant le petit sourire satisfait de Gavin, Robert poursuivit plus posément :

— Je ne l'ai pas bichonnée, comme tu dis. Mais tout commandant sait qu'il faut ménager sa troupe quand elle est à bout de forces. Faute de quoi on ne peut qu'aller au-devant de graves ennuis.

— Evidemment... commenta Gavin avec ironie. Et moi qui t'imaginais pris au piège de Cupidon ! Oui, je sais, tu ne la trouvais guère appétissante, couverte de boue, mais... après ? Bien lavée, bien propre, tu n'as pas été tenté ?

Robert gardait encore le souvenir de Kate blottie contre lui, avec sa chevelure qui sentait si bon... et la douceur de ses lèvres pulpeuses.

Il sentit monter à nouveau le désir et il se détourna brusquement.

— Bon, allons faire un tour à l'écurie, Gavin. Je veux voir la jument dont tu m'as parlé.

Gavin ne bougea pas.

— Ne t'en fais pas pour la jument, elle va bien. Tu ne m'as pas répondu. Tu n'as pas été tenté de... ?

— Je ne tiens pas à en discuter, Gavin.

— Moi, je pense que tu as été tenté. Pauvre Robert ! Pas facile, hein ? Tu as envie de coucher avec elle, mais tu ne peux pas, parce qu'elle est ta femme ! Je trouve cela plutôt amusant.

— Tant mieux pour toi. Mais je t'assure que si je décide de coucher avec elle, eh bien, je le ferai !

— Ah, le vent a tourné ! s'exclama Gavin avec un grand rire joyeux. Il m'a semblé en voir les signes avant-coureurs hier soir. Cependant, je me demande encore si tu passeras à l'acte. Moi, je parie que non.

— Pourquoi en es-tu donc si sûr ?

— Parce qu'elle est encore, par bien des côtés, une enfant en difficulté, et que toi, ta vocation, c'est de t'occuper de ceux qui ont besoin de toi, pas de leur voler quoi que ce soit. Tout le monde sait cela à Craighdhu.

— Mais elle n'est pas de Craighdhu.

— Elle t'appartient, c'est pareil.

— Seulement pour un an.

— Raison de plus pour ne pas lui voler ce qui fera la joie du mari suivant.

Le mari suivant ! Robert dissimula la rage que cette pensée faisait naître en lui.

— Le vol, ça me connaît, pourtant.

— Seulement quand il s'agit de piller les navires espagnols, pas la vertu des petites filles !

— Je te répète que Kate n'est plus une petite fille ! lui rappela Robert avec agacement. Crois-moi, c'est un vrai porc-épic, cette...

Il s'interrompit en apercevant Kate qui descendait l'escalier.

Elle portait la même mante de laine brune que la veille, mais à présent ses cheveux étaient soigneusement noués en une longue tresse. Elle avait le pas allègre, le teint vif, et ses yeux pétillaient de vie.

Gavin siffla tout bas entre ses dents.

— Laisse tomber le pari, Robert. Tu la regardes comme tu regardais le premier galion que nous avons pris aux Espagnols !

Il s'avança vers Kate qui arrivait au bas des marches.

— Bonjour, vous vous souvenez de moi ?

— Bien sûr.

Elle souriait à Gavin avec décontraction, remarqua Robert qui, lui, n'avait droit qu'à de la méfiance.

Mais de toute façon, tout le monde souriait à Gavin. Pourquoi en être contrarié ?

— T'oublier ? lança-t-il à son cousin. Comment diable pourrait-elle t'oublier ?

Robert gagna la porte à grands pas.

— Il est temps de nous mettre en route. Amène Kate, Gavin.

La jeune fille le regarda sortir et son sourire s'effaça.

— Qu'est-ce que j'ai fait ?

— C'est à moi qu'il en veut, la rassura Gavin. Comme toujours, je n'ai pas su tenir ma langue. Avez-vous au moins eu le temps de manger ? Vous êtes descendue si vite.

— Oui, oui, pendant que je faisais mes adieux à Carolyn. Par ailleurs, j'étais trop excitée pour avoir faim.

— On ne se marie pas tous les jours.

— Oh, ce n'est pas cela ! Non, il va me donner une maison, un endroit bien à moi.

Gavin se mit à rire tout bas.

— Et une maison, c'est mieux qu'un époux ?

Kate parut soudain désorientée.

— Nous sommes réellement mariés ? Tout cela me semble tellement étrange.

— Oui, en Ecosse, nul besoin de passer devant le curé pour se marier.

— Nous ne sommes pas en Ecosse.

— Robert est écossais, cela suffit pour légaliser votre union.

— Ah, bien, fit Kate avec soulagement.

— Et c'est la seule façon pour Robert de damer le pion à Sa Majesté. Il était très fâché contre elle.

— Pourquoi voudrait-il lui damer le…

— Je vous raconterai en chemin, la coupa-t-il. Allons-y ! Robert veut que nous le retrouvions à l'écurie, ne nous mettons pas en retard. Je l'ai assez ennuyé ce matin… J'y vais doucement, c'est plus prudent ; il pourrait s'étouffer — ou m'étrangler…

Le trait d'humour rendit son sourire à Kate. Les rapports se révélaient si faciles avec Gavin ! Elle se sentait aussi à l'aise avec lui qu'avec Carolyn, et sa gentillesse la touchait.

— Il ne semble pas vous inspirer de crainte, observa-t-elle.

— Parce que je suis de Craighdhu.

— Non, c'est plus que cela. Cette familiarité entre vous… Vous vous connaissez depuis longtemps ?

— Vous avez du discernement, vous, au moins, répondit Gavin d'un ton approbateur. Robert et moi, nous avons grandi ensemble. Au début, du moins, ensuite… ça a changé.

Kate remarqua son front soudain soucieux.

— Pourquoi ?

— Il a changé. Ou plutôt… ils l'ont changé.

— Qui ça, « ils » ?

Gavin haussa les épaules.

— Robert n'aime pas qu'on parle de cela.

Le sujet était donc clos, Kate le comprit.

— Mais vous êtes parents ? insista-t-elle. Vous ne portez pourtant pas le même nom.

— Les membres des clans se marient entre eux, pour la plupart. Ma mère était une MacDarren et elle a épousé un Gordon. A la mort de mon père, elle m'a ramené à Craighdhu. Elle ne se plaisait pas dans les Basses-Terres. Les gens des Highlands ne s'y plaisent jamais.

— Quels sont leurs griefs ?

— Ils disent que ceux des Lowlands sont trop riches et trop gras, expliqua Gavin avec une grimace.

— Et c'est mal, ça ?

— Vous comprendrez lorsque nous arriverons à Craighdhu. Une fois à la frontière entre les Lowlands et les Highlands, nous ferons étape pour la nuit chez mon oncle, Angus Gordon. C'est un brave homme... pour un habitant des Basses-Terres !

— Il me tarde de faire sa connaissance, dit Kate, amusée. Il n'est donc ni gras ni riche ?

— Oh, riche, si, il l'est. Mais à force d'écumer les mers, il reste mince et... toujours aussi avide !

— Ecumer les mers ?

— Il est pirate. Il attaque les bateaux anglais de ce côté-ci de la frontière.

— Vous voulez dire... qu'il vole ? demanda Kate, stupéfaite.

— Oui, mais seulement les Anglais. Jamais il ne lui viendrait à l'esprit de voler un Ecossais !

— Et ça justifie le fait qu'il soit un voleur, vous croyez ?

— Peut-être pas, répliqua Gavin, visiblement désorienté par la question, mais c'est la coutume.

L'espace d'un instant, Kate tenta d'imaginer ce que penserait Sebastian de ce curieux code moral.

— Et vous... écumez les mers, vous aussi ?

— Pas exactement, non. Enfin, nous ne dérobons rien aux Anglais, répondit Gavin en ouvrant la porte de l'écurie. A part ce bateau anglais, une fois... Mais

Robert voulait juste... Enfin, Robert préfère piller les navires espagnols.

— Je vois.

En réalité, Kate n'y voyait goutte. Elle allait de surprise en surprise, dans cet étrange univers où il était tout à fait naturel d'être un hors-la-loi. La seule règle à respecter était de s'attaquer à la victime adéquate!

— Vous vous y ferez, vous verrez. C'est une question d'habitude. Et puis, ne vous inquiétez pas, je vous aiderai! la rassura Gavin.

— Vraiment?

Ses premiers pas vers la liberté, elle ne les ferait pas seule, et Kate se dit qu'elle n'avait aucune raison d'avoir peur, avec Gavin Gordon à ses côtés.

— Merci, fit-elle avec chaleur.

— Eh bien, que pensez-vous d'elle? Elle semble costaud et assez douce...

Ils se retournèrent tous les deux vers Robert qui venait dans leur direction avec Caird et une jument alezane.

Kate caressa le museau de l'animal.

— Elle est jolie. Comment s'appelle-t-elle?

— Je n'ai pas demandé.

— Rachel. Je vais l'appeler Rachel.

Puis elle alla caresser Caird.

— Et toi, mon joli, comment vas-tu?

Le vieux cheval de trait émit un petit hennissement.

— Il est fatigué, et ça ne fera qu'empirer, déclara Robert avec brusquerie. Vous dites que l'aubergiste est un brave homme, nous pourrions donc le laisser ici.

Kate se crispa.

— Tabord est un brave homme, d'accord, mais Caird ne lui serait d'aucune utilité. Il le vendrait. Et à qui? Comment le saurais-je? Et puis, vous aviez dit qu'il pourrait venir avec nous, lui rappela-t-elle, butée.

— Mais enfin, bon sang, la jument vous plaît, non? La comparaison est facile à faire: elle est jeune et vigoureuse, et il est vieux!

— Raison de plus pour l'aimer et prendre soin de lui.

— Inutile d'insister, Robert, intervint Gavin. J'ai dans l'idée que ce vieux cheval, c'est peut-être son Craighdhu à elle !

Alors qu'elle pressait son visage contre l'encolure de Caird, Kate sentit soudain le regard de Robert posé sur sa nuque, puis elle l'entendit maugréer :

— Bon, Gavin, selle les chevaux. Et ne charge pas trop Caird.

Il prit Kate par la main, saisit les rênes de la jument, et ils sortirent ensemble dans la cour.

— Vous commettez une erreur, Kate.

La jeune fille essaya de se libérer, mais il tint bon.

— Ce cheval ne nous causera que des ennuis. Nous allons prendre du retard à cause de lui. Et nous ne pouvons pas nous le permettre.

Kate le savait, et elle ne répondit pas, se contentant de le foudroyer du regard.

— Ne me fixez pas ainsi, je vous prie, gronda-t-il. Cela me donne envie de vous mater.

— Cela vous plairait, hein ? Encore une de vos charmantes prérogatives ! Eh bien, sachez que je ne suis pas du genre à me soumettre ! En tout cas pas si facilement !

— Vous vous trompez. Il existe un moyen de faire plier toutes les femmes.

Elle ne comprit pas tout de suite mais, quand la lumière se fit, elle s'empourpra. A ce moment précis, Robert la prit par la taille et l'installa en selle.

— Oui, exactement, insista-t-il. Nous n'aurons pas de lit d'ici la frontière, et... je préfère que ça se passe dans des draps frais plutôt que sur la terre battue. Mais ne me tentez pas, Kate !

Les doigts de Robert à nouveau la brûlèrent, lui donnèrent le vertige et l'exquise sensation de la nuit réapparut, durcissant la pointe de ses seins. Effrayée par sa propre réaction, Kate riposta vertement.

— Je n'y suis pour rien et je ne vous tente absolument pas! Vous êtes seul responsable! Si vous n'aimiez pas tant...

— Oui, vous pouvez dire les mots: j'aime le péché de chair, et j'ai hâte de le commettre, acquiesça-t-il doucement.

Une drôle d'expression flotta sur les traits de Robert quand il se tourna vers Gavin.

— Pari tenu. Je suis en train de gagner!

Incertain, Gavin regarda tour à tour son cousin, qui souriait d'un air de défi, et Kate, qui avait rougi jusqu'à la racine des cheveux.

— Non, ça ne m'amuse pas, Robert, je ne parie plus. Je me sens responsable.

— Tiens donc? Tant pis. Le pari est tenu. Et moi, ça m'amuse énormément, au contraire, et je compte bien que cela dure!

Au moment de traverser la cour sur sa jument, Kate se tourna vers Gavin qui chevauchait à ses côtés.

— Qu'est-ce que c'est que cette histoire de pari?

— Rien du tout, répondit-il en souriant. Encore une fois, j'aurais dû tourner sept fois ma langue dans ma bouche... Faites attention, vous aussi, la vôtre est bien pendue. Et avant de défier Robert, il vous faudra apprendre à en mesurer les conséquences. Je vous montrerai, observez-moi bien...

Ce soir-là, ils firent halte dans une clairière. Leur chevauchée avait duré trois heures, et tous étaient exténués. Kate ne sentait plus ses muscles en descendant de cheval.

Gavin l'aida à mettre pied à terre.

— Je vais mener les bêtes au ruisseau pour les faire boire, dit-il. Asseyez-vous, Kate, et reposez-vous.

— Non, non, ce sont mes chevaux, je vais le faire.

Pendant que les animaux se désaltéraient, Kate en profita pour se rafraîchir le visage. Robert et Gavin bavardaient à quelques pas, mais elle n'entendait plus ce qu'ils se disaient, de toute façon, elle était morte de fatigue.

Quand elle se releva, deux ou trois minutes plus tard, Gavin s'en était allé, mais Robert se tenait adossé à un arbre. Il la regardait.

— Inutile de m'attendre, je retrouverai bien le chemin toute seule.

— En essayant de ne pas vous évanouir ! Enfin, Kate, cessez donc de me mentir ! Vous devez être éreintée, je vous ai menée à un train d'enfer aujourd'hui.

— Je manque d'habitude ; ça ira mieux demain.

Elle s'obligea à se tenir droite et prit les rênes de ses chevaux.

— Je vais aider Gavin à...

— Gavin n'a pas besoin d'aide.

— Mais sa blessure...

— Sa blessure est en train de cicatriser.

Robert s'approcha, installa Kate sur la jument et prit les rênes des deux montures.

— Et je vous saurais gré de ne pas le dorloter. C'est un Highlander.

— Et les Highlanders ne connaissent ni la fatigue ni la compassion ?

— Entre nous, si. Mais nous ne demandons pas aux étrangers de nous aider.

« Etrangers ». Comme ce mot lui faisait mal ! Pourtant, c'est ce qu'elle était depuis sa naissance. Une étrangère. Celle qui venait d'ailleurs. Celle qui était à l'extérieur et regardait chez les autres avec envie.

— Vous en faites, une tête ! grommela Robert. Bon, très bien, donnez-lui un coup de main. Jusqu'à ce que vous tombiez d'épuisement. Qu'est-ce que ça peut bien me faire ?

— Rien du tout, riposta-t-elle. Puisque je ne suis rien pour vous, rien qu'une... étrangère.

— Vous êtes bien plus que cela. Vous êtes une femme insupportable qui...

— La reine vous a obligé à vous marier, l'interrompit furieusement Kate. Vous n'êtes qu'un pirate sans foi ni loi qui serait mort depuis longtemps si vous n'aviez pas eu la chance de m'épouser ! Alors, ne venez plus me raconter que je suis une source d'ennuis !

Robert s'était figé.

— Je vois que Gavin s'est montré trop bavard une fois de plus.

— Il dit qu'on vous appelle Robert le Noir. Au moins, il a eu l'amabilité de me prévenir de ce qui m'attend pendant un an !

— Un pirate sans foi ni loi.

— C'est bien ce que vous êtes, non ?

— Pirate, oui, mais pas sans foi ni loi. J'ai mes propres lois.

— Comme c'est commode ! Et je suppose que vous les modifiez au jour le jour, pour que ce soit encore plus commode ?

— A la petite semaine, plutôt ! rétorqua-t-il avec humour.

Kate le fixa un moment, déroutée par son changement de ton.

— Je ne vous comprends pas.

— Faut-il que vous me compreniez, Kate ?

— Je crois que oui, si je dois vivre avec vous. Voyez-vous, ce n'est pas ce que je... J'ai du mal à... m'y retrouver. Enfin, ce n'est pas parce que je hais Sebastian que je renie les lois de Dieu. Ces lois-là sont justes. Or, ce que vous faites, vous et Gavin, c'est mal, n'est-ce pas ?

— Oui, très mal.

— Pourtant, j'ai de la sympathie pour Gavin, je trouve qu'il a du cœur, une grande... bonté. Et cela me rend très perplexe.

Un sourire sardonique se dessina sur les lèvres de Robert.

— Je remarque que mon humble personne ne vous donne pas de tels états d'âme.

— Vous, c'est différent. Il y a quelque chose en vous qui me met mal à l'aise.

L'expression ne correspondait pas au tumulte qu'il provoquait en elle, mais mieux valait ne pas trop se livrer...

— Et puis, je ne vous connais pas, poursuivit-elle. J'ai l'impression que de toute façon, vous ne voulez pas qu'on vous connaisse. Pas même Gavin.

— Pourquoi, à votre avis ?

— Je l'ignore, fit-elle pensivement. Je me demande simplement si vos raisons ne ressemblent pas aux miennes, à celles qui m'incitaient à me replier sur moi-même, lorsque je vivais chez Sebastian et Martha Landfield.

— Parce qu'ils vous faisaient du mal ? Mais moi, je n'ai pas peur que Gavin me fasse du mal, et je puis vous assurer que ce chenapan n'est jamais mal à l'aise avec moi !

— Non, mais...

Kate se rappelait avoir lu un peu de regret dans les yeux bleus du jeune homme lorsqu'il évoquait son enfance avec Robert.

— J'ai l'impression que vous lui faites de la peine.

Robert détourna le regard.

— Vous vous trompez.

Ils arrivaient dans la clairière où Gavin était en train d'allumer un feu.

— Pourquoi ne lui posez-vous pas la question, Kate ?

— Il ne me répondrait pas. Il est gentil, mais pour lui aussi je suis celle qui vient d'ailleurs.

Robert l'aida à descendre de cheval.

— Moi non plus je ne sais pas grand-chose de vous, Kate, y avez-vous songé ?

— Qu'y a-t-il à savoir ? Je vivais avec les Landfield depuis ma plus tendre enfance. Une existence morne, vous pouvez l'imaginer ! Ni aventure, ni voyage en mer, rien !

— Il n'est pas toujours nécessaire de voyager au loin pour connaître l'aventure. Quelle était vraiment votre vie avec Sebastian ?

— A votre avis ? demanda-t-elle en le fixant droit dans les yeux.

— Je devine, mais il ne suffit pas toujours d'imaginer.

— Je me levais à l'aube, commença-t-elle d'une voix hésitante. J'aidais Martha aux tâches ménagères. Le professeur Gwynth venait à dix heures me faire la classe.

— Que vous enseignait-il ?

— Les mathématiques, le français, la géographie... La Dame... la reine voulait que je reçoive l'éducation d'une aristocrate, équitation comprise. Voilà pourquoi elle avait écrit à Sebastian de m'acheter un cheval.

Robert jeta un regard furtif en direction de Caird.

— Je parierais qu'elle n'a jamais vu le cheval en question !

— Non, évidemment, elle a chargé Sebastian de s'en occuper.

— Avez-vous appris à jouer d'un instrument de musique ?

— Non. Sebastian disait que la musique favorisait la débauche.

— Je n'en suis pas aussi sûr que lui... Mais après les cours, que faisiez-vous ?

En quoi ces détails insignifiants pouvaient-ils bien l'intéresser ? s'étonna Kate.

— J'étudiais les Saintes Ecritures tout l'après-midi, répondit-elle néanmoins. Avec Sebastian quand il ne rendait pas visite à ses paroissiens.

Elle se souvenait des longues heures où elle restait assise bien droite sur son tabouret près de la fenêtre. Au moindre signe d'inattention, elle savait qu'un châtiment lui serait infligé...

— Quand Sebastian ne se trouvait pas au presbytère, on m'autorisait à aller me promener ou à monter Caird.

— Seule ?

Kate inclina la tête.

— Je vous l'ai dit, il n'aimait pas que je fréquente les gens du village.

— Je sais, oui. Et maintenant, Kate, reposez-vous. Demain, nous allons partir à l'aube et nous ne nous arrêterons pas avant le crépuscule. Je veux que vous soyez capable de tenir l'allure.

— Je suis solide. Mais pourquoi devrais-je être obligée de voyager à ce train d'enfer ? Je ne vois pas ce qui presse.

— Ah non ? riposta-t-il avec, dans le ton, un mélange de colère et de frustration.

Kate l'observa tandis qu'il aidait Gavin à installer le bivouac. Tout en bavardant pour distraire l'attention de son cousin, il faisait le plus gros du travail. La fameuse entraide des Highlanders, se rappela-t-elle. Et elle les envia. Avant de se sermonner. Qu'importaient le clan et tous ces orgueilleux des Hautes-Terres d'Ecosse ! Elle était d'une autre race, elle, et tout à fait capable de se prendre en main. Leur solidarité, elle n'en avait pas besoin...

C'était insensé ; en dépit de sa fatigue, Kate n'arrivait pas à trouver le sommeil. Les bruits de la nuit, peut-être ? Non, inutile de se leurrer ! Kate savait bien pourquoi elle ne pouvait pas dormir.

Elle se retourna sous ses couvertures, vers la chaleur du feu. De l'autre côté des flammes, Robert l'observait. Kate se crispa, attendant qu'il lui parle.

Mais il se taisait, se contentant de la regarder avec dans les yeux la même expression que ce matin, dans la chambre de l'auberge. Comme ce matin, Kate sentit une étrange bouffée de chaleur l'envahir. Et le feu de camp n'y était pour rien...

Le silence devenait pesant, il fallait qu'elle y mette un terme !

— Je... n'arrive pas à dormir, chuchota-t-elle.

— C'est l'orage. Il arrive, il menace, voilà pourquoi je veux que nous nous dépêchions. Nous devons avoir franchi la frontière avant qu'il ne nous rattrape.

Il me raconte n'importe quoi, décida Kate. La journée avait été magnifique, ensoleillée, sans l'ombre d'un nuage...

— Qu'en savez-vous, d'abord ? Aucun orage ne menace.

— Vous vous trompez, dit-il en remontant sa couverture. L'orage approche.

Dans la montée, Gavin ralentit l'allure un moment et pointa le doigt vers une grande demeure en brique, entourée de dépendances. La maison trônait sur le coteau, au-delà d'une étendue de grasses prairies.

— Nous arrivons chez Angus, annonça-t-il à Kate.

— Belle propriété, commenta cette dernière. Et la brique est aussi solide que la pierre...

— T'ai-je dit, Gavin, intervint Robert, moqueur, que ma femme est intraitable ? Elle tient absolument à ce que son futur domicile soit bâti en pierre. D'où vous vient cette passion, Kate ?

— La pierre ne brûle pas.

— En effet, ça brûle très difficilement.

— C'est pratiquement impossible. Voilà pourquoi Sebastian a fait construire son nouveau cottage en pierre.

— Son nouveau cottage ?

— Oui, le précédent était en torchis avec un toit de chaume.

— Et il a brûlé ?

Kate songea d'abord à se dérober. Mais le petit sourire ironique de Robert l'agaçait. Il semblait toujours si sûr de lui qu'elle eut envie de le choquer.

— C'est moi qui y ai mis le feu !

Gavin en resta bouche bée. Robert, lui, ne broncha pas, et elle en fut très déçue.

— Par exemple ! fit-il simplement. J'espère que vous ne faites pas cela tous les jours. En cette saison, une maison sans murs, c'est un vrai nid à courants d'air.

— Etait-ce un accident, Kate ? voulut savoir Gavin.

— Non, je l'avais fait exprès. Sebastian m'avait punie, alors, pour me venger j'ai mis le feu aux rideaux avec une bougie puis j'ai pris la fuite... Il ne l'avait pas volé ! conclut Kate violemment.

— Je n'en doute pas, déclara Robert. Une seule

question s'impose à mon esprit, toutefois : comment le pasteur et sa tendre épouse ont-ils échappé aux flammes ?

— Parce que j'ai changé d'avis et que je suis retournée au cottage pour les réveiller.

— Grave erreur de jugement ! murmura Gavin.

— Je venais d'avoir dix ans, expliqua Kate pour sa défense. J'étais en colère et je savais qu'ils méritaient de brûler vifs, pourtant je n'ai pas pu. C'était un péché… et s'ils avaient péri, je n'aurais pas mieux valu que ma mère. Mais je ne regrette rien ! Et si c'était à refaire, je recommencerais !

Robert sourit.

— Je commence à comprendre pourquoi Sebastian vous trouvait aussi… frondeuse.

— Oh, il est bien facile de me condamner maintenant ! Si vous saviez ce que j'ai enduré !

— Je veux bien le croire ! Pour qu'une enfant de dix ans en arrive à de telles extrémités, Sebastian avait dû se surpasser !

— La correction qu'il m'avait infligée ce jour-là était complètement disproportionnée…

— Laissez-m'en seul juge, si vous voulez bien. Alors, qu'aviez-vous donc fait pour mériter d'être punie ?

Kate haussa les épaules, feignant la désinvolture.

— Il m'a surprise en train de regarder chez les Brelam, un soir.

— Les Brelam ?

— La famille du boulanger. Ils habitent un cottage à la sortie du village.

— Et pourquoi cette curiosité ?

— Parce que ça me plaisait de regarder chez eux, qu'est-ce que vous croyez ?

Kate haussa de nouveau les épaules.

— Oh, et puis, c'était il y a si longtemps ! Quelle importance maintenant ? Pourquoi me posez-vous toutes ces questions ?

— Je suis curieux de nature.

— Elle a raison, Robert, dit Gavin. Tout cela ne nous regarde pas.

— Peut-être. Mais je veux savoir... D'ailleurs, il ne fallait pas nous parler de cet incendie... Ma curiosité est aiguisée maintenant ! Alors, Kate, qu'avait-il donc de si fascinant, le cottage du boulanger ?

— Rien. Enfin... ils riaient... ils riaient tout le temps, dans cette famille-là. J'aimais bien les regarder. Lui, il était jeune, sa femme aussi, à peine plus âgée que moi aujourd'hui. Ils avaient un petit garçon qui commençait à marcher ; il trottinait dans la cuisine pendant qu'ils préparaient le repas... il était dans leurs jambes...

Kate n'aurait pas dû parler de cela. Au fil des années, la jeune fille avait tenté d'occulter l'intense nostalgie qu'elle avait ressentie en contemplant cette fenêtre éclairée dans la nuit. Pourtant, le souvenir ressurgissait aujourd'hui avec une incroyable acuité, comme si cela s'était passé la veille. Tout y était, le feu dans l'âtre, l'atmosphère de gaieté, le jeune mari au large sourire, et son épouse qui le regardait avec confiance.

— Je n'avais jamais vu... Je ne pensais pas que la vie pouvait être comme cela. Et je ne faisais aucun mal, j'avais juste envie de les regarder...

— Et quand il vous a surprise, qu'a fait Sebastian ?

— Il m'a traînée chez eux, il m'a obligée à leur présenter des excuses et à confesser ma faute. J'ai eu tellement honte !

— Quelle faute ?

— L'envie. Il a dit que je les enviais.

— C'était vrai ?

— Oui.

Oui, Kate avait eu envie de se gorger de cet amour, de cette confiance, de ce monde chaleureux auquel jamais elle n'avait eu droit. Elle voulait y puiser secrètement la force et le réconfort qui lui permettraient de vivre lorsqu'elle serait rentrée au presbytère.

— Je n'ai pas pu m'empêcher de pleurer, continua-t-elle tout bas. Je pleurais, je pleurais... Ils se sont montrés très gentils. Ils ont dit à Sebastian que les enfants étaient curieux de nature. Mais il ne les écoutait pas. Il me connaissait, il savait pourquoi j'étais là... Il m'a ramenée chez lui et il m'a battue comme plâtre, jusqu'à ce que je ne tienne plus debout. Et pendant qu'il me fouettait, il me répétait que ce que j'avais vu dans la maison du boulanger ne serait jamais pour moi. Jamais, clamait-il, je n'aurais un foyer, une maison, des gens qui m'aimeraient. Je n'en étais pas digne. Il répétait que cette vie-là n'était pas pour moi, qu'il fallait m'ôter cette idée de la tête, et me résigner. Mon destin, c'était de passer le reste de mes jours avec lui...

— Bonté divine! gronda Gavin.

Robert se taisait; il fixait Kate, le visage impassible. Brusquement, la jeune fille s'en voulut de ses confidences. Quand elle était avec Robert, elle se sentait déjà suffisamment vulnérable, ce n'était pas la peine d'en rajouter. Pourtant, tout en détournant les yeux, elle se mit à raconter la suite. C'était plus fort qu'elle, elle avait tant besoin de se confier.

— Nous avons habité l'auberge jusqu'à ce que la Dame envoie à Sebastian de quoi reconstruire le cottage. C'est à ce moment-là que j'ai fait la connaissance de Carolyn.

— Et puis il l'a reconstruit en pierre, fit Robert. A-t-il soupçonné que vous aviez volontairement mis le feu?

— Je le lui ai dit.

— Autre erreur. Le châtiment a dû être plus sévère encore, non?

— C'était sans importance. Pour la première fois, je ne me sentais plus désarmée. J'avais agi.

— Ah, ça, pour avoir agi...! commenta simplement Robert d'un air pince-sans-rire.

Son regard se porta sur le manoir au loin.

— Espérons qu'Angus ne provoquera pas votre courroux!

— Mais vous savez bien que ce n'est pas la même chose ! Je ne le connais même pas.

— Dieu soit loué ! Ce cher Angus qui aime tant sa belle maison !

— En effet, elle est magnifique.

Gavin se détacha du groupe.

— Bon, je file en éclaireur, on se retrouve aux écuries. Je veux voir les chevaux que mon oncle a chipés aux Anglais.

Avant d'éperonner sa monture, il coula à Kate un regard en biais.

— Je ne soufflerai pas mot à Angus du danger qui le menace. Parole !

Kate le regarda s'éloigner au galop, littéralement couché sur son cheval ; les rayons du soleil déclinant enflammaient encore davantage sa crinière rousse.

— Pauvre Kate qui va devoir s'accommoder d'un autre hors-la-loi ! soupira malicieusement Robert.

— Je ne juge pas, on m'a trop souvent jugée. Et vous, j'ai l'impression que vous avez déjà votre opinion...

— Qu'est-ce qui vous donne cette impression ?

— Je ne sais pas.

Evidemment, Kate n'avait pas la moindre idée de ce qu'il pensait... et tout particulièrement lorsqu'il gardait les yeux sur elle sans dire un mot. Rien ne l'exaspérait davantage. Ils chevauchaient depuis trois jours et elle se sentait de plus en plus tendue.

— Je ne veux pas vous faire de mal, Kate. Ne vous opposez pas à moi, c'est tout.

Et elle se rappela soudain les propos qu'elle avait voulu effacer de sa mémoire : « Je préfère que ça se passe dans des draps frais... »

— Oui, fit-il en la fixant. Vous saviez que ça arriverait, je ne pouvais pas être plus clair. Angus n'a pas de femmes autour de lui mais sa maison est bien tenue par deux robustes serviteurs, et il nous fournira tout ce dont nous aurons besoin.

Des draps frais... Kate essaya de chasser l'image de

Robert nu, en proie au désir, et la regardant de ses yeux noirs et brillants.

— Parlez pour vous, rétorqua-t-elle d'un ton acide. Moi, je n'aurai sûrement besoin de rien.

— Mais si. Les femmes qui résistent, j'ai cela en horreur, dit-il en souriant. Et je veillerai personnellement à ce que vos besoins soient aussi grands que les miens.

— Gavin dit qu'il est important que nous n'ayons pas d'enfant. Etes-vous prêt à courir pareil risque par pure lubricité ?

— La lubricité n'est jamais « pure ». Et je sais prendre certaines précautions.

Il avait réponse à tout. Et comment pouvait-elle argumenter, alors qu'elle ignorait ce qu'il entendait par « précautions » ?

Ils n'étaient qu'à une centaine de mètres des écuries lorsque Gavin revint vers eux au grand galop.

— Robert ! Angus se prépare à un pillage ! Il veut que nous allions avec lui, qu'en penses-tu ?

— Je croyais que tu avais eu ton compte de raids glorieux et sanglants ?

— Oh, ça ne sera ni très sanglant ni très long. Ils vont juste rafler quelques belles juments au comte de Cavendish qui, en bon Anglais, n'y connaît rien. Angus dit qu'elles seront bien plus heureuses en Ecosse !

Gavin lui décocha un clin d'œil malicieux.

— ...Et si l'expédition ne te tente pas, je suis sûr qu'Angus comprendra. Je lui ai expliqué que tu venais de te marier et qu'à présent tu avais plutôt tendance à te pelotonner au coin du feu comme un matou apprivoisé.

— Trop aimable !

— Alors, dis-moi, c'est oui ?

— Je vais y réfléchir.

Robert se tourna vers Kate et lui indiqua un petit homme trapu et large d'épaules qui se tenait au milieu d'un groupe d'hommes à cheval dans la cour.

— Venez, Kate, que je vous présente à mon parent.

— Vous aussi, vous lui êtes apparenté ? Je croyais qu'il était l'oncle de Gavin ?

— Et Gavin est mon cousin. Nous faisons tous partie de la même famille.

A ces mots, Kate éprouva un sentiment de profond regret et une grande mélancolie. Comme il devait être bon d'être ainsi liés les uns aux autres ! D'arriver quelque part et de ne jamais se sentir étranger ! Eh bien, elle aurait au moins sa propre maison ! Bien sûr, ce n'était pas suffisant. Il y avait aussi les liens du sang et de l'amour... comme tous ces gens ici, ce soir, qui appartenaient à la même famille ! Kate n'avait songé qu'à une maison qui serait à elle, rien de plus. Mais cette maison serait-elle jamais un foyer, un lieu véritablement habité ?

— Robert ! tonitrua Angus Gordon. Alors, mon garçon, on me dit que tu as été très occupé ? Raconte un peu ? Est-ce aussi drôle d'être marié à une Anglaise qui piaille que de détrousser les Espagnols de leur or ?

— Les deux situations comportent des risques ! Angus, je te présente mon épouse, Kate. Comme elle est gentille, elle excusera ton manque de courtoisie, cousin.

— Je suis sûr que toi, elle t'a déjà trouvé beaucoup moins gentil que les poules mouillées avec qui elle a grandi !

Il la détailla d'un œil glacial.

— Elle a de beaux yeux, les seins ne sont pas mal, mais elle a les hanches trop étroites pour bien enfanter.

Kate avait l'impression d'être une brebis sur la place du marché. Cette fois, c'en était trop ! Elle allait faire taire ce grossier personnage.

Elle s'avança dans le cercle des cavaliers et planta sa jument devant Angus. Ostensiblement méprisante, elle jeta un regard sur la courte silhouette de l'homme puis déclara d'une voix suave à Robert :

— Je comprends pourquoi il souhaite que vous l'escortiez. Un homme aussi courtaud et malingre a besoin de toute votre protection.

— Protection ! répéta Angus, outragé. Je n'ai nul besoin de...

Il s'interrompit, médusé, puis partit d'un énorme éclat de rire.

— Bravo, petite !

Et il se tourna vers Robert.

— Tu es sûr qu'elle n'est pas écossaise ?

— Non, anglaise. Et très fatiguée, en plus. Peux-tu nous loger cette nuit ?

— T'ai-je jamais refusé l'hospitalité ? demanda Angus. Même quand James était fâché contre toi ? Au fait, son ami Malcolm t'a-t-il causé d'autres ennuis ?

— Non. Mais je suis absent de chez moi depuis plus d'un an. Malcolm va s'employer à me distraire dès mon retour à Craighdhu, je n'en doute pas. Et, je te préviens, James est toujours très fâché contre moi.

— Je vais quand même vous donner le gîte et le couvert, à toi et à ton Anglaise ! Mais pour soulager ma conscience, je barboterai au moins trois juments de plus que prévu à Cavendish. Je ne voudrais pas qu'on pense que je fricote avec les Anglais ! Et puis ils en prennent trop à leur aise, les bougres ! S'ils croient pouvoir assassiner impunément un monarque écossais, ils se trompent... Tu es au courant pour Marie, Robert ?

— Marie ? répéta ce dernier, soudain en alerte.

— Ils l'ont décapitée, il y a quatre jours, à Fotheringhay. Tu sais que je n'ai jamais été un de ses partisans, mais que ces maudits Anglais tuent une Ecossaise, ça me met en rage et je vois rouge !

Kate crut qu'elle allait se trouver mal. Quel choc ! Marie, reine d'Ecosse, était morte. Sa mère était morte.

— Vous êtes sûr ? chuchota-t-elle. Comment est-elle morte ?

Angus l'observa d'un œil inquisiteur.

— Vous vous sentez bien, petite ? Je vous trouve un peu pâle.

— Comment est-elle morte ? insista Kate.

— Je vous l'ai dit, la tête sur le billot.

— Non, je veux dire... est-elle morte dignement ?

— Plus dignement qu'elle n'a vécu, oui. Elle est morte, paraît-il, avec l'aplomb et la vaillance d'une vraie reine. On m'a rapporté qu'elle portait un jupon de soie écarlate et une perruque dorée, et qu'elle était aussi jolie qu'au temps de sa jeunesse. La perruque est tombée quand le bourreau lui a tranché la tête.

Le regard d'Angus se fit encore plus inquisiteur.

— La nouvelle semble vous avoir causé un grand choc, Kate. Marie avait-elle le soutien des vôtres en revendiquant la couronne ?

Kate ne répondit pas. Elle songeait à ce jupon de soie écarlate...

— Les parents de Kate sont morts, se hâta d'expliquer Robert. Et je suis certain que son tuteur n'avait aucune sympathie pour Marie Stuart, n'est-ce pas, Kate ? ajouta-t-il en se tournant vers elle.

Elle hocha la tête d'un air absent.

— Et son effarement n'a rien de surprenant, tu dis les choses avec tant de brusquerie, Angus !

Celui-ci se confondit en excuses, puis Robert demanda à Gavin de conduire Kate dans la maison.

— Nous ne serons pas de l'expédition chez Cavendish, alors ? fit le jeune homme, déçu. Pourtant, ça ajouterait encore à notre légende !

— Il faut partir tôt demain matin, lui rappela froidement Robert.

Puis il se tourna vers Angus :

— Dis-moi, avant ton raid chez Cavendish, as-tu le temps de me montrer tes nouvelles acquisitions ?

Angus, qui n'avait pas quitté Kate des yeux un seul instant, passa radicalement à autre chose, visiblement ravi.

— Oh, le temps, je vais le trouver ! dit-il en sautant de sa selle. Je veux te faire voir les beaux chevaux que tu rates, là-bas, isolé sur ton rocher aride ! Remarque, tu pourrais toujours rafler quelques belles têtes de bétail à Malcolm, histoire de t'amuser !

Et il partit d'un énorme éclat de rire en donnant

une bourrade à Robert, tandis qu'ils entraient dans les écuries.

L'orage dont parlait Robert, c'était sûrement cela... L'exécution de Marie Stuart. A la fenêtre de la chambre, chez Angus, Kate comprit brusquement que Robert était au courant depuis qu'il était venu la chercher chez Sebastian. Il savait que sa mère allait être décapitée sur l'ordre d'Elizabeth.

— Est-ce que ça va ?

Kate se retourna et vit Robert planté sur le seuil de la chambre.

— Mais oui, répondit-elle faiblement. Je me demande pourquoi j'ai été si bouleversée. Je ne me rappelle même pas l'avoir jamais vue. Elle n'a jamais essayé de me rencontrer, même jamais écrit ! Une fois abandonnée, c'est comme si je n'avais jamais existé pour elle.

— Il n'est de toute façon pas agréable d'apprendre qu'on a tranché la tête à quelqu'un. Que vous en ayez ressenti un choc n'a rien d'étonnant.

— Je savais que ça finirait par arriver. Sebastian me disait toujours qu'Elizabeth en aurait assez, un jour, des péchés de ma mère.

— Mais pourquoi diable avez-vous demandé à Angus de vous décrire sa manière de mourir ?

— Toute ma vie, on m'a rebattu les oreilles avec sa conduite scandaleuse. Je voulais savoir si elle avait aussi des qualités. Or, le courage est une vertu.

Kate se mit à trembler et elle croisa les bras sur sa poitrine.

— Il commence à faire froid, vous ne trouvez pas ?

— Non, mais je vais alimenter le feu.

Robert remit une bûche dans la cheminée et activa les braises.

— J'ai renvoyé les domestiques. Ils pourraient raconter à Angus que vous êtes toujours sous le choc, et je n'y tiens pas. J'ai aussi demandé à Gavin de vous monter de quoi manger.

— Merci. Vous êtes très gentil.

— Décidément, vous devez être fort troublée pour commettre une telle erreur de jugement ! grommela-t-il en reposant le tisonnier.

— Vous savez être gentil. Avec Gavin, par exemple. Parfois, vous me faites penser à un faucon qui ouvre ses ailes pour protéger ses petits. Gavin doit se sentir à l'abri à vos côtés. Il est vrai que Gavin est de Craighdhu... Ce qui fait de lui un être d'exception, n'est-ce pas ?

— Oui... tout ceci ne me plaît pas, acheva-t-il avec humeur.

Kate ne comprit pas de quoi il voulait parler. De toute façon, elle n'était pas en état de s'en préoccuper. En s'approchant du feu, elle passa près du lit, et les propos de Robert lui revinrent à nouveau en mémoire.

— Draps frais, murmura-t-elle d'une voix blanche.

— Bon sang, Kate ! explosa-t-il. Je ne suis pas en manque au point de me jeter sur une femme qui n'a pas plus d'émotions qu'une poupée de chiffon !

— Non ? fit-elle avec indifférence en s'asseyant au coin de la cheminée, les yeux fixés sur les flammes.

— Vous allez manger ce que Gavin vous apportera, compris ?

Kate inclina la tête.

— Ensuite vous vous coucherez et vous ne penserez plus à rien.

Ne plus penser à la mort, à la solitude, ni à la femme au jupon de soie écarlate qui avait été décapitée quatre jours auparavant...

Elle entendit vaguement Robert sortir en marmonnant quelque chose. La nuque contre le haut dossier de sa chaise, Kate continuait à fixer les flammes qui dansaient dans l'obscurité grandissante. Des flammes qui ressemblaient étrangement à de la soie rouge...

— Tu aurais dû la forcer à manger, bougonna Robert en voyant le plateau intact que Gavin redescendait.

— Elle n'avait pas faim, elle a dit qu'elle allait se mettre au lit, répondit le jeune homme en disparaissant dans la cuisine.

Il en ressortit quelques instants plus tard avec une bouteille de whisky.

— Regarde ce que j'ai déniché ! Angus n'y trouvera sûrement pas à redire. Et puis nous allons boire à sa santé et aux belles bêtes qu'il va rapporter de chez Cavendish. Au fait, pour quelle raison ne l'avons-nous pas accompagné ? La vraie raison, je veux dire ?

— C'était trop périlleux. Pendant quelques mois, on va imputer toute action entreprise contre les Anglais à l'exécution de Marie Stuart. Et je n'ai aucune envie qu'on établisse un lien entre mon mariage et un désir soudain de revanche.

— Je me suis demandé pourquoi tu avais aussi rapidement détourné l'attention d'Angus. Mais, tu sais, Robert, nous pouvons lui faire confiance.

— C'est un esprit curieux, et les gens curieux se perdent en conjectures, d'où le danger, tu comprends. Dis-moi, comment l'as-tu trouvée — Kate ?

— Elle ressemblait à quelqu'un qui vient de voir un fantôme. Mais tout être humain se doit d'affronter seul ses inquiétudes. Personne ne peut le faire à sa place.

— Et pourquoi aurais-je envie d'essayer ?

Robert se dirigea à grands pas vers la table devant la cheminée.

— Apporte ton whisky. J'ai besoin de me réchauffer.

Gavin posa la bouteille et un jeu de cartes sur la table, avant de s'asseoir en face de son cousin. Puis il se mit à parler à nouveau de Kate.

— Franchement, tu avais tellement envie d'elle pendant le voyage, je croyais que tu nourrissais d'autres projets pour ce soir...

— Je le croyais moi aussi.

Jamais il n'avait autant désiré une femme. Et, en

même temps, Kate lui inspirait une tendresse qu'il essayait d'occulter depuis l'instant de leur rencontre. Pourquoi diable était-il incapable de passer outre et d'entrer dans son lit, puisqu'il brûlait de s'y trouver avec elle ?

— C'est une brave petite, dit Gavin. Et c'est dur de la voir souffrir, hein ?

Robert prit la bouteille, sans le regarder.

— Distribue les cartes, Gavin.

La sirène !

Kate suffoquait, elle allait mourir…

— Attends, je t'en prie, attends… !

— Mais que se passe-t-il ? cria une voix.

Quelqu'un la secouait, l'arrachait aux profondeurs… Ouvrant les yeux, Kate vit le visage de Robert penché sur elle.

Elle était au port. A l'abri. Chez elle.

Le cœur battant à se rompre, Kate se jeta contre Robert et l'entoura de ses bras.

— Elle est partie ! chuchota-t-elle en le serrant très fort.

— Chut… murmura-t-il en lui caressant les cheveux. Vous avez dû faire un mauvais rêve.

Elle se ressaisit un instant, juste le temps de se rappeler qu'elle n'était pas non plus en sécurité entre ses bras. Mais elle n'avait pas la force de se battre. Il lui faudrait donc, pour le moment, se fier à son instinct.

— Elle est partie, sanglota-t-elle. La sirène…

— C'est fini, Kate, c'est fini, dit-il en la berçant doucement. Ce n'était qu'un mauvais rêve…

— Exactement ce que j'essayais de lui faire comprendre, balbutia-t-elle, le visage inondé de larmes. Que ce n'était pas un péché, juste un rêve.

— Faire comprendre à qui ?

— A Sebastian. Il ne voulait pas m'écouter. Martha est allée chercher… le fouet.

Robert se crispa.

— Le fouet ?

— A cause du rêve. La sirène...
— Que vient faire une sirène dans tout cela ?
— C'est elle. Vous ne voyez donc pas ? C'est elle !
— Marie ?
— Ma mère. Il disait que c'était mal de rêver d'elle. Mais moi, je n'ai jamais eu le sentiment que c'était mal. Parce que ce n'était pas mal.
— Bon Dieu !
Kate essaya de dominer ses émotions, s'efforçant de ne plus trembler, d'être forte.
— Vous pouvez me lâcher maintenant, fit-elle d'une petite voix.
Elle tenta de s'écarter de Robert, mais il ne relâcha pas son étreinte. Et, finalement, elle lui en sut gré : elle avait tant besoin de sa solidité. Elle se sentait encore si fébrile, et il était comme un roc auquel s'agripper dans la tempête, sur une mer démontée où régnait la sirène...
— Il est étrange que j'éprouve ce sentiment de sécurité près de vous alors que parfois vous me faites un peu peur...
— Etrange aussi que vous l'admettiez !
— Très juste. Je dois être dans une sorte d'état second. Ô mon Dieu, je trouve cela très inquiétant !
Elle ferma les yeux et ne repoussa pas la sensation de bien-être que lui procurait la présence si proche de Robert. Autour de lui flottait une odeur de cuir et de whisky, c'était chaleureux et rassurant.
— Pourquoi parlez-vous de sirène ?
Kate hésita. Elle s'était confiée à Sebastian et en avait subi les conséquences. Oui, mais Robert n'était pas Sebastian, et elle avait tellement besoin de lui ouvrir son cœur ! La solitude lui pesait trop, ça en devenait insupportable.
— A cause des placards sur les murs. Sebastian m'a tout raconté quand j'étais petite. Il m'a tout dit sur ma mère.
— Par exemple ?
— Eh bien, quand lord Darnley, son mari, a été assassiné, elle a été soupçonnée de complicité par la

population d'Edimbourg. Les gens pensaient qu'elle avait tué son mari pour épouser son amant. Alors ils ont collé des avis sur tous les murs d'Edimbourg.

Kate marqua une pause, avant d'achever d'une voix mal assurée :

— Et il y était question d'une sirène avec une couronne sur la tête.

— Et c'est elle que vous voyez en rêve ?

— Oui. Mais il n'est question ni de meurtre ni de débauche. Je suis quelque part au fond de la mer, l'eau est bleue, belle et douce, comme de la soie, et moi je suis heureuse. Je me sens libre, en sécurité, comme si j'étais dans mon élément. Et puis... elle arrive.

— Et vous n'êtes plus heureuse ?

— D'abord, si, je suis très heureuse. Elle est magnifique. Ses cheveux ondulent autour d'elle comme des algues dorées, et elle me sourit.

— Et ensuite ?

— Elle me quitte, répondit Kate avec tristesse. Elle s'en va et me laisse derrière elle. J'essaie de la suivre, mais elle nage trop vite, l'eau s'assombrit et je ne vois plus rien. J'aperçois des créatures bizarres aux dents énormes, et je sais qu'elles vont me dévorer si je ne réussis pas à rattraper la sirène. Mais je n'y arrive pas. La mer est devenue dangereuse, je n'y suis plus en sécurité. Soudain, je ne peux plus respirer sous l'eau. La sirène tourne la tête pour me regarder et me sourire. Vous voyez, ce n'est pas si terrifiant...

Kate pleurait de nouveau à chaudes larmes, et elle s'essuya la joue sur la chemise de Robert.

— Pas terrifiant, non, mais ce rêve vous fait souffrir.

— Oui. Votre chemise va être trempée.

— Elle séchera.

— La sirène s'en est allée pour de bon, cette fois. Elle ne reviendra jamais.

— Non, elle ne reviendra jamais.

— Comme c'est étrange ! Elle tenait une telle place dans ma vie, et pourtant je ne l'ai pas connue. Lorsque j'étais petite fille, je me disais qu'un jour elle viendrait me chercher. Je me répétais que si je pouvais la connaître, tout savoir d'elle, j'arriverais à faire en sorte qu'elle m'aime. Pourtant, elle n'est jamais venue. Les enfants sont candides... Et moi donc! Je suis désolée, je vous ennuie avec toutes mes histoires! Gavin n'a-t-il pas dit que vous alliez jouer aux cartes? J'ai dû vous déranger!

Robert ne broncha pas. Il se contenta de regarder Kate avec douceur, puis il reprit:

— Que savez-vous de Marie?

— Tout. Et je sais que je ne suis pas comme elle!

— Vous savez tout ce que Sebastian a voulu que vous sachiez.

— Elle était égoïste, têtue, et elle avait commis le péché d'adultère.

— Je l'ai entendu dire, oui. Mais j'ai aussi entendu dire qu'elle était gaie, pleine de charme et très courageuse. La plupart des Ecossais étaient disposés à se battre sous sa bannière.

— Pas vous.

— Je me bats seulement sous l'étendard de Craighdhu.

— Mais, pour elle, vous ne vous seriez jamais battu? insista Kate.

— Non, admit Robert après une seconde d'hésitation.

— Vous voyez bien, dit-elle tristement.

— Vous savez pourquoi, Kate? Parce qu'un chef dont les actions sont impulsives conduit irrémédiablement ses troupes à l'échec. Marie s'est toujours laissé guider par ses émotions, pas par la raison.

— Mais moi, je ne serai jamais comme elle, murmura Kate.

— C'est pour cela, sans doute, que vous sautez par les fenêtres pour sauver un vieux canasson qui ne vaut pas un clou?

Kate leva sur lui un regard horrifié.

— Ah, ça c'est différent! Je ne suis pas comme elle, n'est-ce pas?

— Bien sûr, cela n'a rien à voir. Vous savez, Kate, continua-t-il lentement, on ne choisit pas d'où l'on vient, mais on peut choisir où l'on va. Faites votre choix et ne vous occupez pas du reste. Choisissez d'être courageuse comme votre mère, et ignorez son manque de discernement. Soyez rieuse comme elle, et refusez sa soif de pouvoir et sa férocité.

— Sebastian dirait que ce n'est pas possible.

— Et moi je vous dis que si. On est toujours maître de ce qu'on est et de ce qu'on devient.

— Comme si c'était aussi facile ! Quand je suis éveillée, je peux en effet choisir, mais quand je dors... Vous rêvez, vous ?

— Tout le monde rêve.

— Vous faites des cauchemars ?

Robert demeura silencieux un instant.

— Plus maintenant, répondit-il enfin.

Que contenaient donc ses rêves ? Kate eut soudain envie de l'interroger, cependant elle se tut timidement.

— Plus de questions ? s'étonna-t-il.

— Si j'insistais, je serais aussi curieuse que Sebastian. Vous n'avez pas envie de me parler de vos rêves.

— Non, je n'ai pas envie d'en parler. Pourtant, je vais vous dire comment je m'en suis débarrassé. Je me réveillais en pleine nuit, trempé de sueur, et je ne parvenais pas à me rendormir. Une nuit, n'y tenant plus, je suis descendu aux écuries, j'ai sellé mon cheval et j'ai quitté le château. J'ai galopé sans but pendant un moment, puis j'ai gagné la lande.

— La lande ?

— Elle couvre le nord de l'île, sur les falaises.

Kate l'imagina alors, silhouette solitaire, cheveux au vent, dans la nuit, chevauchant sur les terres arides.

— Pourquoi aviez-vous choisi cet endroit ?

— Je l'ignore. Mais je suis resté assis au bord de la falaise toute la nuit à regarder les phoques, en bas, sur les rochers. Au printemps, ils sont des centaines à venir là donner la vie. La vie... Dès lors, chaque fois que mon cauchemar me harcelait, je revenais sur la falaise. Puis, à la fin de l'été, j'ai soudain cessé de faire ce genre de rêves...

— Vous pensez que ça vous avait guéri ?

— Je n'en sais rien. Peut-être.

— Si, vous le pensez. Les phoques, la vie...

— Mais pas de sirènes, murmura-t-il.

— Vous m'emmènerez sur la lande ?

— Un jour, oui.

Kate éprouva une joie soudaine. Il lui avait fait partager ses souvenirs, lui qui ne se livrait jamais ! Pour la consoler et lui donner du courage. Elle ne s'interrogea pas, se laissant seulement aller au bonheur, un sentiment nouveau pour elle.

— Je me sens... bizarre, murmura-t-elle, mais c'est bon.

Quelque chose semblait se dénouer en elle, et elle n'essayait pas de l'empêcher, elle savait que c'était bien.

— Vous êtes bon avec moi, comme avec Gavin, pourtant je ne suis pas de Craighdhu, reprit-elle doucement.

— Maintenant, si, vous faites partie de Craighdhu, j'en ai bien peur !

— Pour l'année qui vient, vous voulez dire ?

Robert hésita imperceptiblement avant de répondre.

— Oui, c'est cela.

— Vous serez donc aussi gentil avec moi que vous l'êtes avec Gavin ?

— Vous ne me faites pas tout à fait le même effet que Gavin...

— Il suffirait que vous renonciez à vouloir me mettre dans votre lit.

— Impossible, je le crains ! Mais si cela vous rassure, je promets de ne pas vous harceler et d'attendre que vous fassiez le premier pas.

— Et vous me traiterez comme Gavin ?

— Dans la mesure du possible.

Le faucon qui étendrait ses ailes pour lui prodiguer chaleur et protection... Kate ferma les yeux. Robert lui caressa les cheveux un instant et elle se sentit en paix.

Elle glissa à nouveau lentement dans le sommeil. Peut-être rêverait-elle de la mer, des phoques, des falaises, du maître de Craighdhu sur la lande? Elle savait aussi que plus jamais elle ne souffrirait de solitude. Et que plus aucune sirène ne viendrait troubler ses nuits...

5

Au petit matin, lorsque Kate se réveilla, elle était seule, mais les souvenirs affluèrent. La lande, les falaises, Robert si proche d'elle, et ce sentiment d'être à l'abri désormais...

Elle se leva rapidement, se prépara, et descendit allégrement l'escalier.

— Ah, j'allais justement envoyer Gavin vous réveiller ! lui lança MacDarren en la voyant. Nous devrions déjà être partis.

Kate fut saisie par la rudesse du ton de Robert. Celui-ci la regardait froidement et avec quelque condescendance. La jeune fille en resta un instant stupéfaite. Comment pouvait-il être aussi dur ? Elle lui avait confié une grande part de sa vie, et il se comportait maintenant comme s'il ne s'était rien passé. Il l'excluait, comme les autres... Mon Dieu, pensa-t-elle, elle allait se retrouver seule, si elle n'agissait pas immédiatement. Mue par la colère plus encore que par la déception, elle courut vers lui.

— Non ! Je ne vais pas tolérer cela !

Il ne broncha pas.

— Allez manger quelque chose dans la cuisine. Angus dort encore, mais je l'ai vu hier soir et je l'ai remercié de nous avoir...

— Pourquoi avez-vous changé ? Vous disiez que...

— Et je tiendrai parole, Kate. Je vous protégerai comme je protège Gavin.

— Je n'ai que faire de votre protection, je suis

capable de m'occuper de moi-même! Mais je veux votre amitié. Carolyn dit que j'en demande toujours trop. Cependant je suis capable de donner beaucoup aussi. Vous et moi, nous pourrions bavarder, rire, et... et notre année ensemble serait tellement plus agréable, plus harmonieuse! Et je pense que...

— Chut!

— Non, je ne me tairai pas! Je vous dis que...

Robert plaqua une main sur la bouche de Kate.

— Je sais. Vous ne voulez pas que je vous prenne sous mon aile mais plutôt que je roucoule comme une paisible colombe quand je suis près de vous.

— Je n'irais pas jusqu'à vous imaginer en train de roucouler... Mais est-ce trop demander que la paix et l'amitié règnent entre nous? Moi, je ne le crois pas. Vous m'avez promis...

— Je sais ce que je vous ai promis, et vous n'avez pas le droit de m'en demander davantage. Comment pouvez-vous espérer me rapprocher de vous et m'obliger ensuite à garder mes distances? lança-t-il avec dureté. Par ailleurs, pourquoi est-ce donc aussi important pour vous?

Comment lui expliquer, se faire bien comprendre? Comment le convaincre, surtout? Puis, brusquement, les mots vinrent à Kate, malgré elle, exprimant des émotions qu'elle ne soupçonnait même pas.

— Tout ce dont je croyais avoir besoin, c'était d'une maison. Seulement une maison. Or, maintenant, je sais que je veux bien plus. Il me faut aussi des gens, de la chaleur, de l'amitié... Au début, la maison représentait pour moi l'abri le plus facile à trouver, le plus sûr aussi. Mais à présent, j'ai envie de connaître ce que vous, vous connaissez. Vous savez très bien que je n'y arriverai pas toute seule. Vous pouvez comprendre cela, non? Sebastian me disait que je n'aurais jamais ce genre d'existence. Pourtant, moi, je suis bien décidée à vivre ainsi... entourée et aimée! Je me sens comme... une terre brûlée, un désert... C'est Sebastian qui m'a faite comme je suis, et je ne sais pas comment m'en sortir. Je ne suis à l'aise avec personne...

— J'ai en effet remarqué une certaine méfiance à mon égard, fit Robert avec un petit sourire. En revanche, vous ne semblez avoir aucun problème avec Gavin.

— J'ai beaucoup de sympathie pour Gavin, mais il ne peut pas faire de moi une autre. Alors que… hier soir, avec vous, c'était différent. Je me suis vraiment confiée, et à ce moment-là, je me sentais…

Kate s'arrêta. Son orgueil en avait suffisamment supporté comme cela, elle n'irait pas plus loin.

Elle lut sur les traits de Robert une émotion furtive qu'elle ne put identifier.

— Bon, d'accord, je vais essayer, dit-il.

— Vraiment? s'écria Kate en laissant éclater sa joie.

— Dieu, que vous êtes tenace, vous! Faut-il également que je fasse une promesse solennelle?

— Oui. J'ai votre parole?

— Vous avez ma parole. Satisfaite?

— Oui. Je ne veux rien de plus.

— Moi, si.

Il y eut soudain une nouvelle tension entre eux, et Kate s'empourpra.

— Vous surmonterez cela très vite, j'en suis sûre. Où est Gavin? demanda-t-elle, soucieuse de changer de sujet.

— Dans la cuisine.

— Je vais le chercher et lui dire que vous souhaitez partir dès que…

— Un instant, Kate.

Il s'approcha et lui prit le visage à deux mains.

— Ce n'est pas raisonnable du tout, lui murmura-t-il à l'oreille. J'ignore pendant combien de temps je vais pouvoir supporter cette situation. Mais quand je déciderai qu'elle a assez duré, je vous préviendrai.

Les yeux sombres de Robert la fascinaient, sa voix l'ensorcelait… dans quel abîme sans fond était-elle en train de tomber? Kate tenta de se ressaisir. Elle recula d'un pas puis se dirigea rapidement vers la cuisine.

— Cela vous rendrait la vie tellement impossible que vous changeriez bien vite d'avis, lança-t-elle sur un ton de défi. Vous verrez, je suis bien meilleure amie qu'amante !

— Vous me permettrez d'en être seul juge, répliqua-t-il en ouvrant la porte. Dites à Gavin de vous donner quelque chose à manger pendant que je vais seller les chevaux.

Il se trompait ; tout se passerait bien une fois qu'il se serait habitué à elle, et elle retrouverait la joie de vivre qui avait été la sienne, ce matin, au réveil...

— Ah, vous avez l'air beaucoup plus en forme, je m'en réjouis ! s'exclama Gavin en l'apercevant. Vous m'avez fait une de ces peurs avec vos cris, la nuit dernière !

— Je suis désolée, s'excusa Kate en rougissant. Je ne voulais pas...

— Je sais, Kate, la coupa-t-il avec un gentil sourire. A l'évidence, sa mort vous a cruellement affectée.

— Je vous prie de me pardonner. Ma conduite était tout à fait déplacée.

Kate se hâta de parler d'autre chose en demandant des nouvelles d'Angus.

— Son expédition a-t-elle été fructueuse ?

— Très. Cinq belles juments et un étalon, répondit Gavin. Mais, Kate, vous devez d'abord manger... Nous discuterons plus tard. Robert veut que nous partions rapidement, il trouve que nous sommes trop près de la frontière.

Elle se mit à grignoter un peu de fromage tout en réfléchissant.

— Se dépêcher ainsi est complètement idiot, remarqua-t-elle. Même si quelqu'un découvre qui je suis, ça ne changera rien.

— Ce n'est pas l'opinion de Robert. Et il est loin d'être idiot.

Kate termina très vite sa collation et se leva presque aussitôt.

— Je suis prête, allons-y.

— Quel entrain ! observa Gavin qui la scrutait

attentivement. Je ne vous reconnais pas, vous ne semblez plus la même.

— Mais je ne *suis* plus la même.

— Que voulez-vous dire ?

C'était difficile à exprimer et Kate avait du mal à mettre de l'ordre en elle-même. Tant d'émotions nouvelles l'habitaient ! Tout à l'heure, lorsque Robert avait pris son visage dans ses mains, elle avait éprouvé un sentiment merveilleux. Soudain, elle était choyée, on veillait sur elle. Le fardeau qui pesait sur ses épaules depuis toujours semblait s'être envolé d'un seul coup. Et elle en ressentait une joie qui lui donnait le vertige. Peut-être, indépendante comme elle l'était, ne supporterait-elle pas très longtemps qu'on la dorlote ainsi, mais pour le moment c'était bien agréable.

— C'est très compliqué à expliquer, répondit-elle à Gavin. Bon, on y va, Robert nous attend...

Quatre jours plus tard, les montagnes étaient en vue, avec leurs pentes abruptes couvertes d'une végétation éparse et leurs cimes noyées dans les brumes.

— Eh bien ? demanda Robert à Kate.

— Quelle impression de... solitude, dit-elle.

— Je pensais que ces montagnes vous en auraient imposé. La plupart des gens trouvent nos Highlands très inhospitalières.

— Qu'est-ce que c'est que cette plante marron rougeâtre qui pousse sur les rochers ? Je n'en ai jamais vu.

— De la bruyère. On ne la trouve pratiquement qu'en Ecosse. Et elle nous prodigue ses bienfaits, à nous, Ecossais.

— Elle paraît plutôt vilaine. Il semblerait même qu'elle ait des épines... Je me demande s'il est possible d'y toucher...

— Si vous vous en approchez, elle vous semblera beaucoup plus jolie et très douce.

Robert eut un petit rire discret, puis il continua :

— Mais je vous fais confiance, vous découvrirez sûrement par vous-même l'impression qu'elle donne sous les doigts. En une seule journée de voyage vous avez dû vous arrêter une bonne douzaine de fois pour regarder ou toucher quelque chose. Je n'ai jamais vu quelqu'un d'aussi curieux.

— J'ai simplement envie de connaître les choses du monde. Je n'ai jamais voyagé, vous comprenez, et tout me paraît tellement... nouveau.

En réalité, la nouveauté était surtout en elle.

— Carolyn me trouvait plus curieuse que la moyenne, reprit Kate. Mais ça, c'était après que... Peu importe. Ce n'est pas un péché, n'est-ce pas ?

— Non, la rassura-t-il.

Robert posa soudain sur Kate un regard plein de tendresse. Il resta silencieux et immobile comme si, brusquement, il la découvrait. Et Kate se sentit alors si embarrassée qu'elle se mit à parler :

— Vous dites que cette plante, la bruyère, prodigue ses bienfaits aux Ecossais. Quels bienfaits ?

— Oh, tant et tant que je ne pourrais pas vous les énumérer tous ! Elle fait du bien à l'âme, au corps, et elle nous aide même à oublier.

Il tourna un regard malicieux vers Gavin.

— Pas vrai, Gavin ? Je me rappelle notre dernier soir à Craighdhu, tu as tellement bu de bière de bruyère que tu ne dois avoir aucun souvenir de notre départ !

— Tu te trompes. Je me rappelle avoir joué de la cornemuse ; je crois aussi me souvenir que tu m'as jeté dans les douves !

— J'ai surtout empêché les autres de te noyer. Ta façon de jouer est à peine passable quand tu es sobre ; mais quand tu es ivre, c'est carrément insupportable.

— Je partais au combat, la cornemuse s'imposait, protesta Gavin. Et je te remercie d'étaler mes défauts devant Kate ! Moi qui m'efforce de la convaincre que je suis son meilleur guide sur le chemin semé d'embûches du mariage.

— Tâche de ne pas avoir un verre dans le nez quand

tu lui serviras de guide... Je n'aimerais guère être obligé d'aller vous sortir des douves tous les deux.

Jamais Kate n'avait vu Robert d'aussi bonne humeur, et elle se rapprocha instinctivement.

— Vous en buvez, vous aussi, de la bière de bruyère ?

— Non, c'est trop doux pour moi et je suis un gros buveur.

— Vous aimez l'excès ?

Kate regretta aussitôt sa question. Elle allait finir par l'agacer, et l'atmosphère risquait de s'alourdir.

— J'ai tendance à être excessif en tout. Voilà pourquoi je dois me méfier des tentations, répondit-il.

Puis, éperonnant son cheval, il lança à ses compagnons :

— Essayons d'accélérer l'allure. Nous serons suffisamment ralentis par le vieux cheval lorsque nous aborderons les Highlands.

Il était déjà loin devant, quand Kate, après un coup d'œil à Caird, marmonna à l'intention de Gavin :

— Caird fait de son mieux.

— Oui, mais ça ne suffit pas. Sans lui, nous serions déjà dans la montagne. Et Robert a raison : en altitude, votre Caird ira encore moins vite. La montagne n'est pas tendre pour les vieux et les faibles.

— Raison de plus pour que nous, nous soyons doublement gentils et compréhensifs !

Il est vrai que Robert avait déployé des trésors de gentillesse et de délicatesse depuis leur départ de chez Angus. Il se montrait courtois, répondait à toutes les questions de la jeune fille. Cependant, ce n'était pas assez... Elle voulait être plus proche de lui, elle voulait retrouver la joie de l'autre nuit.

Elle allait redoubler d'efforts dans ce sens. Pour l'instant, elle se contentait de le contempler en silence. Elle regardait sa silhouette rassurante penchée devant le feu du bivouac. Elle remarqua également la finesse de ses mains et l'extrême élégance du moindre de ses gestes.

— Remontez votre couverture, dit-il soudain en se tournant vers elle, le vent fraîchit.

— Je suis bien, je n'ai pas froid, répondit-elle.

Robert reposa la sangle qu'il était en train de réparer et se rapprocha de Kate afin de l'envelopper de sa couverture. Ce geste anodin réchauffa pourtant le cœur de la jeune fille. Voilà, elle était à l'abri, sous les ailes du faucon... Chaque jour un peu plus protégée, un peu moins étrangère.

— Est-ce que ça vous plaisait d'être pirate ? lui demanda-t-elle brusquement.

— Par moments, cela ne manquait pas de charme.

— Vous recommencerez ?

— Je ne pense pas.

— Pourquoi ?

— Ce n'est plus nécessaire. J'ai suffisamment d'or à présent pour mener à bien mes projets.

— Il nous fallait de l'or pour développer notre commerce avec l'Irlande, expliqua Gavin, de l'or et des navires... Craighdhu est une terre rude qui ne suffit pas à nos besoins.

— Je n'en crois pas mes oreilles ! s'exclama Kate avec une lueur espiègle dans les yeux. D'après ce que vous m'en avez dit tous les deux, j'imaginais que c'était un paradis...

Pendant quelques minutes, on n'entendit plus que le crépitement du feu de camp.

— Qui est Malcolm ? s'enquit soudain Kate. Angus Gordon a mentionné son nom, et vous avez dit...

— Oui, je me rappelle très bien. Mais je m'étonne que vous vous en souveniez. Vous étiez bouleversée à ce moment-là. Oui, sir Alec Malcolm de Kilgranne... certaines de ses terres avoisinent les miennes.

— A Craighdhu ? s'étonna Kate.

— Non, Craighdhu est une île. Mais notre clan possède aussi des terres en Ecosse continentale.

— C'est donc un Highlander ?

— De naissance, oui.

— C'est une fripouille cupide, ronchonna Gavin de l'autre côté du feu.

— Gavin n'a guère de sympathie pour mon cousin Alec...

— Encore un cousin ? fit Kate.

— Je vous l'ai dit, nous sommes pratiquement tous parents.

— Il aimerait te couper la gorge, oui ! lança Gavin. Tu es beaucoup trop indulgent avec lui, Robert !

— Ce n'est pas de l'indulgence, Gavin. Je suis aussi avide que lui. Si je le tue, James sautera sur l'occasion pour envoyer ses troupes venger son favori et s'emparer de Craighdhu. Alors que si j'attends le moment propice, j'ai une chance de faire la paix avec Duncan, le fils d'Alec. Ce n'est pas un méchant garçon.

— Et ainsi tu mettras Craighdhu hors de danger.

— Exactement.

— Si Alec t'en laisse le temps. Dieu sait ce que nous allons trouver en arrivant chez nous !

— Jock est là, il n'aura laissé personne approcher. Et de toute façon, si Alec nous a pris des terres, eh bien, nous les lui reprendrons !

Kate se rendit compte qu'elle était de moins en moins troublée par ce genre de conversations. Entendre parler de batailles ou de règlements de comptes ne la choquait plus comme avant. L'habitude l'aurait-elle déjà endurcie ?

— James en serait tout aussi mécontent, non ? intervint Kate.

— Oui, mais pas au point de venir les reprendre pour Alec. Il y a un juste milieu à respecter. Vous comprendriez mieux si vous connaissiez votre frère, ajouta-t-il.

— J'ai entendu dire qu'il ne jouissait pas d'une très grande popularité en Ecosse. Vous savez, quand j'étais petite, je m'imaginais qu'un jour James viendrait me chercher pour m'emmener vivre avec lui dans son château d'Edimbourg.

— Je ne pense pas que James puisse vous rendre le moindre service. Détrompez-vous donc, il est plus ambitieux encore que Malcolm !

— Il veut davantage de pouvoir ? Je me demande bien pourquoi, il en a déjà tellement.

— Le pouvoir, il en faut toujours plus !

— Oui, je peux le comprendre, je crois, fit Kate gravement.

Gavin étouffa une exclamation.

— Quoi ? bondit Robert.

— C'est sûrement agréable d'avoir du pouvoir. Moi, je pense que cela me plairait énormément.

— Eh bien, réfléchissez ! A moins que vous ne souhaitiez suivre le même chemin que votre mère !

Oui, cette fois, c'était lui qui tentait de faire le rapprochement, sans même en avoir conscience, songea Kate, amusée. Une remarque innocente de sa part, et voilà qu'il montait sur ses grands chevaux ! Et si elle essayait d'aller un peu plus loin... ?

— J'ai toujours détesté me sentir impuissante quand j'étais chez Sebastian. Mais vous aussi, vous aimez le pouvoir. Vos charmantes prérogatives ! lui rappela-t-elle.

— Oh, j'utilise surtout mon pouvoir pour rester en vie ! expliqua Robert avec sérieux.

Voilà, ça marchait ! jubila intérieurement Kate tout en arborant un sourire taquin.

— Voyez-vous, je ne suis pas aussi imprudente que ma mère. Je ne commettrai jamais les mêmes erreurs qu'elle.

— Nom de Dieu ! explosa Robert.

Gavin tenta de le calmer :

— Tu ne vois donc pas qu'elle plaisante ?

— J'en suis moins sûr que toi. Est-ce que vous plaisantez, Kate ?

Elle ne le savait plus très bien elle-même. Jusqu'à ce jour, elle n'avait jamais pensé au pouvoir et à ce qu'il pouvait représenter pour elle. Cette notion même, elle l'avait rejetée, avec bien d'autres, sous l'influence de Sebastian. Mais ce soir, autour de ce feu qui crépitait, alors qu'elle se laissait aller à une douce euphorie, bien au chaud sous sa couverture, l'idée d'avoir du pouvoir avait un certain charme...

— Il est terrible, croyez-moi, d'être totalement démunie, reprit Kate. Je ne veux plus jamais connaître cela ! Pourtant, je n'aimerais pas imposer ma volonté aux autres, et, je le sais, je suis parfois, hélas, trop impétueuse ! Bien sûr, je pourrais apprendre à contrôler mes passions. Mais je crois aussi que le pouvoir m'apporterait la sécurité, qu'en pensez-vous ?

— Non, je ne suis pas votre point de vue. Et j'ai mille raisons de m'inquiéter. Vous n'êtes pas imprudente, dites-vous, mais vous êtes en danger. Vous en savez plus que Marie ! Et vous n'êtes pas de taille à lutter avec James. Pourtant, bon Dieu, il aurait pu au moins empêcher qu'on décapite votre mère !

— De quelle façon ?

— Il lui suffisait de menacer d'envahir l'Angleterre si Marie était exécutée. Elizabeth n'aurait pas couru le risque de se retrouver en guerre. Au lieu de cela, quand le Parlement a condamné votre mère à mort, James n'a fait que protester mollement.

— Il a peut-être pensé que cela suffirait.

— Non, il veut être roi d'Angleterre et d'Ecosse à la fois. Et Marie constituait bien sûr un obstacle.

— Ce serait donc un matricide ? chuchota Kate.

— En quelque sorte. Et vous, Kate, tâchez de ne jamais vous trouver à sa merci ! Vous êtes pour lui une menace presque aussi grande que l'était Marie.

Comme Kate paraissait en douter, il haussa le ton.

— Mais, écoutez-moi donc, bon sang !

— Tout ceci n'a pas de sens. Je n'ai aucun droit à la couronne.

— Elizabeth règne sur l'Angleterre aujourd'hui. Pourtant, les catholiques disaient qu'elle était un enfant illégitime sans aucun droit à la couronne, parce que Henri VIII avait rompu avec Rome pour épouser Anne Boleyn, la mère d'Elizabeth. Quand ils ont de l'ambition, les hommes déforment les faits à leur conveniance et cherchent des pions pour parvenir à leurs fins.

— Je ne suis pas un pion !

— Pas pour l'instant. Et si vous voulez que cela dure, je vous conseille de vous tenir à l'écart de James, ainsi que de mon cher cousin Alec Malcolm. Il faut également que vous vous méfiiez du pape et de la plupart des nobles écossais.

Robert distillait ses recommandations d'un ton cassant.

— Ah, enfin, gardez vos distances aussi avec Philippe d'Espagne. Je continue ? Je pourrais, vous savez.

— Pour l'instant, je n'ai pas à m'inquiéter. Du reste, vous vous trompez, j'en suis convaincue. Si je ne veux pas être un pion, personne ne m'y obligera !

— N'en soyez pas si sûre.

— J'en suis certaine.

Cette conversation commençait à déstabiliser Kate. En outre, elle sentait la colère de Robert monter peu à peu... Oh, revenir en arrière, pensait la jeune fille, lorsqu'elle se sentait si bien auprès de lui, au chaud et en sécurité, quand il avait doucement remonté la couverture sur ses épaules !

— Je refuse de m'inquiéter à propos de ce qui n'arrivera pas, murmura-t-elle.

— J'espère de toutes mes forces que cela n'arrivera pas. Cependant, il est inutile de se voiler la face, Kate. Mais j'oubliais... vous avez pour habitude de ne pas voir ce que vous ne voulez pas voir !

Il y avait tant de rage dans ses intonations que la jeune fille en resta pétrifiée.

— Je crois qu'il est temps de dormir, intervint Gavin pour calmer le jeu. Une longue et rude journée nous attend. Tu n'en as pas fini avec cette sangle, Robert ?

Ce dernier ne répondit pas. Gavin l'observa, puis haussa les épaules.

— Moi, en tout cas, j'ai les yeux qui se ferment. Je suis vraiment épuisé !

Tout en se glissant sous sa couverture, il lança un regard entendu à Kate.

— Vous aussi, Kate, j'en suis sûr. Bonne nuit.

— Bonne nuit.

Robert avait repris son ouvrage. Enfermé de nouveau dans un univers d'où elle était exclue, songea

Kate. Et elle voulut l'en faire sortir, qu'il revienne vers elle.

— J'ai raison, vous savez, cette conversation à propos de...

— Bonne nuit, Kate.

Il n'avait pas levé les yeux et le ton était sans réplique. Kate en souffrit, évidemment, mais ne se laissa pas décourager pour autant. Demain était un autre jour, et leurs rapports redeviendraient comme avant...

La montagne se découpait, abrupte et menaçante sous le clair de lune. Robert avait remarqué de gros nuages sombres à l'horizon durant l'après-midi. La neige n'était pas loin. Devinant ses pensées, Gavin vint près de lui.

— La neige aura peut-être cessé lorsque nous aborderons la montagne, dit-il, se voulant rassurant.

— Et alors c'est la glace que nous aurons !

— La montée nous prendra un peu plus de temps, voilà tout.

Robert rongeait son frein. Il se serait bien passé de ce retard ! Il devait absolument arriver à Craighdhu avant que son île ne soit mise à sac.

— Je sais que le vieux cheval te préoccupe aussi, parce qu'il nous ralentit, poursuivit Gavin. Mais si nous le laissons en route, Kate en aura le cœur brisé.

— Si tu crois que je ne m'en rends pas compte ! Nous n'aurions jamais dû nous encombrer de ce canasson !

— Mais il est là. Que vas-tu faire ?

A lui d'assumer toutes les responsabilités, comme toujours ! Craighdhu et son clan, maintenant, Kate et son maudit cheval ! Exaspéré, Robert tourna les talons et redescendit vers le bivouac.

— Alors, qu'est-ce que tu vas faire ? insista Gavin en lui emboîtant le pas.

— A ton avis, hein ? Je vais porter cette vieille carne sur mon dos pour franchir les montagnes ?

— Ce n'est pas la peine de t'en prendre à moi. Ni à Kate, ajouta Gavin après une courte pause.

— Que veux-tu dire exactement ?

— Je crois que tu la rends malheureuse. Elle rayonnait de joie, il y a encore quelques jours ! Tu n'es plus le même et elle ne comprend pas pourquoi.

Robert en avait conscience et il s'en voulait. Mais avait-il le choix ? Il n'aurait pas dû lui céder au début.

— Elle ne veut pas comprendre.

— Couche avec elle, ça chassera ta mauvaise humeur. Tu lui fais de la peine, à cette petite.

— Ravi d'avoir ta permission !

— Ecoute, Robert, tu n'aimes pas que je t'en parle, je sais, déclara Gavin avec fermeté. Mais j'ai de l'amitié pour Kate, et elle n'a pas besoin de souffrir davantage de ta froideur.

Parler de froideur quand il brûlait de désir ! Et elle qui lui demandait la lune...

— Tu as dit juste, Gavin, je ne veux pas en parler, riposta Robert.

— Montre-toi quand même un peu plus aimable, ce soir, suggéra Gavin. Je viens de passer une bonne heure à tenter de lui remonter le moral, alors, toi, fais aussi un effort, souris-lui au moins !

Et elle répondrait à son sourire avec espoir et confiance ! Comment allait-il sortir de cet engrenage ? Les deux cousins se turent un instant puis tous deux revinrent vers Kate et, stupéfaits, ils s'immobilisèrent, n'en croyant pas leurs yeux : elle était assise en tailleur sur une couverture devant le feu, en train de jongler tranquillement avec trois couteaux aux lames étincelantes. Saisi de panique, Robert allait s'élancer quand son cousin l'arrêta.

— Doucement, tu lui ferais peur. C'est beau, non ?

— Ce sera encore plus beau si elle ne se tue pas !

En fait de couteaux, elle jonglait avec des poignards si acérés qu'ils pouvaient évidemment, à la moindre maladresse, être des instruments de mort.

— Pourquoi diable l'as-tu laissée faire, Gavin ?

— Pour qu'elle échappe à l'ennui. Elle m'a dit

qu'elle allait me montrer un tour. Mais ne t'inquiète pas, elle a l'air de savoir ce qu'elle fait.

— Ne pas m'inquiéter quand elle...

Robert retint sa respiration. Kate faisait tournoyer un poignard qui alla finir sa course dans la terre à quelques mètres d'elle, puis rattrapa crânement les deux autres par leur manche.

En apercevant les deux hommes, Kate éclata d'un grand rire joyeux.

— Ils sont formidables ces couteaux, Gavin ! Quel plaisir et...

Elle s'arrêta net en voyant l'expression de Robert et son sourire disparut.

— Ce n'est pas la peine de me regarder ainsi, reprit-elle en se relevant. Je ne les ai pas abîmés.

— C'était de la folie ! Vous auriez pu vous blesser !

— Mais non, si on respecte les lois de l'équilibre, un couteau n'est pas plus dangereux qu'un autre objet.

— Et vous vous y connaissez en...

— Mais bien sûr qu'elle s'y connaît ! l'interrompit Gavin d'un ton désapprobateur. C'est très réussi, Kate. Où avez-vous appris ce tour ?

Kate regarda prudemment Robert.

— Tous les ans, une troupe de saltimbanques traversait notre village. Carolyn et moi, nous nous cachions dans les bois pour les regarder s'entraîner.

Elle se remit à sourire, déjà moins crispée.

— Il y avait des acrobates, des funambules, et puis un jongleur vraiment formidable. On l'appelait le Grand Jonathan. Il était capable de jongler avec cinq balles à la fois. Je me rappelle, elles étaient toutes de couleurs différentes, des couleurs vives. Après leur départ, j'ai continué à m'entraîner pendant des années. Je n'avais pas de balles, mais je jonglais avec des pommes !

— Pourquoi cette passion, si vous me permettez la question ? demanda Robert d'un ton sarcastique. Encore votre satanée curiosité ?

— Mais non. Je me disais que je pourrais entrer

dans une troupe de baladins lorsque je me sauverais de chez Sebastian.

— Comme jongleuse ?

— Pourquoi pas ? riposta-t-elle d'un air de défi. L'idée n'a rien de stupide. Je savais qu'il me faudrait gagner ma vie d'une façon ou d'une autre. Je me débrouille pas mal maintenant, et si j'avais eu plus de temps pour m'exercer, je serais bien meilleure encore. En fait, je...

— Grands dieux, ce n'est pas croyable ! s'exclama Robert.

Elle ne se doutait même pas des dangers qu'il y avait à suivre une troupe de saltimbanques ! Toute une faune de putains, de voleurs et autres charlatans évoluait fréquemment dans leur sillage. Bon sang, cette gamine ignorait tout de la vie ! Elle le regardait simplement avec ses yeux immenses, si lumineux, avec son appétit de vivre, avec ses rêves, et elle s'attendait qu'il...

Il se détourna brusquement et s'éloigna vers l'obscurité du sous-bois.

Se levant d'un bond, Kate se lança à sa poursuite.

— Pourquoi êtes-vous tellement en colère ? lui cria-t-elle. Je n'ai rien fait de mal. Une des lames est un peu salie, mais je peux...

— Ne m'approchez pas ! Taisez-vous !

— Non !

Il se retourna, la saisit aux épaules et la secoua sans ménagement.

— Vous auriez pu vous...

Elle devina, rien qu'à son expression.

Kate se figea.

— Vous étiez inquiet pour moi ?

Un sourire radieux illumina son visage.

— C'est... très agréable.

— Vraiment ?

— Je crains que jusqu'à ce jour personne ne se soit jamais inquiété pour moi... Carolyn a eu quelques attentions, mais c'était il y a bien longtemps !

Kate fit un pas en avant, scrutant les traits de Robert.

— Je vous l'avais dit, que nous deviendrions amis, pas vrai ?

— Vous me l'avez dit, en effet.

— Et nous sommes devenus amis ! Nous avons bavardé, échangé des idées. Et maintenant, je comprends votre étrange attitude de ces derniers jours. Vous vous faisiez probablement du souci pour moi.

A cet instant, Robert la regarda avec plus d'émotion qu'il n'aurait dû. A travers les étoffes, la chaleur des épaules de Kate lui brûlait déjà les doigts ; à nouveau il se sentait si proche d'elle qu'il aurait voulu l'étreindre.

— Vous m'en voulez encore à cause des couteaux, je le vois bien, continua doucement Kate. Vous avez eu peur. Mais je vous assure, c'était sans danger. Je vous promets de ne plus utiliser les poignards de Gavin, à condition que je trouve autre chose pour jongler. Ce soir, je n'avais ni pommes, ni balles...

— Quel dommage ! grinça-t-il. Peut-être devrais-je vous donner autre chose pour vos amusements !

Tout en parlant, Robert s'était approché de Kate. La saisissant par les hanches, il la plaqua alors contre lui, ne lui laissant rien ignorer de la force de son désir. Il se frotta contre son ventre, lentement, sensuellement, avec la furieuse envie de la jeter au sol et de la prendre avec passion.

Il sentit que Kate s'était figée.

— Pourquoi faites-vous cela ? chuchota-t-elle.

Robert frémit en la serrant plus fort, ses mains plaquées sur le bas de ses reins. Toute cette douceur contre lui, c'était si bon !

— Parce que je ne suis pas votre ami. Si vous avez besoin d'un ami, voyez Gavin, pas moi ! Si vous croyez que je n'ai pas vu clair en vous... Vous m'avez dit un jour que si vous étiez arrivée à tout connaître de votre mère, vous auriez réussi à vous faire aimer d'elle. Eh bien, avec moi, ça ne marche pas. J'ai pourtant essayé de vous le dire, mais vous ne vouliez pas m'entendre. Alors, allez-vous m'écouter maintenant ?

Son désir augmentait à chaque seconde, et Robert n'en pouvait plus...

— Oui, chuchota Kate.

Elle était trop près de lui pour qu'il distingue son visage, et il s'en félicita. Il n'avait aucune envie de voir son expression changer, passer de la joie à la déception.

— Très bien. Alors, voilà... si vous ne voulez pas partager ma couche, je vous demande de ne plus m'approcher.

Et il s'éloigna d'elle à grands pas en veillant bien à ne pas se retourner.

Robert n'avait d'ailleurs pas besoin de regarder derrière lui pour connaître l'expression du visage de Kate. La solitude s'y lisait, et une grande tristesse. Comme l'autre soir, lorsqu'elle avait rêvé de la sirène et qu'il avait dû la réconforter.

Mais si elle était déçue, qu'y pouvait-il ? Il n'était qu'un homme, avec des désirs d'homme ! Et il fallait qu'elle comprît qu'il n'y avait pas de place pour elle dans sa vie. La seule place qu'elle pouvait prendre, c'était dans son lit, et pour un temps limité...

Kate se retint de ne pas pleurer. Idiote ! Elle n'avait que ce qu'elle méritait. Obnubilée par ce qui n'était qu'un rêve, elle s'en rendait compte à présent, elle s'était volontairement aveuglée. Mais cela ne devrait plus jamais se produire !

S'emmitouflant dans sa mante, Kate revint lentement vers le feu de camp. Elle se mit alors à penser que, comme de fort nombreux hommes, Robert ne pensait qu'à assouvir son désir. Du reste, il ne le lui avait jamais caché. Mais elle avait été trop têtue pour accepter cette évidence.

Alors, Kate décida d'aller dormir. Le sommeil apaiserait sa peine. Demain matin, elle y verrait sûrement plus clair.

Par ailleurs, qu'avait-elle donc perdu ? Rien, en tout cas, qui lui ait appartenu...

Robert se réveilla en pleine nuit. Kate était agenouillée près de lui.

— Chut... dit-elle, un doigt sur la bouche. Pas de bruit, Gavin dort... Je n'en ai pas pour longtemps. Il faut que je vous parle.

— Est-ce que ça ne peut pas attendre demain ?

— Non. Je n'arrive pas à fermer l'œil. Excusez-moi, j'ai été stupide, et affreusement assommante. Sans doute parce que j'ai été seule trop longtemps. Puis vous êtes arrivé, je vous ai trouvé si gentil avec Gavin que j'ai eu envie de connaître le goût de cette gentillesse et de la partager. Cela me semblait si merveilleux... J'ai essayé de toutes mes forces d'y avoir droit moi aussi. Et j'ai peut-être oublié de tenir compte de vos propres envies... Mais vous non plus, vous n'étiez pas très attentif à mes besoins !

Non, contrairement à ce que pensait Kate, Robert avait parfaitement compris la détresse de la jeune fille. Il savait qu'elle brûlait d'avoir une présence auprès d'elle après tant d'années de solitude et de répression... Mais il ne pouvait pas répondre à sa pathétique attente.

— Vous avez raison, continua-t-elle, j'ai essayé de vous façonner et de vous voir comme je le souhaitais, sans succès...

Il avait envie de tendre la main vers elle, de la toucher. Mais il ne bougea pas.

— Je crois que vous devriez retourner sous vos couvertures, Kate.

— Encore un instant, je n'ai pas fini. Sebastian aussi a essayé de me modeler à sa façon. Et j'ai honte d'avoir suivi son exemple. A dire vrai, je devrais vous remercier, je suppose, car vous avez probablement percé la carapace qu'il avait construite autour de moi. Comme une muraille ou un cocon...

Un cocon d'où était sorti le plus merveilleux des

papillons qui, bien entendu, avait tenté tout de suite de déployer ses ailes !

— C'est vous qui l'avez brisée, cette carapace, vous toute seule.

— Vous avez raison, c'est moi, admit-elle fièrement. Je peux être ce que je veux, je peux avoir tout ce que je veux ! Je n'ai jamais eu réellement besoin de votre force, de votre soutien. Je ne suis plus une enfant, et en aucune façon je n'ai besoin de vous !

Robert la fixait sans rien dire et Kate, un peu embarrassée, conclut avec quelque précipitation :

— Voilà tout ce que j'avais à vous dire. Je ne vous embêterai plus. Dès que nous arriverons à Craighdhu, nous organiserons notre vie de telle sorte que nous aurons à nous voir le moins possible. Bonne nuit...

Robert la suivit des yeux sans rien dire. Drapée dans sa dignité et très certainement blessée, elle l'excluait de sa vie, tout simplement. Comme elle était loin, soudain, la petite fille confiante de ces derniers jours, pleine du désir de le connaître ! Il aurait dû s'en réjouir, elle avait enfin cessé de le harceler. Et puisqu'elle voulait prendre ses distances, tant mieux, elle ne serait plus alors une tentation de chaque instant !

Oui, se répétait-il, il devrait être content...

Edimbourg

— C'est absurde, pasteur ! maugréa James à l'adresse de Sebastian Landfield. Vous ne pensez tout de même pas que je vais croire une telle fable !

— Je m'attendais à votre réaction, aussi me suis-je permis de vous apporter quelques lettres que la reine m'a écrites au fil des ans au sujet de l'éducation de l'enfant.

Sebastian tendit les documents au roi d'Ecosse.

— Vous reconnaîtrez l'écriture de la reine, ajouta-t-il. Vous avez, je présume, déjà échangé des missives.

— Et quand bien même ce serait vrai ? fit James

sans jeter un œil aux feuillets. Cette fille ne représente aucune menace pour moi, c'est impossible.

— Elle est une menace pour tous ceux qui croient en John Knox.

— Elle est catholique ?

— Non, j'ai essayé de faire d'elle une bonne protestante, mais elle est faible, c'est une pécheresse comme sa mère. Il en faudrait très peu pour qu'elle prenne le mauvais chemin. Je tiens à vous prévenir, elle va tenter de charmer vos barons catholiques et ce sera le chaos dans nos deux pays. Elle n'aura aucun mal à les séduire, croyez-moi. C'est tout le portrait de Marie jeune, attirante et rusée, avec en plus une passion, une violence que votre mère ne possédait pas.

James hésita. Comme ceci était donc agaçant ! Lui aussi était jeune, mais, au contraire de sa mère ou de sa sœur, dépourvu de tout charisme. Or, les Ecossais, il le savait bien, se laissaient facilement influencer par les gens passionnés et séduisants. Comme tout cela était contrariant !

Et Elizabeth qui jetait de l'huile sur le feu en mariant cette fille à MacDarren ! Le comte de Craighdhu n'était pour lui qu'une source de mécontentement depuis quelques années, et il n'allait sûrement pas hésiter à lui en causer plus encore.

— Vous comptez agir, Majesté ? demanda le pasteur.

— Je vais y réfléchir.

— Il faut agir tout de suite, tant qu'elle est encore jeune et peu certaine de ses pouvoirs.

— Je vais y réfléchir, vous dis-je, rétorqua sèchement le monarque. Vous dites que MacDarren l'emmène à Craighdhu ?

— Il a simplement déclaré qu'il l'emmenait en Ecosse, Majesté.

— Pour lui, Craighdhu, c'est toute l'Ecosse.

— Elle vous menace donc d'autant plus qu'elle est mariée à cet homme-là.

— Je sais, fit James, irrité. Mais comment puis-je être certain de la véracité de toute cette histoire ?

— Ces lettres devraient...

— Ces lettres ne constituent pas une preuve suffisante. L'enfant vous a-t-elle été confiée dès sa naissance ?

— Non, Katherine est arrivée chez moi à l'âge de trois ans. Auparavant, elle avait vécu chez une nourrice, une certaine Clara Merkert.

Et Sebastian donna aussi le nom de son village.

— Je vais la faire chercher.

— Peut-être n'est-elle même plus en vie ?

— Je veux m'assurer de l'existence d'un réel danger avant d'entreprendre une quelconque action contre MacDarren. La solution, c'est la nourrice.

— Alors, Majesté, montrez-vous discret. Vous risquez de fâcher la reine en amenant ici de force une femme qui est à son service.

— Comme si je ne le savais pas ! Je n'ai pas besoin des conseils d'un Anglais. Je vais réfléchir à la question.

Sebastian s'inclina.

— Je loge dans une auberge proche du palais. Aurez-vous la bonté de me tenir informé, Majesté ?

James inclina brièvement la tête.

— Mais je ne peux pas vous dire le temps que cela prendra, pasteur.

— J'attendrai.

Après son départ, James esquissa une grimace de dégoût. Il avait horreur de ces hommes d'Eglise et de leur fanatisme. Toutefois, ce Landfield lui avait peut-être rendu service. En effet, il ne pouvait pas permettre à des bâtards royaux de battre la campagne en des temps aussi critiques ! Qu'il n'ait pas entrepris d'action pour éviter le billot à sa mère n'avait guère plu aux Ecossais. Aujourd'hui, il suffirait d'un rien pour que le pays s'enflamme. Cependant, il ne pouvait évidemment pas laisser Marie le déposséder du trône d'Angleterre sans réagir. C'était sa faute, tout cela. Si elle n'avait pas comploté contre Elizabeth, il ne se serait pas trouvé dans cette délicate situation...

Et à présent, voilà qu'il devait combattre la bâtarde de sa chère mère ! Il allait devoir éliminer cette nouvelle menace de manière discrète et sans que son nom y soit mêlé. Donc, un homme de confiance s'imposait pour accomplir cette tâche.

James alla s'asseoir à sa table de travail. Dieu merci, il y avait Alec Malcolm ! Fidèle parmi les fidèles, et voisin de MacDarren, par-dessus le marché ! En outre, c'était toujours une grande joie de revoir Alec, songeat-il en trempant sa plume dans l'encrier. Depuis que son ami dévoué avait déserté la cour pour regagner ses terres dans les sinistres Highlands, James cherchait un prétexte pour le ramener près de lui. Les hommes forts et dominateurs l'avaient toujours attiré. Et, à ses yeux, l'ambition démesurée d'Alec ajoutait encore à son charme.

Oui, Alec Malcolm était le bon choix ! Il allait le faire revenir à la cour, et il placerait entre ses mains compétentes le sort de cette fille par trop encombrante. James commença sa lettre :

Mon très cher Alec,

J'ai l'impression que tu es parti depuis une éternité. Tu me manques tellement ! Mais le destin semble vouloir te ramener vers moi...

6

— Il s'en remettra, dit Gavin le lendemain matin en aidant Kate à se mettre en selle. Vous lui avez fait peur hier soir, et il a eu une réaction bien naturelle.

— Merci, Gavin, c'est gentil, mais vous n'avez aucune raison de vous inquiéter pour moi. C'est encore loin, Craighdhu ?

Le jeune homme désigna les montagnes devant eux.

— Dès que nous aurons franchi les sommets, nous verrons la mer. Après une journée le long de la côte, nous serons sur les terres MacDarren. Puis nous aurons encore un jour de voyage avant de faire la traversée.

— Ah, nous y sommes presque, alors ? fit Kate, soulagée. Et pour franchir les montagnes, combien de temps nous faudra-t-il ?

— Le chemin est tout à fait praticable. Robert et moi, nous avons déjà fait cela en deux jours… Mais cette fois, ce sera certainement différent !

— Il nous reste encore environ une semaine de voyage, dit Gavin en jetant un coup d'œil à Caird et en scrutant le ciel qui s'assombrissait.

— Si tout se passe bien, ajouta-t-il, un peu gêné.

De toute façon, ça ne pouvait pas être pire, songea Kate. La froideur de Robert était une blessure plus profonde encore que celles subies au fil des ans chez Sebastian.

— Alors allons-y, dit-elle avec une pression des talons sur les flancs de la jument.

Soudain, Caird s'affaissa au milieu du chemin, la respiration haletante.

Kate s'arrêta aussitôt et, étouffant un petit cri, elle mit pied à terre pour courir vers lui. Voilà ce qu'elle redoutait depuis déjà une heure ou deux !

— Non, Caird, non, pas maintenant ! lui chuchota-t-elle, à genoux près de lui, en lui caressant le museau. Tu te reposeras bientôt, mais pas tout de suite, plus tard...

Le vieux cheval hennit doucement, et Kate, en pleurs, passa les bras autour de son encolure. Gavin s'approcha de la jeune fille et lui parla doucement.

— Il n'en peut plus, Kate. Il n'y arrivera pas, vous voyez bien.

— Non, je ne vois rien ! répliqua-t-elle avec force. Il a juste besoin de se reposer un moment...

— Nous n'avons pas le temps, Kate, la tempête de neige arrive et dans quelques heures le chemin sera impraticable. Si nous sommes bloqués ici, sans abri, nous allons tous mourir de froid.

Kate entendit alors un sifflement de métal juste derrière elle.

— Poussez-vous, Kate, ordonna Gavin.

Tournant la tête, elle vit avec horreur que Gavin avait dégainé son épée. Il s'apprêtait à tuer Caird ! Gavin ? Lui qui s'était toujours montré si gentil, voilà qu'il allait commettre cet acte horrible !

— Non ! hurla-t-elle. Je ne vous laisserai pas faire !

— Croyez-vous que ce soit de gaieté de cœur, Kate ? Mais nous n'avons pas le choix, dit Gavin, l'air vraiment malheureux. Mieux vaut l'abattre tout de suite... sinon il va mourir d'épuisement et de froid.

Kate regarda Robert, toujours à cheval. Il s'était arrêté, bien sûr, mais n'était pas revenu sur ses pas. Il observait la scène, impassible. Inutile de compter sur lui ! songea la jeune fille, de plus en plus accablée.

— Il ne va pas mourir de froid. Je vais lui trouver un abri où se reposer, puis il sera d'attaque.

Kate se releva et tira sur la longe.

— Allez, viens, Caird, debout ! Il faut que tu te mettes debout !

Le cheval essaya courageusement, hélas sans succès, et il s'affaissa de nouveau.

— Vous voyez bien, dit Gavin, c'est inutile.

— Je n'abandonnerai pas Caird ! s'obstina Kate en tirant sur la longe de toutes ses forces. Partez, tous les deux, continuez votre route, et laissez-moi m'occuper de lui !

— Mais enfin, Kate, c'est impossible ! Si vous restez, vous allez mourir ! N'ai-je pas raison, Robert ?

Ce dernier se taisait toujours.

Ce regard impénétrable qui la fixait, alors qu'elle se battait, en proie à un abîme d'émotions, c'en était trop. Kate explosa.

— Voilà qui résoudrait bien tous vos problèmes, n'est-ce pas ? Plus d'épouse pour mettre votre précieux Craighdhu en danger ! Et, en outre, ce ne serait même pas votre faute ! C'est la vérité, non ?

— Tout à fait, répondit posément Robert.

— Alors, laissez-moi, fit-elle froidement.

— Robert ?

Gavin demandait à son cousin la permission de tuer Caird, se dit Kate, saisie de panique. Un simple signe de tête de la part de Robert, et Gavin...

— Va derrière, Gavin, et pousse.

Stupéfaite, Kate découvrit Robert à ses côtés qui s'emparait de la longe.

— Tu pousses, Gavin, continua-t-il, pendant que moi je tire. Et vous, Kate, vous lui parlez !

L'espoir revenu, Kate se releva très vite. Robert allait l'aider, tout irait bien...

— Allez, Caird, allez, fais un effort ! supplia-t-elle. S'il te plaît, Caird, essaie encore !

Au bout de dix minutes, le vieux cheval se leva enfin et Robert lança la longe à Kate avant de se remettre en selle.

— Tâchez de le faire tenir debout. Nous avons déjà perdu assez de temps.

— Je me charge de le faire avancer, promit Kate.

Le regard inquiet, elle se réinstalla très vite sur sa monture.

— Robert, tu sais que... commença Gavin, l'air soucieux.

— Oui, je sais, le coupa Robert. C'est pour cette raison que j'essaie de nous trouver un abri avant la tempête.

— Et si nous n'en trouvons pas ? demanda Kate.

Robert la foudroya du regard.

— Alors je trancherai la gorge à ce cheval !

— Je ne vous laisserai pas faire ! protesta Kate.

— Vous ne pourrez pas m'en empêcher.

Cette fois, Kate prit peur, bien plus qu'au moment où Gavin menaçait Caird. Elle regarda Robert s'éloigner, très droit sur sa monture. Rien n'ébranlerait sa détermination.

Ils trouvèrent la grotte une heure plus tard. Une simple anfractuosité dans le flanc de la montagne d'à peine dix mètres de profondeur, avec une ouverture qui faisait moins de deux mètres de large. Mais Kate eut l'impression d'arriver au paradis...

La température avait considérablement baissé, un vent glacial et humide s'était levé et de gros nuages menaçants roulaient dans le ciel. Kate mit pied à terre et entraîna les chevaux, Rachel et Caird, dans l'abri. Puis elle remarqua que Robert s'emparait d'une hache d'un air résolu.

— Qu'est-ce que vous faites ? lui demanda-t-elle, à nouveau inquiète.

— Nous avons besoin de bois de chauffage et de branchages pour fermer la grotte. Si toutefois nous en trouvons suffisamment, répondit-il.

Gavin montra du doigt un sapin tombé à une centaine de mètres.

— Tiens, le voilà, ton bois de chauffage, dit-il à Robert. Et il y a beaucoup d'arbrisseaux au bord du chemin. Si tu t'en occupes, moi je vais au sapin et...

— Non, l'interrompit Robert. Prends assez de nourriture pour passer la montagne et file.

— Tu veux que je m'en aille? demanda Gavin, sidéré.

— Tout seul, sans rien pour te retarder, tu franchiras le col avant qu'il ne soit bloqué par la neige.

— Mais je...

— Et tu pourras ainsi alerter les secours... si nécessaire, ajouta-t-il pour rassurer Gavin.

— Tu crois vraiment que...

— Ecoute, fais ce que je te dis, Gavin, je n'ai pas le temps de discuter davantage. Dépêche-toi!

Déjà, Robert dévalait la pente en direction du bosquet de sapins.

— Je ne peux pas m'en aller, il a besoin de moi, murmura Gavin en le suivant des yeux.

— Il a raison, dit Kate. A quoi bon risquer d'être coincés ici tous les trois? La tempête se rapproche... Vite, Gavin, faites ce qu'il vous demande! Moi, je descends lui donner un coup de main.

Et, sans plus attendre, elle s'empara d'une couverture et dévala la pente à son tour. Le ciel s'était encore obscurci, il n'y avait vraiment pas de temps à perdre.

Robert leva à peine les yeux du tronc d'arbre qu'il était en train de fendre lorsque Kate le rejoignit.

— Il est parti?

— Il est sur le point de partir, répondit-elle en étalant la couverture sur le sol. Mettez les morceaux de bois là-dessus, je ferai un nœud aux quatre coins et je remonterai le tout dans la grotte.

Puis, tout en s'activant, Kate reprit la parole.

— Est-ce vrai que nous pourrions rester bloqués ici quelque temps?

— Oui.

— Alors, je veux que vous partiez vous aussi, dit-elle d'une voix un peu hésitante. Caird est mon cheval, il est donc sous ma responsabilité. Mais je ne tiens pas à mettre en danger la vie des autres. Je peux très bien rester ici toute seule, je serai en sécurité dans l'abri.

— Je ne vous laisserai pas.

— Pourquoi ?

— Parce que vous êtes ma femme ; vous êtes donc sous ma responsabilité, répondit-il sans la regarder.

Une responsabilité dont il ne voulait pas, se rappela-t-elle, avec soudain au cœur beaucoup de tristesse.

Peu de temps après, la couverture était pleine. Alors que Kate la remontait courageusement vers l'abri, Robert lui cria :

— Assurez-vous que Gavin est bien parti !

Elle fit oui de la main. Mais lorsqu'elle parvint au chemin, Gavin vint à sa rencontre pour l'aider à rentrer son fardeau dans la grotte.

— Vous devriez être déjà loin, lui fit remarquer la jeune fille. Qu'est-ce que vous attendez ? Robert veut que vous filiez d'ici au plus vite.

— Je me suis occupé de la nourriture des chevaux, et je les ai bien installés au fond de la grotte. J'ai aussi défait le chargement et...

— Vite, Gavin, partez tout de suite !

Il hésita, puis se dirigea lentement vers sa monture.

— Je vous donne deux jours, dit-il. Si dans deux jours vous n'êtes pas descendus, je reviens.

Kate ne répondit pas, elle vida le contenu de la couverture, et repartit chercher d'autres bûches. A mi-pente, elle risqua un œil vers le haut et vit Gavin qui enfin s'était décidé à partir. Elle le regarda un instant pendant qu'il s'éloignait, puis elle reprit sa tâche.

Pendant les deux heures qui suivirent, Kate ne compta pas ses allées et venues entre le bosquet et la grotte. Et, bien sûr, ce fut un nombre impressionnant de bûches et de branchages que Robert débita de son côté à une vitesse vertigineuse. Puis il s'attaqua aux petits arbres qui bordaient le chemin. Il avait l'intention de fabriquer une barricade qui fermerait la grotte et les protégerait du vent et de la neige.

— Restez à l'abri, dit-il, c'est de toute façon beaucoup trop lourd pour vous !

Kate venait de déverser son dernier chargement dans la grotte, elle se tenait maintenant adossée à la paroi rocheuse. Comme il était tentant de rester là, en effet, elle se sentait au bord de l'épuisement! Mais Robert n'avait pas le temps de se reposer, lui. Il se battait contre les éléments pour qu'ils aient de quoi se chauffer, s'abriter et rester en vie.

La neige tombait déjà lorsqu'elle rejoignit Robert sur le chemin.

— Je vous ai dit de rester à l'abri, Kate!

— Seulement lorsque vous y serez vous aussi.

Et, essayant d'oublier les flocons glacés qui lui mordaient le visage, elle saisit un arbre au sol et le traîna vers la grotte. Ce n'était qu'un arbrisseau mais il lui sembla peser plus d'une tonne!

— Laissez cela, bon Dieu, et rentrez! protesta Robert.

Kate ne l'écouta pas. Sa fatigue augmentait et il lui fallut bien du temps pour traîner son fardeau jusqu'à l'entrée de l'abri. Puis elle repartit courageusement et finalement réussit à entreposer ainsi cinq arbres sans aucune aide. A ce moment-là, la neige tombait si fort qu'elle y voyait à peine, et elle ne sentait plus ses mains. Evidemment, elle travaillait trop lentement, se désespérait-elle. Robert allait tellement plus vite! Il fallait qu'elle accélère un peu le rythme. Allez, encore deux voyages et elle...

— Vous rentrez!

Robert avait surgi près d'elle... et voilà qu'il la prenait dans ses bras et qu'il l'emportait jusqu'à la grotte!...

— J'ai presque fini, lui dit-il tendrement. Si vous tenez à vous rendre utile, faites du feu. Je suis presque gelé.

Il sortit presque aussitôt et disparut derrière le rideau de flocons tourbillonnants qui obstruait l'entrée de l'abri.

Morte de fatigue, Kate essaya cependant de rassembler ses idées. Il voulait du feu parce qu'il avait froid, se répétait-elle en rassemblant du petit bois sur le sol. Bizarrement, elle se sentait engourdie. Ses doigts, glacés tout à l'heure, lui semblaient soudain insensibles. Du reste, elle avait l'impression qu'ils ne lui appartenaient plus ; elle les voyait empiler de petites branches sur le foyer comme s'ils étaient détachés du reste de son corps.

Pendant ce temps, elle en était vaguement consciente, Robert construisait la barrière protectrice à l'entrée de la grotte. Et, lorsqu'il rentra, une belle flambée l'accueillit.

— Ah, vous avez réussi à l'allumer !

Il était couvert de neige et tenait entre ses bras une énorme brassée de bruyère.

— Venez m'aider à boucher les interstices entre les branchages, dit-il en posant son fardeau. Je vous avais bien dit que la bruyère nous rendait de multiples services ! La neige va geler les touffes qui, ainsi immobilisées, nous protégeront des vents coulis.

Kate ne lui fut pas d'une très grande utilité ; ses doigts ne lui obéissaient plus. Quand il eut fini, il s'approcha du feu. Elle n'en pouvait plus, il lui semblait être dans une sorte de brouillard glacé qui peu à peu l'éloignait de la réalité.

— Bravo, Kate, c'est un beau feu, bien réussi ! Et bravo pour le reste aussi, je ne pouvais pas espérer d'aide plus efficace.

Un léger sursaut de fierté la sortit de son exil brumeux.

— Moi non plus, murmura-t-elle.

— Mais je ne suis pas une femme.

— J'ai l'impression que ce n'est pas flatteur comme remarque. Il faudra que j'y réfléchisse...

Si seulement elle arrivait à penser et à réfléchir ! Mais pour l'instant, c'était tout à fait impossible... Elle s'approcha du feu et tendit les mains.

— Le bois ne doit pas être très bon, ça ne chauffe pas.

— Si, ça chauffe très bien.

Robert regarda les mains de Kate et fronça les sourcils.

— Où sont donc vos gants ?

— Ils étaient en laine, les branches les ont déchirés, je les ai jetés. Cela n'a pas d'importance.

— Vous sentez quelque chose ? demanda-t-il en touchant une profonde égratignure qu'elle avait au creux de sa paume.

— Non, rien.

— Dieu du ciel !

Il la fit s'asseoir devant le feu et s'agenouilla près d'elle. Puis, ôtant ses gros gants de cuir, il prit les mains de Kate entre les siennes et se mit à les frictionner.

— Restez tranquille, lui ordonna-t-il. Vous avez les doigts gelés. Mais pourquoi diable n'êtes-vous pas rentrée dans la grotte lorsque je vous l'ai dit ?

— Vous aviez besoin d'aide. Et je ne pouvais pas prévoir que la neige arriverait si vite. Je n'ai jamais vu un temps pareil dans les Midlands. Il faut vraiment que vous frottiez aussi fort ? Aïe… ça commence à me faire mal !

— Tant mieux, dit-il en frictionnant toujours.

Elle sentait sa peau s'éveiller et ses égratignures lui brûlaient si fort maintenant que des larmes commencèrent à perler aux coins de ses yeux.

Il abandonna la main qu'il tenait, lui ordonna de la tenir éloignée du feu et, s'emparant de l'autre, il dit doucement à Kate :

— Sentez-vous la chaleur ? Ça va mieux maintenant ?

— Oui…

— J'aimerais que vous me préveniez dès que vous commencerez à éprouver une douleur dans cette main…

En effet, Kate sentait déjà quelques picotements, mais elle attendit que la douleur fût presque intolérable pour l'en avertir.

— Maintenant ! C'est insupportable !

Des larmes se mirent à rouler sur ses joues.

— Le pouce est encore un peu engourdi et…

Robert ne lui laissa pas terminer sa phrase ; il concentra ses efforts sur le pouce et l'index et, peu à peu, il les ramena à la vie. Soudain, il remarqua le visage de Kate, sillonné de larmes.

— Je comprends, c'était très douloureux, mais je ne pouvais pas vous laisser comme cela, dit-il d'une voix rauque.

— Oui, murmura-t-elle en essuyant son visage. Je ne sais pas ce qui m'a pris... je n'ai pas l'habitude de pleurer pour rien.

— Ça n'est pas rien ! J'ai eu le même genre de problème et je sais combien c'est douloureux !

Il alla chercher une couverture parmi les fournitures que Gavin avait entassées contre le mur et l'étendit devant le feu :

— Voilà, reposez-vous à présent !

— Je dois m'occuper de Caird et de Rachel.

— Je le ferai, ne vous inquiétez pas.

— Vous êtes aussi fatigué que moi, lui dit-elle à mi-voix.

Mais Robert ignora la remarque et se dirigea vers les chevaux attachés derrière la grotte. Peut-être n'était-il pas si fatigué que cela, pensa-t-elle vaguement. Il se déplaçait avec agilité, et rien ne semblait pouvoir l'arrêter...

Eh bien ! elle n'était pas aussi endurante. Il fallait en prendre son parti ! Elle s'installa confortablement sur la couverture et observa Robert. Et elle remarqua l'infinie douceur avec laquelle il examinait les chevilles de Caird.

« Je lui trancherai moi-même la gorge », les mots de MacDarren résonnèrent soudain en elle... Oui, mais il n'avait pas tué Caird ! Il avait lutté, s'était battu pour les sauver tous deux au péril de sa vie. Elle porta son regard vers le trou que l'on avait percé dans la barricade. Kate voyait la neige qui tombait dru. Le coin de ciel qu'elle apercevait s'était encore assombri, et la fin d'après-midi ressemblait à la nuit. Pour le moment, ils se trouvaient en sécurité, mais le danger persistait. Le regard de la jeune fille revint sur Robert et elle comprit brusquement combien la solitude dans ce lieu aurait été terrifiante. Cependant, faire courir des risques à autrui était tout aussi terrible.

— Tout va bien, il a les chevilles en bon état, déclara Robert en caressant affectueusement le cheval.

Trop éreintée pour répondre, Kate se pelotonna sur sa couverture en suivant des yeux Robert qui commençait à étriller le vieux Caird.

Dans un instant elle allait se lever pour aller lui donner un coup de main. En attendant, un peu de repos ne lui ferait pas de mal...

Quand elle rouvrit les yeux, Robert était assis de l'autre côté du feu, fixant les flammes.

Il paraissait toujours égal à lui-même, lointain, solide, maître de lui. Jamais il ne baissait sa garde, même lorsqu'il ne se savait pas observé.

Puis il sentit le regard de Kate sur lui.

— J'espérais que vous dormiriez toute la nuit.

— J'ai dormi longtemps ?

— Non, à peine quelques heures.

Kate se redressa sur sa couche tout en écartant les mèches qui recouvraient son visage.

— Je ne voulais pas dormir autant !

Robert s'approcha de la marmite qu'il tenait au chaud au-dessus du foyer improvisé. Puis il emplit une tasse, qu'il tendit à Kate.

— Il n'y a rien d'autre à faire ici. Vous avez bien fait de vous détendre ! Tenez, buvez ceci.

Kate regarda d'un œil soupçonneux ce qu'il lui offrait et qui ne semblait guère appétissant.

— J'ai fait bouillir la carcasse d'un lièvre que nous avons capturé hier. Vous verrez, ça revigore. Nous avons bien mangé ce matin avant de nous mettre en route. Le lièvre rôti, ce sera pour demain ! Désormais, nous ne prendrons qu'un repas par jour... et il sera léger.

— Vous craignez que la tempête ne dure ?

— En cette saison, on ne peut jamais prévoir... Si le mauvais temps ne persiste que quelques jours, nous devrions pouvoir partir bientôt.

— Et si c'est plus long ?

— Nous ne pourrons plus passer, à cause des congères. Il nous faudra sans doute attendre la fonte des neiges, peut-être un mois...

— Un mois !

— Si nous avons de la chance ! Un homme de mon clan s'est trouvé bloqué dans une grotte comme celle-ci, il y a deux ans. Et il est mort de froid.

— Oh, quelle horreur !

— Il rentrait d'Edimbourg sans prévenir. Nous n'avons donc pas entrepris de recherches, évidemment. Hélas, lorsque nous avons été mis au courant, il était trop tard.

Il lui fit signe de boire, et Kate trempa ses lèvres dans le liquide chaud qui, effectivement, était aussi peu savoureux qu'appétissant...

— Vous êtes sûr que Gavin va arriver à bon port ?

— On ne peut être sûr de rien par ce temps, mais j'ai confiance.

— Je ne me rendais pas compte...

— Je sais, mais quand bien même... qu'importe ! Maintenant, il nous faut être patients, répliqua-t-il d'un ton songeur.

Kate tourna les yeux vers Caird. Comment aurait-elle pu agir différemment quand il y allait du sort de son fidèle compagnon ?

— En ce qui concerne Caird, jamais je n'aurais pu l'abandonner. Mais en ce qui vous concerne, vous, oui, j'aurais pu agir autrement. J'aurais dû vous obliger à partir avec Gavin. J'ai eu tort de vous écouter et de vous laisser risquer votre vie !

— Et comment m'auriez-vous obligé à partir ? En m'assommant une fois de plus ?

— Si nécessaire, oui.

Robert étouffa un petit rire.

— Et vous l'auriez fait, j'en suis sûr. Quelle touchante gratitude !

— Oh, mais de la gratitude, j'en ai ! Si vous saviez à quel point ! Personne avant vous n'avait risqué sa vie pour moi. Mais je me sens coupable de vous avoir laissé faire.

— Si ma mémoire est bonne, je ne vous ai pas donné le choix. De toute façon, c'est fait, alors il est inutile de revenir là-dessus.

Kate regarda la pile de bûches. Après l'effroyable récit de Robert, leur réserve de bois lui semblait soudain bien mince. A présent, il faisait à peu près chaud dans l'abri, mais pour combien de temps encore ? Si des congères les empêchaient de descendre se réapprovisionner en combustible, qu'adviendrait-il d'eux ?

— Nous devrions peut-être éteindre le feu afin d'économiser le bois ? suggéra-t-elle.

— Nous l'allumerons le soir seulement, quand la température est la plus basse. Dans la journée, nous nous activerons pour ne pas trop souffrir du froid. Croyez-moi, nous nous en sortirons, je n'ai aucune intention de mourir ! Et maintenant, dormez. Moi aussi, je dois dormir. Nous avons besoin de récupérer toutes nos forces.

L'espoir au cœur, de nouveau, Kate l'observa un moment. Comme il paraissait jeune quand il avait les yeux clos ! Mais de toute façon, pensa Kate, malgré son air viril et sûr de lui, Robert MacDarren était jeune. Peut-être était-il l'aîné de Gavin de quatre ou cinq ans, guère plus. Il avait donc toute la vie devant lui.

Une vie qu'un rien maintenant risquait de briser net. Et la coupable, c'était elle. Il était resté pour elle, sachant qu'elle ne s'en sortirait pas toute seule. Comme promis, il la traitait avec la même sollicitude que Gavin. Mais Gavin, lui, conscient du danger, n'aurait jamais mis la vie de Robert en péril.

Et cependant, elle ne tenait pas à lui être redevable de quoi que ce soit ! Car avoir une dette envers quelqu'un créait un lien. Or, elle ne voulait plus avoir aucun lien avec Robert MacDarren...

De plus près, il ne lui semblait plus aussi jeune ni aussi vulnérable. Kate faillit retourner dans son coin. Son cœur battait la chamade. Non, décida-t-elle en s'agenouillant près de Robert, elle était bien résolue à aller jusqu'au bout!

Elle lui caressa timidement la joue. Aussitôt il ouvrit les paupières, et Kate ôta bien vite sa main.

— Qu'y a-t-il?

Kate s'enveloppa plus étroitement dans sa couverture.

— Il faut que je vous parle.

— Je croyais que nous nous étions tout dit.

— Non, pas tout, murmura-t-elle en détournant les yeux. J'ai bien réfléchi et... C'est difficile à dire, mais... si vous en avez envie...

— Est-ce que vous êtes en train de dire ce que je crois comprendre?

— Comment saurais-je ce que vous comprenez ou pas, je m'exprime avec tant de maladresse!

Kate inspira profondément, essaya de rester calme et recommença.

— Vous semblez faire grand cas de cet acte de chair! Après tout, nous sommes mariés. Alors, je ne verrais pas d'inconvénient, je suppose, à ce que vous... Oh, mais dites quelque chose, à la fin! C'est difficile pour moi...

— Pourquoi cette soudaine largesse? demanda-t-il d'un air méfiant. Vous vous sentez coupable?

— Oui, répondit Kate franchement. J'ai une dette envers vous, et si... Supposons que je ne puisse jamais vous rembourser comme j'aimerais le faire, à cause des circonstances? Eh bien, si je ne vous dédommage pas, je n'arriverai pas à me libérer de vous, vous comprenez? J'ignore pourquoi cette... chose a tant d'importance à vos yeux, mais puisque c'est apparemment la seule façon de... Alors, voilà, je ne dis pas non si vous en avez toujours envie.

Ouf! Elle était arrivée jusqu'au bout, quel soulagement!

— Si j'en ai envie? répéta Robert, éberlué. Oh, oui,

j'en ai envie ! Depuis cette nuit à l'auberge, je n'ai envie de rien d'autre. Savez-vous que j'ai cru devenir fou à force de vous désirer ? Mais peu m'importe la manière d'assouvir mon désir, reprit-il gravement. La gratitude fera très bien mon affaire.

Kate avait le cœur qui battait de plus en plus fort. Voilà, l'instant fatal arrivait. Elle laissa retomber la couverture, et la chaleur des flammes caressa son corps nu.

— Je sais que cela commence ainsi, dit-elle à mi-voix. Mais, pour le reste, il va falloir m'aider. Sebastian disait que j'avais la débauche dans le sang. Il s'est sûrement trompé, sinon je saurais ce qu'il faut faire.

— La nudité n'est généralement pas requise en pleine tempête de neige, répondit tranquillement Robert.

Son regard s'attarda sur la pointe rose des seins de Kate...

— C'est pour aller plus vite, et je n'ai pas froid, reprit la jeune fille.

Non, elle brûlait plutôt, sous la caresse des yeux noirs qui la détaillaient avec tant d'intensité. Quand il tendit la main vers elle, Kate retint son souffle, et elle frémit lorsqu'il effleura son ventre.

Si seulement il s'était arrêté là ! Voilà qu'à présent ses mains se promenaient sur tout le corps de Kate, et s'attardaient là où se nichait sa féminité.

— Pourquoi... faites-vous cela ? chuchota-t-elle en fermant les yeux.

— Vous ne trouvez pas cela agréable ?

— Tous ces... chatouillis me semblent une grande perte de temps !

— Ah, oui, j'oubliais, vous vouliez du vite fait ! Je regrette, il va falloir vous montrer patiente, je cherche quelque chose...

Ses doigts exploraient son intimité avec une hardiesse qui la dérouta. Mais quand il trouva ce qu'il cherchait, Kate se cambra en poussant un petit cri. Il lui sembla alors se couler dans un délicieux nuage ;

son être tout entier n'était que sensations inconnues et exquises, elle n'était plus que plaisir.

— Je vois que ça vous plaît beaucoup, murmura-t-il.

Kate se mordit la lèvre inférieure pour ne pas gémir. Elle vacillait sous le flot de sensations qui enflammaient son corps, gonflaient ses seins et lui coupaient la respiration.

— C'est bon, n'est-ce pas ? Maintenant, allongez-vous et prenez un peu de repos...

Il s'était éloigné, et elle s'étendit sur sa couverture, pendant qu'il se débarrassait de ses vêtements.

— Vous vous déshabillez ?

— Ça me semble de circonstance !

Il était nu devant elle à présent, aussi beau et racé que dans son souvenir. La force de son désir la bouleversa, et plus encore l'expression de son visage, tour à tour tendre et violent. De toute évidence, il brûlait d'amour pour elle. Alors Kate sentit son corps s'enflammer aussi ; elle était soudain une femme désirable, et cette impression la combla. Sous la violence de cette révélation, elle ferma les yeux. Tout cela était si nouveau, si excitant !

— Ouvrez les yeux, ordonna Robert en s'agenouillant devant elle. Je veux que vous me regardiez, que vous sachiez qui vous fait l'amour.

Il lui écarta délicatement les cuisses et recommença ses caresses érotiques, puis il la pénétra.

Alors elle fit sien le rythme de Robert, lui demandant brusquement, le visage illuminé par le plaisir :

— On est bien, hein ? Mais ce n'est pas tout, n'est-ce pas ? Il y a encore autre chose ?

— Oh, oui, il y a bien autre chose...

Et son rythme s'intensifia, se déchaîna, leur union était totale. Le corps secoué de soubresauts, la respiration haletante, Robert la faisait sienne et l'emportait sur les cimes de la volupté. Embrasée, Kate découvrait des paysages merveilleux, inconnus jusqu'alors. Elle se cambra sous lui, le retint en elle de toutes ses forces afin qu'il fût tout à elle.

— Viens... chuchota Robert. Donne-toi... donne-moi tout...

Et elle s'ouvrit plus encore, se livra à lui, secouée de désir et d'émotions. Enfin, l'extase les reçut sur ses rives.

Robert retomba sur elle, frissonnant, et Kate, agrippée à ses épaules, glissa les doigts le long de son dos, dans un tendre geste d'abandon.

Un dos labouré de cicatrices. Kate se rappela que Robert avait souffert aussi sous le fouet. Refermant les bras sur lui d'un geste protecteur, elle jura que jamais, plus jamais, on ne devrait lui faire de mal.

— Kate.

Il avait dit cela comme une caresse. Et Kate trouva son nom singulièrement beau dans sa bouche.

— Je suis trop lourd pour toi.

Elle ne voulait pas qu'il s'en aille, plus jamais ! De toute façon, il n'était pas lourd du tout...

— Si je reste, je ne réponds de rien, dit-il en l'embrassant. Or, je pense que, pour une première fois, ça suffit... D'autant que je suis allé un peu vite... plus vite que je n'aurais souhaité.

Kate sentit en effet qu'il avait de nouveau envie d'elle. N'était-ce pas merveilleux, ce plaisir qui, peut-être, se renouvelait sans cesse... ?

— Est-ce toujours... ainsi ? demanda Kate timidement.

Elle était encore haletante, avec la délicieuse impression de flotter. Robert promena délicatement sa langue sur la rondeur de son épaule, ce qui fit frissonner de désir la jeune femme.

— Plus ou moins, répondit-il entre deux caresses. Tu sembles avoir été créée pour l'amour, Kate. Quelle prodigieuse surprise !

— Oui, pour moi aussi, avoua-t-elle.

Mon Dieu, qu'avait-elle fait là ? Elle s'était conduite comme une ribaude, c'était bien, hélas, ce que Sebastian avait toujours prédit. Elle s'assit, prise de panique, et rajusta la couverture autour d'elle en toute hâte.

— La prochaine fois, tu verras, ce sera encore plus délicieusement surprenant.

La sensualité de la voix et du regard de Robert contribuèrent à l'affoler davantage.

— Non ! cria-t-elle brusquement. Non, non, c'était une erreur !

— Comme la gratitude est éphémère...

— Je trouverai une autre façon de vous témoigner ma reconnaissance.

— Celle-ci me plaît bien pourtant !

— Pas à moi.

Mais Robert était encore trop près d'elle ; Kate percevait avec émotion le moindre de ses gestes et son souffle même la bouleversait. Elle dut se lever afin d'échapper à ce trouble inconnu qui l'étreignait, et alla s'asseoir loin de lui.

— A mon avis, cela te plaît énormément, insista-t-il. Et je pense qu'avec le temps tu y trouveras plus de joies encore !

— Pas question ! Je ne serai pas une putain, comme le prétend Sebastian !

— Ah, nous y voilà ! Sacrebleu, il va nous instiller son poison encore longtemps, ce scélérat ? Kate, tu n'es pas une putain !

— Une fille bien n'éprouve pas de plaisir à...

— Et Carolyn, alors ? Ne m'as-tu pas dit qu'elle se réjouissait de bientôt convoler en justes noces ?

Certes, Robert avait raison. Carolyn avait toujours eu du goût pour une certaine forme de libertinage. Kate réfléchit, déconcertée.

— Moi, c'est différent, s'obstina-t-elle.

— A force d'avoir entendu les litanies de Sebastian, tu ne sais plus où est la vérité. Tu me l'as dit toi-même.

— Non, non, tu ne comprends pas. S'il a raison pour ceci, peut-être a-t-il également raison dans d'autres domaines. Alors, je ne peux pas me permettre de recommencer ce que nous venons de faire ensemble.

— Cependant tu recommenceras.

Devant son air buté, il continua en durcissant le ton :

— C'est toi qui es venue me chercher. C'était ton propre choix.

— J'ai changé d'avis, voilà.

— Trop tard.

Ses yeux brillaient comme du jais à la lueur des flammes.

— Si tu crois que je vais rester dans cette grotte avec toi, en sachant ce que nous pourrions y faire, et permettre que Sebastian nous... Non, Kate, c'est trop tard !

— Tu me prendrais de force ? demanda-t-elle d'une voix tremblante.

— Non, mais nous connaissons tous les deux tes points faibles...

Hélas ! Et il savait si bien y faire... Sa tendance naturelle au plaisir ne lui opposerait aucune résistance, elle ne le savait que trop bien. Il fallait vite trouver une parade !

— Tu m'as dit un jour qu'un enfant mettrait Craighdhu en danger, et que tu savais prendre tes précautions. Eh bien... l'as-tu fait tout à l'heure ?

— Non, répondit-il, d'une voix soudain attendrie.

Comment l'aurait-il pu ? Le déchaînement de la passion avait balayé toute prudence...

— Raison de plus pour que cela ne se reproduise pas.

— Trop tard. L'erreur est commise. Tu attends peut-être déjà un enfant. Alors, pourquoi ne profiterais-je pas de ton corps jusqu'à ce que je sache si tu es vraiment enceinte ?

— Pourquoi ? répéta-t-elle, exaspérée. Mais parce que, moi, je dis non !

— Nous en reparlerons demain soir, dit-il en remontant la couverture sur lui. Je t'apprendrai d'autres plaisirs, ceux que j'ai découverts en Espagne.

— Non !

— Le plaisir n'est pas un péché entre mari et femme. Personnellement, je me réjouis que tu aies hérité de ta mère ce tempérament de feu, cette sensualité...

— Non!

— Tu possèdes une sensualité pleine de fraîcheur et de pureté, et c'est extrêmement rare. Allons, Kate, sois honnête, avoue que c'est le désir qui t'a poussée vers moi, et pas seulement la gratitude!

— C'est faux! protesta-t-elle d'un air horrifié. Je ne connaissais rien de toutes ces choses!

Il lui décocha un clin d'œil entendu.

— Oui, mais tu es curieuse, lui rappela-t-il malicieusement. Il faut toujours que tu touches, que tu renifles, que tu goûtes tout ce qui passe à ta portée. La curiosité est une forme de sensualité, Kate.

Il ferma les yeux et se tourna sur le côté.

— Et maintenant il est temps de dormir.

Kate resta longtemps les yeux grands ouverts dans le noir à réfléchir. Se pouvait-il que Robert ait dit vrai? Se serait-elle dissimulé ses véritables raisons? Son désir ardent de connaître son mari lui aurait-il soufflé d'user de ce moyen?

Son regard se tourna vers Robert endormi. Le faucon aux ailes déployées était aussi un oiseau de proie cruel et sûr de sa victoire! Mais elle ne serait pas une victime sans défense. Pour le combattre, il lui suffirait de tirer un trait sur les événements de la soirée.

Facile à dire! Comment ne plus y penser quand... elle ne pensait qu'à cela? Un simple regard de Robert, et son corps tout entier la trahissait. Etait-ce bien elle qui avait gémi pendant l'étreinte tout à l'heure? Elle qui s'était cambrée sous lui? Allait-elle encore se soumettre à ce déchaînement animal si, demain, il posait à nouveau les mains sur elle?

Kate prit peur, en même temps qu'une autre émotion se faisait sentir, bien plus terrifiante.

La dangereuse attente du plaisir...

— Debout, Kate! Habille-toi vite, il est temps d'éteindre le feu.

Kate ouvrit les yeux. Déjà vêtu, Robert enfilait ses bottes. Même sous sa couverture, elle pouvait se rendre compte que la température avait vraiment baissé. Dès qu'il n'y aurait plus de feu, il ferait un froid glacial dans la grotte.

Les souvenirs de la veille lui revinrent brusquement en mémoire, et Kate réalisa qu'elle était entièrement nue dans son lit de fortune. Robert, lui, ne la quittait pas des yeux, et elle se hâta de récupérer ses vêtements. Commença alors un curieux remue-ménage sous la couverture...

— Quel excès de pudeur! lança Robert en souriant. Tu oublies que j'ai déjà vu ce que tu essaies de cacher. A moins que tu n'obéisses encore aux recommandations de Sebastian. Tu t'efforces de ne pas réveiller mon désir sexuel, c'est cela?

— Je suis pudique, parfaitement! riposta Kate, piquée au vif. Et je n'ai que faire des sermons de Sebastian. Pas plus que des tiens, d'ailleurs.

— Oh, loin de moi l'idée de vouloir te prêcher pareilles sornettes! Je te préfère de beaucoup telle que tu étais hier soir.

— Pas moi! Ne m'en parle plus, ça me gêne. Et puis laisse-moi tranquille lorsque j'essaie de m'habiller!

— Au train où tu vas, il va te falloir la journée, ironisa-t-il.

Dès qu'elle eut enfilé sa robe, Kate repoussa la couverture et tenta de mettre ses bas sans dévoiler la moindre parcelle de chair. Non sans mal!

— Laisse-moi t'aider, proposa Robert d'un air malicieux.

Avant même qu'elle n'ait eu le temps de protester, il était agenouillé devant elle et prenait la direction des opérations.

Kate frémit violemment lorsqu'il remonta lentement le bas de laine le long de sa jambe. Et les souvenirs de la veille lui revinrent, plus brûlants que jamais.

— Tu as de jolies jambes, très fines, remarqua-t-il en glissant la main au-dessus de son genou.

Une fois la jarretière mise en place, Robert s'aventura plus haut, sur la cuisse nue, et plus haut encore...

— Rien n'est plus sensuel ni plus excitant que de découvrir des trésors de peau veloutée au-dessus d'une jarretière.

Kate se taisait, fascinée. Il fallait absolument qu'elle échappe au sortilège ! Pourtant elle ne parvenait pas à bouger.

— Ce soir, je prendrai tout mon temps pour t'enseigner d'autres jeux, promit-il après avoir mis l'autre bas.

Ses doigts avaient repris leurs caresses intimes, et Kate sentait qu'elle allait s'ouvrir comme une fleur au soleil. Comme une catin, oui ! A la dernière minute, un sursaut de lucidité l'arracha aux dangereux attouchements de Robert.

— Je ne veux pas apprendre tes petits jeux !

— Tu n'as pas le choix.

— Je te connais assez maintenant pour savoir que tu ne me forceras pas.

— Et cela ne sera pas nécessaire, Kate. Nous savons fort bien tous les deux qu'à l'instant j'aurais pu te prendre, si je l'avais voulu.

Il avait raison ! Inutile donc d'essayer de dire le contraire.

— Pourquoi ne l'as-tu pas fait ? demanda-t-elle, hargneuse.

Kate était décidée à découvrir ses faiblesses, faute de pouvoir nier les siennes.

— Je sais attendre, répondit-il en se levant. Tu es un peu déroutée pour le moment. Mais généralement tu as les pieds bien sur terre, et tu finiras par distinguer la vérité.

— Laquelle ? Celle qui affirme qu'être une putain c'est bien ? demanda-t-elle d'un ton méprisant.

— Non, mais que c'est bien d'être une femme. Une femme qui a le droit de donner et de prendre du plaisir. Peu importent tous les discours de Sebastian, tu n'aurais jamais pu être une putain. Tu as trop de force de caractère et trop de fierté. Une putain, c'est une fille que l'on utilise, ce que jamais tu ne tolérerais. Du reste, c'est probablement toi qui te serviras de moi...

Il tendit la main pour l'aider à se mettre debout.

— Et c'est avec le plus grand plaisir que je te laisserai user et abuser de moi, de toutes les façons, au gré de ta fantaisie, acheva-t-il.

Kate le fixait d'un air médusé. Il avait une telle manière de décrire leurs ébats passionnés de la veille ! Le rôle qu'elle y avait tenu lui apparaissait sous un éclairage totalement différent...

— Je t'offre le pouvoir, reprit-il doucement. N'est-ce pas alléchant ? Jusqu'à ce jour, tout t'a été refusé parce que Sebastian te tenait sous sa coupe. Saisis l'occasion, Kate, lui dit-il en enfilant sa houppelande.

Oui, l'idée était fort plaisante. Quel malin ! Il avait trouvé l'argument pour la convaincre, le seul capable d'exalter à la fois son esprit et son corps.

— Je ne tiens pas à être la perverse dont parlait Sebastian. C'est non !

— Je te dis que tu as les moyens d'agir au gré de ta fantaisie. Mais crois-tu que je te laisserais m'attirer dans tes filets et faire de moi ce qui te chante, tout cela contre ma volonté ? Ne crains rien, tu ne perdras pas ton âme avec moi. Tout ce que je veux, c'est ton corps.

Kate le regardait, incrédule, puis elle éclata de rire.

— Ah, ça, c'est une grande consolation !

— La plupart des femmes ne partageraient pas cet avis, mais je savais que l'idée te plairait.

Il emmitoufla Kate dans sa mante de laine.

— Tu as toute la journée pour y réfléchir, ajouta-t-il doucement.

Brusquement Robert regarda les mains nues de Kate et il se rappela qu'elle n'avait plus de gants. Il lui donna les siens, en cuir et fourrés.

— Tiens, mets-les, ce lieu va se transformer en une véritable glacière dans peu de temps.

— Non, je ne suis pas plus sensible au froid que toi.

Il allait insister lorsqu'il remarqua son expression.

— Bon, très bien, nous allons nous les partager, fit-il d'un ton conciliant. Tu les portes la première heure, d'accord ?

La surface des gants était rude mais l'intérieur d'une douceur réconfortante. En y glissant ses doigts, Kate retrouva, avec une émotion qui la surprit, la chaleur des mains de Robert… un instant de troublante intimité…

— Alors, ce n'est pas si terrible de partager avec moi, non ? demanda-t-il en souriant. Je te promets de te faciliter les choses.

— Tu ne m'as pas encore convaincue, chuchota-t-elle avec obstination.

— Je n'en avais pas du tout l'intention. Tu es trop intelligente, Kate, pour laisser Sebastian te dépouiller de ce que tu as acquis. Moi, je veux juste que tu arrives à te convaincre toi-même. En attendant nous allons essayer de ne pas mourir de froid jusqu'à la flambée de ce soir, dit-il en éteignant le feu.

7

A l'exception d'une courte pause de dix minutes toutes les heures, Kate ne cessa pas de s'activer. Robert se montra inflexible. Il l'obligea à bouger, à marcher, et à s'occuper des chevaux. Il sortit un moment pour aller ramasser un seau de neige qui, en fondant, leur donnerait l'eau dont ils avaient besoin.

Si seulement il lui avait parlé pendant ce temps-là ! regrettait Kate. Elle aurait moins pensé aux propos qu'il lui avait tenus le matin.

Il avait parlé du pouvoir... celui qu'elle pourrait avoir dans leurs rapports intimes. Or, elle n'avait pas eu le sentiment d'en avoir lorsqu'ils faisaient l'amour. Une créature devenue presque folle de désir et de jouissance, voilà ce qu'elle était à ce moment-là... Et Robert, emporté, même si au début il avait été tenté de mener le jeu, n'avait jamais essayé de gagner la partie.

Quant à Sebastian qui avait toujours voulu la priver des joies de l'existence, combien il exulterait s'il parvenait à la remettre en cage !

Jamais ! se promit-elle. Elle ne permettrait jamais cela ! Dût-elle se battre jusqu'à son dernier souffle, il ne...

— Fin de la pause, debout !

Robert se tenait devant elle et lui tendait la main.

— On recommence à bouger, ajouta-t-il en se dirigeant vers Caird.

Kate le regarda mener le vieux cheval par la longe,

comme au manège, tout autour de la grotte. Simplement à le regarder, si viril dans son attitude, avec cette passion ombrageuse dans les yeux, elle eut de nouveau envie de lui.

Et la voix de Sebastian, encore une fois, résonna en elle : « Tu n'es qu'une fille perdue... » Mais ces paroles furent immédiatement contredites par celles de Robert et par l'émotion si grande qu'il suscitait en elle. Alors, qui croire des deux ? Pas Sebastian. Non, jamais !

— Pourquoi restes-tu plantée là, Kate ? Bouge, voyons, il faut que tu...

Alors qu'elle demeurait immobile, le fixant toujours, il s'arrêta lui aussi, bouleversé par l'expression du visage de Kate. Elle brûlait d'envie de se blottir contre lui, de le caresser, et il le lut sans doute dans ses yeux.

— Non, dit-il d'une voix déjà plus rauque. J'ai un mal fou à garder la tête froide, et la nuit ne tombera que dans deux bonnes heures, alors... pense plutôt à Rachel, promène-la !

— Très bien, répondit Kate en allant docilement vers la jument. Je réfléchissais, tout simplement. Tu as raison, je ne vais pas laisser Sebastian me priver des plaisirs de la vie.

Elle entraîna Rachel à la suite de Caird.

— Et toi, tu me plais bien... Je te trouve très... habile.

Au souvenir de son corps qu'il avait su embraser avec autant d'intensité, Kate sentit une douce chaleur l'envahir.

— J'ai eu d'excellents guides et initiateurs.

— En Espagne, tu as dit ? Où cela ?

— Chez don Diego Santanella. Mais tu es bien curieuse.

— Tout cela, c'est si nouveau pour moi ! En parler me rassure. Pourtant, je vois bien que cela t'ennuie, excuse-moi.

— Non, cela ne m'embête pas du tout. Cela me donne des idées, tout simplement... Je ne sais pas ce qui me retient de te renverser là, sur la couverture, et de...

Il s'était retourné et avait dit cela avec rudesse, ses yeux lançaient des éclairs.

— Pourquoi pas ? murmura-t-elle.

Un court instant après, il la plaquait au sol, tremblant de désir, ses lèvres forçant celles de Kate... Et la jeune femme découvrit qu'on pouvait aussi s'embrasser avec vigueur. La veille, Robert avait à peine frôlé sa bouche. A présent, il l'envahissait, et c'était délicieusement excitant.

— Je ne peux plus attendre... chuchota-t-il entre deux baisers fiévreux.

Puis il commença à la déshabiller, presque malgré lui :

— Je ne voulais pas, Kate...

Mais elle, elle le voulait, et elle l'accueillit, le prit, le garda. La fusion fut totale, incendiaire, magnifique.

— J'ai perdu tout contrôle, dit-il ensuite en reprenant son souffle.

Ces mots procurèrent à Kate un petit plaisir teinté d'amertume. Robert, toujours si maître de lui, avait succombé pour elle... Ou plutôt pour son corps ! Y avait-il là réellement de quoi ressentir ce léger pincement au cœur ?

Robert était maintenant étendu à ses côtés, une main posée sur sa poitrine. Soudain, il se redressa et s'empressa de la couvrir de sa robe.

— Il fait un froid glacial et tu es à demi nue, remarqua-t-il tendrement. Tu ne m'en veux pas d'avoir été aussi... rapide ?

— Non, ça m'a bien plu, au contraire. Cesse de t'excuser ! Comment peux-tu savoir que j'aimerais que ça se passe plus lentement ?

— Oh, si, je sais ! répondit-il avec un petit rire. Je t'en fournirai la preuve plus tard, quand nous aurons un bon feu et qu'il fera bien chaud ici. Et Sebastian pourra aller au diable ! conclut-il en s'habillant rapidement.

Kate sourit.

— Très bien dit ! Au diable, Sebastian !

Deux corps en aussi parfaite harmonie, c'était absolument magnifique! songeait Kate, ce soir-là, blottie contre Robert, dans la douce torpeur d'après l'amour. Il venait de lui faire vivre des heures inoubliables de caresses et de volupté.

— S'ils t'ont appris tout cela, quels débauchés, ces Espagnols! murmura-t-elle d'une voix langoureuse. Mais ça me plaît assez. Finalement, je les trouve déjà moins antipathiques...

— Je suis né de mère espagnole, tu sais, l'informa Robert, un peu embarrassé.

Sidérée, Kate se souleva sur un coude.

— C'est vrai?

— Oui. Doña Maria Santanella.

— Ferai-je sa connaissance en arrivant à Craighdhu?

— Non.

— Pourquoi?

— C'est fou ce que tu es curieuse, toi! Je pensais que ton expérience avec Sebastian t'empêcherait de poser des questions personnelles.

— Mais ce n'est pas la même chose. Les rêves, oui, sont du domaine privé. Mais pourquoi ne me dirais-tu pas ce que probablement tout le monde sait déjà à Craighdhu? Toi, tu sais tout de moi.

— Pas tout.

Robert cajolait ses seins de ses doigts habiles.

— Je découvre peu à peu des choses de toi, Kate... Tu es, de toutes les femmes, la seule, par exemple, capable de me fasciner au point de me faire perdre la tête, et...

— Chut! souffla-t-elle, les joues en feu. Débauché d'Espagnol! C'est assez de le faire, inutile de le dire! Toutes les femmes? répéta-t-elle soudain. Tu as vraiment connu tant de femmes que ça?

— Quelques-unes... fit-il, gêné.

— Beaucoup, tu veux dire! Mais revenons à ma question. Pourquoi as-tu fait diversion?

— Quelle importance? demanda-t-il, redevenu sérieux.
— J'aurais l'impression d'être... plus en sécurité.
— Ma mère vit dans un couvent, à Santanella, où elle prie pour le salut de mon âme... tout en étant certaine que ses prières restent sans effet! Elle s'est retirée dans ce couvent quand je me suis enfui de chez son frère, don Diego, pour revenir à Craighdhu. Ils avaient tous essayé de faire de moi un Espagnol digne de ses origines. Hélas, leurs efforts ont seulement réussi à mettre l'accent sur le côté barbare du farouche Ecossais que je suis! Ma mère a donc failli à sa tâche. Et c'est bien dommage. Pour elle, en tout cas!
— Je ne comprends pas.
— Tu veux vraiment que je te raconte toute l'histoire? Je me demande bien pourquoi; tout cela, c'est du passé.
Mais Kate insista, alors il commença son récit.
— Très jeune, mon père est allé en Espagne acheter une caravelle pour notre commerce avec l'Irlande. Don Diego Santanella, un aristocrate, qui était propriétaire non seulement du chantier naval, mais aussi d'à peu près tout ce qui se trouvait sur le littoral, l'invita à résider dans son château pendant la construction de la caravelle. Ce fut là qu'il rencontra ma mère. Elle n'avait que dix-sept ans et il la trouva très différente des femmes qu'il avait connues jusque-là. Captivé par sa beauté, il en tomba fou amoureux et demanda sa main à don Diego. Il se souciait peu qu'elle fût espagnole, catholique, et désireuse d'entrer au couvent. A sa grande surprise, Santanella accepta de donner sa sœur en mariage à un Ecossais. Mais elle n'eut simplement pas de dot.
Robert s'interrompit quelques secondes et quand il reprit son récit son visage se ferma.
— Or, ma mère avait Craighdhu en horreur, elle trouvait mon père détestable, et lorsque je suis né elle en fut très contrariée. La nuit, elle essayait de faire chambre à part; le jour, elle priait afin que Dieu vînt la délivrer. Il n'y avait pas de place pour un enfant

dans sa vie. Puis mon père mourut ; j'avais neuf ans. Une mort brutale provoquée par de violents troubles gastriques. Depuis, je me suis souvent demandé si on n'avait pas versé quelques gouttes de poison dans ses aliments...

— Tu crois qu'elle l'a tué ? demanda Kate, horrifiée.

— Non, pas elle. Mais ses domestiques avaient tous été embauchés par don Diego. Figure-toi qu'il a débarqué à l'improviste en Ecosse, deux semaines après le décès de mon père, et que, le lendemain à l'aube, ma mère et moi embarquions à bord d'un bateau en partance pour l'Espagne.

— Pour quelle raison aurait-il voulu tuer ton père ?

— Pour s'approprier Craighdhu et notre commerce avec l'Irlande qui est une valeur sûre. Voilà pourquoi à mon avis il avait consenti au mariage de sa sœur avec mon père. Une fois ce dernier éliminé, il me plaçait sous sa tutelle, moi, l'héritier de Craighdhu, ramenait sa sœur en Espagne et prenait quelque temps après le contrôle des affaires de mon père. Pendant quatre années, j'ai donc été élevé au château de Santanella, par les bons pères et par don Diego lui-même.

— Eduqué dans quel sens ?

— Pour faire un bon catholique du protestant que j'étais.

— A l'aide d'un fouet ? chuchota Kate.

— Evidemment. Comment, sinon ? Qu'ils soient d'un bord ou de l'autre, ils croient tous avoir raison et s'acharnent à vouloir le prouver. D'abord, la bonne parole, puis le fouet, pour qu'elle entre bien dans nos têtes. Tu en sais quelque chose, Sebastian ne s'est pas privé de te fouetter.

— Oui, mais il avait si peur de la Dame qu'il a fait en sorte de ne jamais laisser de traces ou de cicatrices !

Robert lui caressa le front avec une très grande douceur.

— Si, tu en as gardé, mais tu es forte, elles s'effaceront avec le temps. Un jour, tu finiras même par les oublier.

Pas lui. Cette éducation espagnole hantait-elle encore sa vie ?

— Ta mère n'a-t-elle pas essayé d'intervenir ?

— Elle avait reçu l'éducation religieuse adéquate, elle ! Lorsque les prêtres tentaient d'exorciser mes démons, elle restait dans la pièce et m'implorait de leur céder afin qu'ils cessent de me fouetter.

— Parce qu'elle les regardait faire ?

— Avant de me frapper, les prêtres lui présentaient le fouet. Elle disait une prière à Dieu, embrassait l'objet de torture, puis le rendait à mes bourreaux !

Comme il avait dû souffrir ! Kate s'estimait favorisée, en comparaison. Sebastian ne la fouettait pas tous les jours. Mais lui... En outre, comment avait-il pu supporter que sa mère assistât à son supplice sans jamais le défendre ?

Kate désira parler d'autre chose.

— Tu m'as dit aussi avoir appris d'autres choses à Santanella... les choses de l'amour.

— Don Diego était beaucoup moins dévot que ma mère. Souvent le soir, il envoyait chercher des filles en ville et il me faisait venir dans sa chambre. Pour une démonstration des plaisirs qui m'attendaient si je cessais de vouloir m'accrocher bêtement à ma patrie.

— Mais tu n'étais qu'un enfant !

— Je ne le suis pas resté longtemps. Mais enfin, j'étais si têtu que tout cela a duré quatre ans. Le châtiment dans l'après-midi et des soirées de délicieuse corruption. Cependant, j'ai réussi à m'enfuir de Santanella et à regagner Craighdhu à l'âge de treize ans.

— Comment as-tu fait ?

— Ce fut une véritable expédition, très pénible, et j'aime mieux ne pas en parler.

Kate imaginait un jeune garçon de treize ans, seul, sans argent, terrifié, se cachant pour voyager sur terre et sur mer. Qu'il ait pu atteindre Craighdhu sain et sauf relevait du miracle.

Elle s'apprêtait à poser d'autres questions, mais

Robert la contraignit au silence en prenant possession de sa bouche pour d'autres caresses intimes, d'autres plaisirs insoupçonnables...

Plus tard, alors qu'ils se reposaient tendrement enlacés devant le feu, Kate voulut que Robert lui parle de Craighdhu.

— Ce n'est pas grand. Une île montagneuse, avec des falaises à pic, et de vastes landes.

— Et le château ?

— Il est très ancien. Ce sont les premiers conquérants qui l'ont bâti. Il ressemble à n'importe quel autre château ! Rien d'original. Certains même le trouvent souvent sinistre.

— Mais pas toi.

— J'ai vécu en Espagne ; il y fait toujours chaud, et le jasmin fleurit dans les jardins. Un beau pays, disent les poètes. Lorsque j'ai débarqué à Craighdhu, les rochers étaient froids et rugueux sous mes pieds nus. La nuit tombait, des torches éclairaient les murs de pierre grise, et des voiles de brume enveloppaient la montagne. Je découvris un univers glacial, rude et nu.

— Et superbe, chuchota Kate. Et tu rentrais à la maison.

— Oui, acquiesça-t-il en lui souriant. Toi aussi, tu auras bientôt ta maison. Je suis sûr que tu la choisiras plus hospitalière, ajouta-t-il en détournant les yeux.

— Je ne sais pas à quoi elle ressemblera. Quand j'y pense, c'est encore très flou. Mais je crois que je la reconnaîtrai dès que je la verrai. Je la chercherai peut-être longtemps... mais je la reconnaîtrai !

— Et si nous ne la trouvions pas ? Ton choix se fixerait-il sur un logis qui ne soit pas à la hauteur de ton rêve ?

— Non, ce ne serait pas...

Kate s'interrompit. Il avait dit « nous » !

— Mais ne t'inquiète pas, continua-t-elle. Dans un

an, je te rappellerai ta promesse, et je partirai de mon côté.

— Avec une troupe de saltimbanques, bien sûr !

Le sarcasme la surprit. Pourquoi ce brusque changement ?

— Ma foi, peut-être, rétorqua-t-elle d'un air provocant.

— Tu serais bien capable de commettre cette folie, grommela-t-il en la serrant plus étroitement contre lui. Mais je ne te laisserai pas faire.

— Tu n'auras pas ton mot à dire. Je serai libre, lui rappela-t-elle.

Ces mots faisaient mal, soudain. Kate s'écarta de Robert et s'assit.

— Et ton Craighdhu sera sauvé, ajouta-t-elle.

— Reviens près de moi.

— Je n'en ai pas envie. Et de toute façon j'ai décidé qu'une fois la montagne franchie nous ne devrons plus faire l'amour.

— Pourtant ça te plaît.

— Physiquement, oui. Mais, intérieurement, je suis très perturbée.

— Sebastian, encore ? Je pensais que nous en avions terminé avec ces balivernes ?

— Ce n'est pas Sebastian. C'est moi. Je commence à avoir... enfin, à sentir autre chose, au-delà du plaisir.

— Autre chose ?

— Je sais que tu n'éprouves pas ce que j'éprouve, que pour toi, tout cela n'est que divertissement... Mais que se passerait-il si, moi, j'avais envie d'une histoire qui dure ?

— Nous en parlerons plus tard, répondit-il en l'attirant de nouveau contre lui.

— Ce sera peut-être trop tard.

— Dors, maintenant, ordonna-t-il.

« Tu n'éprouves pas ce que j'éprouve », lui avait-elle dit. A présent, Kate dormait, blottie entre ses bras, et Robert ne cessait de réfléchir à ces quelques mots. Mais il ne voulait pas savoir ce qu'il éprouvait. Continuer, voilà ce qu'il voulait. Leur plaisir le comblait ; il n'y avait aucune raison pour que cela se termine. Du moins tant qu'il saurait qu'elle n'attendait pas un enfant.

Un enfant.

Etonnante, tout de même, la joie qui jaillissait du plus profond de son être à la seule pensée d'avoir un enfant ! Non, cela ne voulait rien dire, ce n'était qu'une simple manifestation de ses instincts ! En outre, la raison lui rappela bien vite que la venue d'un enfant conduirait Craighdhu à la catastrophe. Il devait donc écouter la voix de la raison. Dès qu'il serait sûr que Kate n'était pas enceinte, il ne faudrait plus qu'il la touche. Il n'avait, hélas, pas eu jusque-là la force de se montrer très prudent !

Mais inutile d'y songer dès maintenant ! Robert caressa le ventre tiède de sa compagne endormie.

Un enfant...

Et le soleil revint enfin. Ils se remirent en route, sachant que la traversée de la montagne serait semée d'embûches. Les congères ne bloquaient pas le passage, mais ils devaient se hâter avant que le soleil ne fît fondre la neige et ne transformât le sol en une vaste patinoire.

Kate, sur Rachel, menait aussi le cheval de Robert ; ce dernier suivait à pied avec Caird. Bien sûr, la jeune femme avait protesté avant de partir :

— C'est à moi de conduire Caird, j'en suis...

— Responsable, oui, je sais ! Mais nous avons une montagne à franchir avant la nuit. Crois-moi, Kate, tu seras déjà bien assez occupée avec ta jument à faire avancer et mon cheval à traîner...

Et, de fait, ce ne fut pas une mince affaire, elle s'en rendit compte très vite. La neige était si épaisse que les jambes des bêtes s'enfonçaient profondément à chaque pas. Robert était confronté à un travail de titan. Caird tomba trois fois dès les premières heures de route. De la neige jusqu'à la ceinture, Robert le hissa cependant debout à chaque fois, tirant sur sa longe comme un damné et implorant le vieux cheval d'y mettre un peu de bonne volonté.

A la troisième chute, Kate s'arrêta pour les attendre.

— Mais continue donc ! la houspilla Robert. En restant plantée là à me regarder, tu ne m'aides pas du tout, tu sais ! Allez, avance, et ne te retourne plus !

— Non, je ne peux pas. Je connais Caird, il pourrait avoir un accès de mauvaise humeur et t'envoyer une ruade.

— Il n'en fera rien. Avec ces congères, il a d'autres soucis en tête. Ne crains rien, Kate, nous allons descendre cette montagne sans encombre ! ajouta Robert en souriant.

Que de force et de détermination dans ses gestes quand il releva Caird ! Couvert de neige de la tête aux pieds, il était magnifique... Et Kate éprouva une fois encore ce merveilleux sentiment d'être en sécurité.

Elle l'aimait.

La révélation jaillissait de nulle part. Pourtant, Kate savait qu'elle aurait dû en reconnaître les signes avant-coureurs.

Mais à quoi bon, puisqu'ils n'avaient pas d'avenir ensemble, Robert s'étant montré formel à ce sujet ? Que la vie était donc mal faite ! se dit Kate, désespérée. Elle qui n'avait jamais eu personne à aimer, ne méritait-elle pas cet amour ?

Elle poursuivit sa route et, un peu plus tard, à une croisée de chemins, elle aperçut brusquement Gavin.

— Kate ! s'écria le jeune homme dont le visage s'illumina de joie. J'avais si peur de...

Il se figea en voyant sans cavalier le cheval sellé de son cousin.

— Où est Robert ?

— Il me suit, le rassura Kate.

Comme elle était soulagée de le revoir ! Malgré l'optimisme de Robert, elle n'avait cessé de craindre pour sa vie, elle s'en rendait compte en cet instant.

— Vous êtes passé sans problèmes ? lui demanda-t-elle en souriant.

— De justesse. Mais en bas il n'y a pas eu un seul flocon.

Robert les rejoignit un instant après et immédiatement il s'adressa à Gavin.

— Maintenant, rebrousse chemin au lieu de perdre un temps précieux à bavarder, et emmène Kate avec toi ! ordonna-t-il.

Puis il se radoucit et ajouta :

— Tu vas bien, Gavin ?

Une fois encore, elle fut émue par les liens si forts qui les unissaient.

— Filez, insista Robert. Et préparez un feu dès que vous serez en bas. Je compte bien me réchauffer en arrivant et déguster un bon plat chaud.

Gavin promit. Puis il prit le cheval de son cousin par les rênes et donna le signal du départ. Kate hésita. Tout danger n'était pas écarté, malgré ce que les deux hommes semblaient penser.

— Vas-y, Kate, la pressa Robert. J'avancerai plus vite si je n'ai pas à me soucier de toi.

La jeune femme détourna la tête afin de lui dissimuler son inquiétude.

— Bon, mais tâche de ne pas traîner, répliqua-t-elle, sinon nous dînerons sans toi !

Kate pressa doucement les flancs de sa monture et se mit en route.

Elle entendit rire doucement derrière elle :

— Caird et moi, nous allons sûrement faire l'impossible pour ne pas... traîner !

Il faisait déjà nuit depuis longtemps lorsque Kate, morte d'inquiétude, aperçut Robert qui arrivait en titubant, traînant toujours le vieux Caird, lui aussi mort de fatigue.

Tandis que Gavin s'occupait du cheval, Kate emmena Robert près du feu.

— Viens, je vais réchauffer ton repas.

— Je suis trop fourbu pour manger...

Il se laissa tomber, les mains tendues vers les flammes.

— Oh, que c'est bon ! murmura-t-il en fermant les yeux. Je pensais que je ne connaîtrais plus jamais cela.

— Tu n'as pas les mains ou les pieds gelés, au moins ? s'alarma Kate.

— Non, j'ai froid, c'est tout. Viens...

Elle s'agenouilla près de lui. Il s'étendit sur la couverture et attira Kate dans ses bras.

— Viens, tiens-moi chaud...

Kate l'entoura de ses bras pour le protéger et lui donner un peu de sa chaleur. Il s'endormit tout de suite, trempé, glacé, les vêtements durcis par la glace. C'était très inconfortable. Si elle allait s'installer à sa place habituelle, de l'autre côté du feu, il ne s'en apercevrait même pas tant il dormait profondément.

Mais Kate n'avait pas envie de bouger. Pour la première fois, il était venu vers elle, non pas poussé par le désir mais parce qu'il avait besoin de son réconfort. Elle le serra plus fort contre elle. Donner un peu de chaleur, ça ne pouvait pas lui causer grand tort.

Par ailleurs, dans quelques heures à peine ils ne devraient plus ni se toucher ni même s'approcher...

Kate se réveilla en pleine nuit, Robert toujours étroitement serré contre elle, brûlant d'un désir ardent. Avec un petit soupir de plaisir, elle sentit qu'il commençait à la dévêtir. Puis les brumes du sommeil se dissipèrent.

— Non ! chuchota Kate.

— Pourquoi ?

— Tu es fatigué...

— Mais je ne suis pas mort. De toute façon... tu réveillerais un mort ! lui murmura-t-il à l'oreille.

Alors Robert glissa ses doigts sous le corsage de la

jeune femme. Et, désespérée de sentir ses seins se gonfler de désir, Kate voulut à nouveau protester.

— Gavin...

— Il dort, rétorqua Robert en la caressant.

— Il va se réveiller, balbutia-t-elle.

— Ou bien il fera semblant de dormir...

Avec sa hardiesse coutumière, Robert s'aventurait maintenant sous sa robe et explorait les zones intimes du corps de la jeune femme.

Une seconde de plus et Kate ne pourrait même plus se défendre !

— Non ! fit-elle en roulant sur le côté.

Elle s'assit et rajusta ses vêtements en tremblant.

— Non, tout cela, c'est fini !

Robert s'était rembruni.

— Est-ce que la présence de Gavin y est pour quelque chose ?

— Non, je t'ai dit... que nous ne devions pas...

— Et moi, je te dis que j'en ai envie ! Alors, assez de balivernes ! fit Robert, furieux.

Comme si elle n'en mourait pas d'envie, elle aussi... Pourtant elle alla se réfugier de l'autre côté du feu.

— Bon, ça va pour le moment, maugréa-t-il. Je ne vais pas te prendre de force... Mais tu ne perds rien pour attendre ! Quand nous arriverons à Craighdhu, je te jure bien que tu ne me refuseras pas !

Kate ferma les yeux, luttant de toutes ses forces pour ne pas retourner se jeter dans ses bras. Elle avait si froid sans ses caresses...

Soudain, la voix de Gavin s'éleva :

— Hum... Juste pour que vous sachiez... je suis réveillé.

— Eh bien, rendors-toi ! grommela Robert.

— Pas facile quand la conversation est si intéressante.

Kate n'émit aucun commentaire. Elle gardait les yeux fermés et ne bougeait plus. Robert lui tourna le dos. Eh bien, tant mieux ! se répétait-elle intérieurement, la mort dans l'âme.

A présent, c'était donc vraiment terminé...

Gavin gardait les yeux fixés sur Robert qui chevauchait devant lui sur le chemin qui longeait la côte.

— Aurais-je dû me taire et feindre de n'avoir rien entendu ? dit-il à Kate. J'ai cru bien faire. Je sais que parfois mon humour laisse un peu à désirer... mais pour rien au monde je ne voulais vous peiner.

— Vous ne m'avez pas peinée, Gavin.

— Robert, en revanche, vous a fait de la peine.

Il se tut un instant, avant de demander gravement :

— Dites-moi, Kate... dans la grotte, a-t-il abusé de vous ?

— Non, bien sûr.

Le visage de Gavin s'éclaira de soulagement.

— Je ne pouvais pas le croire, mais j'avais des doutes qui ne cessaient de me harceler. Jamais encore je ne l'avais vu se comporter comme il le fait avec vous. Vous savez... au début je me suis dit que mieux vaudrait peut-être pour vous d'être véritablement sa femme. Mais, à la réflexion, vous avez raison de lui dire non. Il ne peut que vous faire du mal.

C'était déjà fait, songea tristement Kate. D'ailleurs, pensa-t-elle encore, le fait même de le côtoyer était douloureux.

— C'est à cause de Craighdhu, vous comprenez, continua Gavin. Robert est un homme droit et honnête, il n'a sûrement pas l'intention de vous rendre malheureuse, cependant Craighdhu compte plus que tout pour lui.

— Croyez-vous que je ne le sache pas ?

— Vous a-t-il parlé de l'Espagne, de sa mère ?

— Oui. J'ai vu aussi les cicatrices sur son dos. Et je me dis qu'après tout j'ai peut-être eu de la chance de ne pas connaître ma mère...

— Certaines mères peuvent être merveilleuses. La mienne l'était. Doña Maria, par contre, ne m'a pas laissé un bon souvenir. Je n'avais que quatre ans lorsqu'elle est repartie pour l'Espagne en emmenant

Robert, pourtant je n'ai pas conservé d'elle une impression agréable.

— Robert dit qu'elle était très belle.

— D'une beauté parfaite, mais froide et sévère. S'il y avait un peu de chaleur en elle, sans doute la réservait-elle à Dieu. Robert ne lui ressemblait pas du tout, il était gai, enjoué, espiègle et rieur — sauf en sa présence. Il avait tellement changé à son retour !

— Il avait quelques années de plus !

— Non, ils l'avaient changé. Pas comme ils l'auraient souhaité, mais ils l'avaient changé. Au début, il ressemblait à une bête sauvage, il ne faisait confiance à personne. Je me rappelle, il scrutait l'horizon comme s'il redoutait que quelqu'un vienne le chercher. Il n'a plus ce genre d'inquiétudes aujourd'hui mais je pense qu'il va rester sur ses gardes pour le restant de ses jours. Il ne laissera plus jamais personne l'arracher à Craighdhu... ou lui enlever Craighdhu.

— Pourquoi me dites-vous cela, Gavin ?

— Par affection pour Robert. Et parce que je vous aime bien, Kate. Je veux que vous compreniez. Ne vous approchez pas trop près de lui, vous risqueriez d'en souffrir.

— Ne craignez rien. C'est fini entre lui et moi.

— Ce n'est pourtant pas l'impression que j'ai eue la nuit dernière...

— C'est terminé, insista fermement Kate. C'est ainsi car je ne...

— Dieu du ciel ! s'exclama soudain Gavin.

Kate suivit son regard et découvrit une dizaine d'hommes à cheval venant vers eux à vive allure.

— Vous les connaissez ? demanda-t-elle.

— Mon cher cousin Alec, fit Robert qui venait de les rejoindre. Tiens-toi prêt, Gavin.

Il se tourna vers Kate pour lui donner de rapides instructions.

— Si un problème surgit, quel qu'il soit, tu fonces, Kate. Tu ne t'arrêtes sous aucun prétexte, même pour t'occuper de ton canasson, tu as bien compris ? A une journée d'ici, vers le nord, tu arriveras dans une ferme. Dis-leur qui tu es et ils te protégeront.

Puis, tournant bride, Robert lança son cheval au galop pour aller à la rencontre des cavaliers.

Sir Alec Malcolm de Kilgranne. L'homme que l'on disait cupide et dangereux, se souvint Kate en suivant Robert au petit trot, Gavin à ses côtés.

Quarante ans, les tempes grisonnantes, Alec Malcolm était grand, large d'épaules, avec une silhouette élégante. Il avait les yeux clairs, le teint coloré et les traits un peu lourds.

— Bonjour, Robert, dit-il avec un sourire. On m'avait dit que tu étais captif des Anglais... mais ce devait être une rumeur sans fondement !

Robert lui adressa le même sourire poli.

— Tu as dû en être catastrophé ! Est-ce à mon secours que tu allais ? Dix hommes, c'est un peu mince pour affronter la reine Elizabeth !

Alec éclata de rire.

— Très drôle ! Pareille action me semblait absurde tant que nous n'étions pas sûrs de ta capture. Tu sais à quel point je suis un homme pacifique.

— Certes. Et je sais aussi toute l'affection que tu me portes.

— N'appartenons-nous pas à la même famille ? Ainsi, j'avais raison, les bruits qui circulaient étaient faux, tu n'es pas enfermé dans la Tour de Londres.

— Tu as donc fait tout ce voyage pour me souhaiter la bienvenue et non pour voler à mon secours ? Tu m'en vois sincèrement touché.

— Non... Bien sûr, je me serais fait un plaisir de venir au-devant de toi pour te souhaiter la bienvenue, mais notre rencontre est purement fortuite. Je me rends à Edimbourg, où James m'appelle pour quelques vétilles.

— Ton conseil lui est toujours précieux, je sais.

— Trop même, parfois. J'avoue que je me passerais volontiers de ces voyages en montagne.

Son regard se porta sur Gavin et sur Kate.

— Bonjour, Gavin. Il y a longtemps que nous ne nous sommes pas vus.

Gavin inclina la tête.

— Comment va Duncan ?

— Bien.

— Et Jeanie ? demanda-t-il après une brève hésitation.

— Toujours aussi jolie. Je l'ai emmenée à Edimbourg l'an passé. J'ai bien reçu une douzaine de demandes en mariage.

Son regard s'attarda sur Kate.

— Et voici une autre bien jolie personne. C'est ta dame, Gavin ?

— La mienne, déclara Robert. Mon épouse, Kate.

Alec considéra alors la jeune femme avec un intérêt accru.

— Et tu ne nous présentais pas ? Je veux tout savoir, Robert. Où donc as-tu déniché ce trésor ?

— En Angleterre.

— Donc tu te trouvais bien en Angleterre ! Tu vois comment naissent les rumeurs... L'amour... La Tour...

Il vint se planter devant Kate.

— Permettez-moi de me présenter, puisque Robert a oublié ses bonnes manières. Sir Alec Malcolm. Nous sommes voisins, et je suis sûr que nous deviendrons de très bons amis. Très proches.

Kate remarqua vaguement que Gavin se rapprochait d'elle, comme s'il voulait la protéger. Malcolm avait les yeux clairs, d'un bleu froid. Il paraissait énergique, mais pas désagréable. A l'évidence, il aimait dominer, et son entrain ne manquait pas de charme.

— Robert m'a parlé de vous, dit-elle.

— Je n'en doute pas, répondit-il en riant. En revanche, moi, je ne sais rien de vous. A mon retour, je vous rendrai visite à Craighdhu, et vous me raconterez qui vous êtes. Je suis avide de tout connaître, dans tous les domaines. D'ailleurs, Robert vous le dira, ajouta-t-il avec un regard en direction de son cousin.

— Tu n'es pas seulement avide de connaissances !

remarqua Robert. Mais ne perds pas de temps, Alec. James va s'impatienter ; il a certainement hâte de te revoir. Nous te souhaitons un bon voyage.

— Tu as raison, cousin. Je ne dois pas m'attarder, même en si charmante compagnie, déclara Alec. Je suis sincèrement ravi que Robert se soit marié. Et j'espère que nous nous reverrons bientôt.

— Vous êtes très aimable, répondit doucement Kate.

La petite troupe s'éloigna, et Gavin ne cacha pas son soulagement.

— Il est charmant, dit Kate. Pas du tout comme je l'imaginais.

— Oh, il peut se montrer fort sympathique, observa Robert. C'est du reste lorsqu'il égorge ou qu'il viole qu'il arbore le plus gentil sourire…

— Il est donc si terrible ?

— Selon lui, non. Il n'a aucune notion du bien ou du mal. Il fait ce qu'il a envie de faire. Et pour lui, c'est bien.

— Et James a de l'amitié pour lui ?

— James n'étant pas un petit saint, Alec et lui font la paire. Un conseil, Kate, garde tes distances.

La jeune femme frissonna.

— Je n'ai pas l'intention de le voir trop souvent. Mais viendra-t-il à Craighdhu, comme il l'affirme ?

— Si l'envie lui en prend, oui. Ne t'inquiète pas, tu seras en sécurité. Personne ne peut percer les défenses de Craighdhu !

Kate le vit froncer les sourcils en direction de Gavin. Ce dernier suivait des yeux Alec et sa troupe qui déjà s'éloignaient.

— Non, Gavin, dit fermement Robert. Inutile même d'y penser.

— Je connais ton opinion, rétorqua sombrement le jeune homme.

— Mais tu n'en tiens pas compte.

— C'est impossible, voyons !

— Tu te feras massacrer. Et, sacré bon Dieu, tu ne l'auras pas volé !

Quelle violence dans le ton ! Kate en demeura stupéfaite.

Quand Malcolm eut disparu à l'horizon, Gavin lança son cheval au grand galop.

— Que se passe-t-il ? demanda Kate. Pourquoi Gavin est-il dans cet état ?

— Pose-lui toi-même la question. J'ai parfois l'impression que Gavin a perdu la raison !

Il éperonna son cheval et se lança à la poursuite de son cousin.

— Quelle espèce de cinglé !

8

Kate n'eut l'occasion de parler à Gavin que le soir, au bivouac. Elle s'agenouilla près de lui pour l'aider à préparer le feu, pendant que Robert, à quelques mètres de là, donnait à boire aux chevaux.

— Je vous aime bien, Gavin, et ça me peine de vous voir malheureux.

— Hélas ! avoua-t-il. J'ai la vocation du bonheur. Pourquoi y a-t-il toujours des obstacles quand on veut simplement être heureux ?

— Quels obstacles, Gavin ? Ce n'est pas de la curiosité, vous savez. Seulement, j'aimerais bien vous aider.

— Je sais.

Il se pencha, souffla sur le petit bois jusqu'à ce qu'il s'enflamme.

— C'est Jeanie, continua-t-il. La fille d'Alec. Je vais l'épouser.

— Et Alec n'est pas au courant ?

— S'il avait le moindre soupçon, il me pendrait haut et court. Il a des projets pour sa fille, et un pauvre gars sans terre à la solde de son ennemi n'en fait pas partie.

Kate commençait à comprendre la colère de Robert. Il s'inquiétait pour Gavin, et il y avait de quoi, vu la nature impitoyable d'Alec Malcolm.

— L'absence a peut-être modifié vos sentiments, avança-t-elle prudemment.

— Il y a des choses qui ne changent pas. Je l'ai

compris la première fois que j'ai vu Jeanie. J'étais un gamin de quinze ans, Jeanie était encore plus jeune. Mais nous étions faits l'un pour l'autre. Je l'ai su tout de suite. Et ça n'a pas changé.

— Qu'allez-vous faire ? demanda Kate.

— La prendre à Malcolm. L'épouser. L'aimer. C'est très simple, en fait, conclut-il avec un sourire.

— Si vous ne vous faites pas tuer avant !

— Evidemment, c'est un risque à courir. D'ailleurs, j'ai suivi Robert sur les mers pour cette raison. Je voulais apprendre à me battre, moi qui n'ai pas un tempérament de guerrier. Je voulais être capable de protéger ma Jeanie. En outre, j'aurai bien besoin de ma part de butin le jour où je quitterai Craighdhu.

Kate leva sur lui un regard stupéfait. Elle connaissait son attachement pour Craighdhu.

— Pourquoi donc en partiriez-vous ?

— Robert ne pourrait pas héberger Jeanie sans que Malcolm, sous prétexte de vouloir récupérer sa fille, n'essaie de s'emparer de Craighdhu.

Et Craighdhu passait toujours en priorité, songea tristement Kate.

— Vous en avez parlé à Robert ?

— Oui. Il dit que je serais fou de tout abandonner pour une femme. Mais les fous sont peut-être plus heureux que les gens sains d'esprit !

— Réfléchissez bien, Gavin.

Kate avait peur, et elle en voulait un peu à cette femme pour laquelle Gavin allait courir de gros risques.

— Cessez de vous inquiéter, Kate, dit-il gentiment en lui effleurant la joue. Tout ira bien.

— Ah oui ? Alors que vous allez être obligé de partir de chez vous, de quitter un endroit que vous aimez tant ?

Gavin haussa les épaules et se releva.

— Je n'ai pas le choix, Kate.

Craighdhu.

Située à une vingtaine de kilomètres du rivage, l'île se dressait au milieu des brumes, rocher fantomatique couronné de nuages lourds émergeant d'une mer grise. Le château, au nord, était une forteresse plantée aux quatre vents au milieu d'une nature hostile et sauvage.

— Ô mon Dieu, non! murmura Kate, sidérée.

Robert vit son expression et lança avec dureté :

— Je t'avais prévenue, l'endroit n'est pas particulièrement joli! Mais tu n'auras à le supporter qu'un an.

Kate gardait les yeux fixés sur la silhouette terrifiante de Craighdhu sortie des eaux. Comment allait-elle pouvoir vivre sur ce roc hostile... ?

Kate fit la connaissance de Jock Candaron sur la jetée où il les attendait en compagnie de deux hommes. Très grand, bâti en athlète, les yeux bleus, les cheveux dorés et noués sur la nuque, il devait approcher de la quarantaine. Le manteau ouvert sur sa large poitrine, il semblait indifférent au vent glacial qui balayait le quai. Kate trouva qu'il ressemblait à ces géants vikings qui écumaient les mers et dont Landfield lui avait raconté les équipées sauvages.

— Enfin de retour, ce n'est pas trop tôt! lança-t-il.

Il fit signe aux deux hommes derrière lui.

— Emmenez les chevaux, nous allons rentrer par la ville.

Il rejoignit Robert.

— Tout le monde a envie de te voir. Tu aurais pu nous donner de tes nouvelles! Ton bateau est rentré il y a deux mois, et tes hommes nous ont dit que tu avais décidé de t'arrêter à Edimbourg. Puis MacGrath nous a fait savoir que les Anglais t'avaient capturé.

— C'était la vérité.

— Et tout ce que je t'avais enseigné, alors, n'a servi à rien?

Robert éclata de rire et lui donna une tape sur l'épaule.

— J'ai été puni.

— C'est moi le fautif, intervint Gavin. J'ai reçu un coup d'épée.

— Rien de grave ? demanda Jock en se tournant vers lui. Tu es remis ?

— Complètement, le rassura Gavin.

— Très bien, fit Jock en lui envoyant son poing dans l'estomac.

Gavin tomba à genoux, le souffle coupé.

— Tu as failli à ton devoir, gronda Jock. Tu devais veiller sur lui.

— Tu n'avais quand même pas besoin de cogner si fort ! protesta Gavin, plié en deux.

— C'est pour que tu t'en souviennes. Du reste, j'aurais pu te rosser plus fort encore.

— Arrête, Jock, dit Robert. Il m'a très bien épaulé.

— Je l'ai su par ton équipage. Voilà pourquoi je l'ai ménagé. Bon, il a eu ce qu'il méritait, on n'en parle plus.

— Dieu soit loué ! murmura Gavin. Et toi, comment ça va ? demanda-t-il à l'adresse de Jock.

— Toujours fidèle au poste et loyal à Craighdhu, prends-en de la graine !

Leur comportement médusait Kate. A l'évidence, une grande affection unissait Jock Candaron et Gavin. Et, encore une fois, elle se sentait en exil et étrangère.

— Jock, fit soudain Robert, je te présente ma femme, Kate.

Jock s'inclina poliment. Kate sentit un imperceptible changement dans son attitude.

— Je vous souhaite la bienvenue à Craighdhu, Milady, dit-il assez froidement. Quelle surprise, Robert ! Où l'as-tu dénichée ?

— En Angleterre.

— Une étrangère. Enfin, mieux vaut une Anglaise qu'une Espagnole, je suppose ! J'aurais préféré que ton choix se porte sur une fille d'ici mais tu ne m'écoutes jamais.

— Kate est une fille bien, elle ne nous causera pas

d'ennuis, et j'espère que tu veilleras sur elle comme tu veilles sur moi...

Robert prit la main de Kate et y déposa un baiser léger.

— Emmène Kate au château, Gavin, dit-il en s'éloignant, j'ai à parler à Jock...

— Si je peux encore marcher, grommela Gavin.

Il prit pourtant la jeune femme par le coude et, laissant les deux hommes à leur discussion, l'entraîna avec lui.

— Les nouvelles ne sont pas bonnes, fit Jock.

— Je m'y attendais, répondit Robert. Lorsque j'ai croisé Alec avant-hier il m'a semblé bien trop content de lui.

— Il peut l'être! Moi, je n'étais pas fâché d'apprendre que James l'avait fait appeler à Edimbourg. Cela va nous permettre de gagner du temps.

— Envoie immédiatement un messager chez MacGrath à Edimbourg. Je veux connaître tous les faits et gestes d'Alec là-bas, et surtout savoir pourquoi James l'a appelé.

Jock inclina la tête.

— Oui, il faut toujours garder un œil sur le diable. Pourtant, tu devrais aussi t'inquiéter de ce qui se passe ici. Si je te racontais ce que vient de faire Alec, tu n'apprécierais pas du tout...

Kate n'entendit pas la suite, les deux hommes étaient déjà loin devant.

— Il vous a fait très mal, n'est-ce pas? demanda-t-elle à Gavin.

— Oui, mais cela aurait pu être pire. Si Robert avait été blessé à ma place, Jock ne me l'aurait pas pardonné et je serais en piteux état, répondit le jeune homme tranquillement.

— Quelle brute!

— Non. Ce n'est que justice. J'ai failli à mon devoir, c'est inadmissible.

— Qui est ce Jock? Encore un cousin?

— Non. Le père de Robert l'a amené à Craighdhu

quand nous étions gamins, et il est devenu l'un des nôtres.

— Il est d'ailleurs ?

— Il a mérité sa place parmi nous. Tout jeune déjà, il avait l'étoffe des guerriers, et le père de Robert l'a pris comme écuyer. Quand Robert est parti en Espagne, le clan a fait de Jock son chef en attendant le retour de Robert.

— Et quand Robert est rentré, Jock a renoncé au pouvoir de bonne grâce ?

— Apparemment non. Mais personne ne sait vraiment ce que Jock pense, il est très énigmatique.

C'était exactement l'impression que Kate avait eue en croisant son regard bleu glacial.

— Quoi qu'il en soit, il a enseigné à Robert tout ce qu'il devait savoir, à commencer par le maniement des armes. Il se montrait un peu tyrannique par moments, mais Robert a tout appris grâce à lui.

— Et vous ?

— Oh, moi, je n'avais aucun talent pour les armes, mais il m'a montré comment me défendre.

— Il réside au château ?

— Non. Comme moi, il a son propre logement dans le bourg. Il préfère vivre là et ne revient à Craighdhu que lorsque Robert s'absente.

Kate en fut soulagée. Vivre en harmonie avec Jock Candaron lui paraissait tout simplement inimaginable.

La ville lui plut. La rue pavée qui montait du port semblait en être l'artère principale. Bordée de tavernes, de commerces et d'étals divers, elle conduisait au château. Accrochées aux flancs des coteaux, de petites maisons aux toits de chaume abritaient logements et échoppes d'artisans. Kate apprécia aussi la propreté de la cité et en fit la remarque à Gavin.

— Jock a une sainte horreur du désordre et de la saleté, expliqua ce dernier. Il a donc donné des consignes sévères d'hygiène. Et ceux qui ne les respectent pas doivent payer une amende.

Il y avait foule dehors, et tous, hommes, femmes,

enfants, faisaient fête à Robert. Chacun voulait lui parler, lui souhaiter la bienvenue, le toucher.

— Les gens l'aiment, dit Kate tristement.

A nouveau, elle se sentait bien seule, et tellement mélancolique...

— Oui. Mais ça n'efface pas sa grande solitude, je crois. Il souhaiterait être autrement. C'est fou ce qu'ils l'ont changé en Espagne !

Kate décida qu'elle n'allait pas s'apitoyer sur le sort de Robert MacDarren. Tout ce qu'elle désirait, il l'avait, lui. Et s'il était assez idiot pour ne pas y puiser de satisfactions, eh bien, il méritait cette grande solitude !

— Pourquoi certains hommes portent-ils ces petites jupes ? s'enquit-elle, changeant radicalement de sujet.

— Ce ne sont pas des jupes, répliqua Gavin, outré, mais des kilts. C'est court, parce que nous, les Highlanders, contrairement aux Anglais, nous ne craignons pas les rudesses du climat !

— Vous n'en portez pas, vous et Robert.

— Il dit qu'en territoire ennemi, mieux vaut se fondre dans la foule.

Consciente d'avoir touché là un point sensible, elle observa d'un air taquin :

— Pour vous faire remarquer, rien de tel, en effet, que cet étrange vêtement...

Gavin s'était rembruni, et elle parla d'autre chose. Ils continuèrent leur promenade et passèrent devant une très belle église, un petit joyau d'architecture qui se trouvait sur la place du marché.

— Robert m'a dit que sa mère était très dévote. C'est dans cette église qu'elle venait prier ?

— Non, elle avait sa propre chapelle au château. Elle ne voulait rien savoir de notre religion ni de notre prêtre.

— Ce prêtre, quand vais-je le voir ?

Au son de sa voix, Gavin devina son inquiétude.

— Tous les hommes d'Eglise ne ressemblent pas à votre pasteur, Kate. Notre curé est un homme bon et gentil qui fait beaucoup pour la paroisse. D'ailleurs, on le trouve rarement dans cette belle église. Il est toujours par monts et par vaux, au chevet des malades, en train de célébrer des mariages, de baptiser les enfants ou d'assister les mourants.

Lorsqu'ils pénétrèrent dans la cour du château, quelques instants plus tard, Kate remarqua la même propreté qu'en ville et demanda :

— Jock est aussi passé par là ?

— Non, répondit Gavin. Ici, c'est le domaine de Deirdre. Jock n'oserait pas s'en mêler.

Kate eut du mal à imaginer Jock Candaron ne se mêlant pas des affaires des autres...

— Deirdre ? répéta-t-elle.

— C'est elle qui tient la maison, expliqua Gavin en ouvrant la grande porte cloutée de cuivre. Deirdre O'Connell. Elle est irlandaise. Jock l'a ramenée d'Irlande il y a six ans, après avoir tué son mari. Oh, elle n'y a rien trouvé à redire ! s'empressa-t-il d'ajouter. Vous savez, c'est la vie, hein ! Deirdre ? appela-t-il.

L'écho de sa voix résonna sous les voûtes du vestibule.

— Oui, j'arrive, pas la peine de hurler comme ça !

Tournant la tête, Kate aperçut en haut de l'escalier une femme vêtue de gris, grande et très charpentée.

— J'ai assez à faire sans accourir dès que vous élevez la voix, Gavin Gordon !

— Désolé, dit-il. Je voulais seulement vous présenter l'épouse de Robert.

— Je descendais justement la saluer, je ne manque pas de manières à ce point !

Deirdre O'Connell avait une quarantaine d'années, avec déjà quelques fils d'argent dans sa chevelure noire roulée en chignon. Mais, malgré un aspect austère, tout en elle semblait rayonner d'une extraordinaire vitalité.

Parvenue au bas des marches, elle esquissa une petite révérence à l'intention de Kate.

— Je vous souhaite la bienvenue à Craighdhu... même si votre arrivée est une surprise.

— Je ne m'y attendais pas moi non plus, répondit Kate.

— Robert et Jock se trouvent dans la bibliothèque avec Tim MacDougal. Je vais vous montrer votre chambre. Venez avec nous, Gavin.

Au bout d'un long couloir, Deirdre ouvrit une porte :

— Voici votre chambre, Milady. Et celle de Robert se trouve à côté.

Kate s'immobilisa sur le seuil, n'en croyant pas ses yeux. Cet endroit ressemblait à un véritable palais. Jamais elle n'avait vu chambre plus belle, pas même à l'auberge Tabord ! Un tapis vert, ivoire et rose réchauffait le sol carrelé, et des rideaux de velours habillaient le lit à baldaquin. Une tapisserie ancienne était tendue au-dessus de l'immense cheminée et la douceur de ses couleurs formait un heureux contraste avec la pierre grise sculptée. La tapisserie représentait des lions, des licornes, et un homme du clan MacDarren tuant un guerrier en armure.

— Si quelqu'un avait eu la bonté de m'avertir, j'aurais préparé cette chambre comme il se doit, déclara Deirdre. Je n'ai pas eu le temps d'aérer, mais la brise qui souffle aujourd'hui va s'en charger...

Et elle entreprit d'ouvrir en grand toutes les fenêtres.

— Si Kate ne meurt pas de froid d'ici là ! dit Gavin en frissonnant.

— Cela n'arrivera pas si vous lui faites un bon feu au lieu de geindre sans cesse !

Deirdre se tourna vers Kate.

— Vous avez une très jolie vue de cette chambre.

Kate s'avança. Les fenêtres aux embrasures profondes étaient ornées de vitraux. Certains d'entre eux représentaient des guerriers en kilt, d'autres des licornes, d'autres encore de belles dames en robe chatoyante en train de filer la laine. Sous les rayons du soleil, ces personnages étincelaient de tout l'éclat de leurs couleurs et semblaient vivants.

— Alors, ce panorama ? demanda Deirdre.

Kate s'empressa de regarder le paysage, une côte déchiquetée où venaient s'écraser d'énormes vagues.

— C'est très beau, chuchota-t-elle.

— Vous trouvez? s'étonna Deirdre. Je me posais justement la question. Tout le monde n'aime pas ce genre d'environnement.

— Comme vous le voyez, il ne faut pas être amateur de tranquille verdure pour se sentir bien ici, fit Gavin en essayant d'allumer le feu.

— Oh! les rochers sont les mêmes partout! riposta Deirdre avec dédain. Et Craighdhu n'est qu'un rocher comme les autres.

Une nouvelle rafale agita les tentures du baldaquin et Deirdre prit Kate par le bras.

— Il fait un peu frais, malgré tout. Venez donc vous asseoir près de la cheminée, Milady. Reposez-vous. Je vais vous monter une tasse de cidre chaud.

Elle installa la jeune femme dans un fauteuil capitonné, et l'emmitoufla dans sa mante de laine.

— Mais cette cape ne peut pas vous tenir chaud! Elle est bien trop légère! Gavin, allez me chercher la courtepointe sur le lit.

— Gavin, faites ci, Gavin, faites ça! grommela le jeune homme. Il vous faut autre chose?

— Je vous le dirai, répondit Deirdre en enveloppant les épaules de Kate.

Aussitôt, la jeune femme cessa d'avoir froid.

— Quelle douceur! murmura-t-elle. Et je n'ai jamais rien vu d'aussi joli!

Pendant un bref instant, les traits de Deirdre se radoucirent, et elle rosit de plaisir.

— Ah, non?

Puis, se redressant, elle tourna le dos et gagna la porte d'un air très digne.

— Bien sûr, poursuivit-elle. C'est moi qui l'ai tricotée.

Elle sortit avant que Kate n'ait pu dire un mot.

— Vous verrez, elle a bon cœur sous ses airs bourrus, déclara Gavin dès qu'il se retrouva seul avec Kate. C'est une chance de l'avoir près de soi.

— Vraiment ?

— Elle mène la maisonnée tambour battant, fait la chasse au moindre grain de poussière, et veille à ce que l'on mange très bien au château. Bref, Deirdre déborde d'énergie, elle trouve toujours à s'occuper, et elle pousse tout le monde à s'activer.

— Même Robert ?

— Par moments. La première année, il en a voulu à Jock de l'avoir amenée. Ensuite, leurs rapports se sont améliorés.

— Elle a des enfants ?

— Non. Elle peut ainsi se consacrer entièrement à la vie du château.

Kate avait espéré découvrir Craighdhu à sa manière, à son propre rythme. Avec Deirdre, cela se passerait à une allure infernale, et elle le regrettait déjà...

Elle retourna vers les fenêtres ; Deirdre ne lui avait pas même laissé le temps d'en admirer tous les détails.

— Je n'avais vu jusqu'ici que des vitraux représentant des scènes religieuses.

— Toutes les fenêtres du château sont ainsi ornées. C'est le magnifique résultat du travail de maîtres verriers venus de France à l'époque du grand-père de Robert. Sa femme avait trouvé la bâtisse plutôt sinistre. Comment égayer une forteresse ? a dû se demander le grand-père. Et il a pensé à des vitraux. En revanche, la mère de Robert les a jugés aussi impies que nous...

— Elle avait tort. Rien d'aussi beau ne peut être inconvenant.

— C'est aussi mon avis depuis longtemps. Quand j'étais petit, je m'identifiais aux guerriers de ces vitraux... Voilà sans doute une des raisons qui m'ont poussé à suivre Robert dans ses expéditions contre les Espagnols. Je me voyais toujours sous les traits de ces héros. Hélas, j'ai vite déchanté en m'apercevant que je n'avais pas leur cran !

— Ne regrettez rien, Gavin, vous êtes bien tel que vous êtes.

— Lorsque Robert n'aura plus besoin de moi pour lui servir de garde du corps, je pense que je me ferai barde, dit-il, le plus sérieusement du monde.

— Barde ?

— Oui, en Ecosse, un châtelain se doit toujours d'avoir un conteur ou un poète pour célébrer les exploits passés et présents du clan.

— Mais tout cela existe par écrit, non ?

— Ce n'est pas comparable, Kate ! s'indigna Gavin. Ecouter un grand conteur a des charmes que ne possède pas la lecture d'un vieux parchemin desséché !

— Je vous demande pardon, fit-elle solennellement. Je n'ai connu aucun barde...

— Et cela se voit ! Mais je vous pardonne, puisque vous n'êtes pas d'ici. Oh, mais j'y pense... ajouta-t-il en souriant. Robert en a sûrement pour un long moment avec Jock, alors je vais vous distraire.

— Vous allez me conter une histoire ?

— Pas du tout. Vous méritez bien mieux que cela... Je vais chercher ma cornemuse, dit-il en se dirigeant vers la porte.

— Je n'en ai jamais entendu jouer. Vous pensez que cela va me plaire ? demanda prudemment Kate.

— C'est un instrument merveilleux, répondit Gavin. Vous allez adorer. Faites-moi confiance. Cela sera ma manière de vous souhaiter la bienvenue !

Quelques instants après, Gavin revenait, le visage réjoui. Puis il se mit à jouer avec fougue. Tout son être était rayonnant. Mais, au bout d'une heure, Kate l'interrompit.

— Assez ! supplia-t-elle. Arrêtez, je n'en peux plus !

Gavin ne l'entendit pas. Rien d'étonnant ; il soufflait avec une telle ardeur ! Presque à bout de nerfs, Kate fonça soudain sur lui et lui arracha le bec de la bouche.

— Non, Gavin !

— Mais vous n'avez rien entendu...

— Oh, si, j'en ai suffisamment entendu pendant une heure...

Vexé, Gavin reposa sa cornemuse sur un siège.

— C'est un son qui ne peut pas émouvoir les femmes, je suppose. Mais vous me décevez, Kate, je l'avoue.

— Vous avez peut-être raison, répondit la jeune femme, saisie de remords. Je suis sûre que vous avez très bien joué.

— Il a affreusement joué, rectifia Robert, planté sur le seuil de la chambre. Nous n'autorisons jamais Gavin à jouer de la cornemuse lorsque nous partons au combat. Les hommes s'acharneraient sur lui au lieu de massacrer l'ennemi.

— Ce sont d'invraisemblables calomnies! protesta Gavin.

Puis, visiblement embarrassé, il changea soudain de sujet:

— Alors, quelles nouvelles Jock t'a-t-il données?

— Nous embarquons pour l'Irlande à la tombée de la nuit.

— La situation est donc si grave? Nous venons à peine d'arriver.

— L'an dernier, Malcolm est entré dans un port voisin de Kilgranne à bord d'un bateau de marchandises. Depuis six mois, avec ses hommes, il sillonne les villes côtières pour tenter d'intimider les marchands et les artisans en les poussant à faire du commerce avec lui plutôt qu'avec Craighdhu.

— Pourquoi Jock ne s'en est-il pas occupé?

— Il l'a envisagé. Mais il a pensé que nos clients seraient plus rassurés si j'allais leur parler. Comment aurait-il pu deviner qu'Elizabeth se mettrait en tête de retarder mon retour?

— Il faut donc que tu ailles trouver les marchands et les membres du conseil, afin de les assurer qu'ils n'ont rien à craindre de Malcolm s'ils continuent à traiter avec nous...

— Et sans perdre une seconde. Alors, va faire tes

adieux à qui tu veux et rejoins-moi au bateau dans deux heures.

— Non, Robert, j'ai été absent trop longtemps ; il n'est pas question que je reparte.

— Il ne s'agit que de quatre semaines, pas davantage.

— Emmène Jock. Tu sais bien que c'est lui qui aurait dû t'accompagner la dernière fois.

— Je veux que cela soit toi.

— Prends Jock. Kate a besoin de moi ici pour la protéger et la mettre au courant de tout ce qu'elle doit connaître à Craighdhu.

— Je pourrais te donner l'ordre de me suivre.

— Non, Robert, ne fais pas une chose pareille. Te désobéir me causerait trop de chagrin.

Robert le regarda un moment en silence puis lança :

— Sacré bon sang ! Tu as intérêt à être là quand je reviendrai.

Tournant les talons, il demanda à Kate de l'accompagner dans la cour.

— L'Irlande, ce n'est pas loin, lui dit-il. Et si les vents sont avec nous, nous serons de retour très vite. Prépare-toi à m'accueillir alors dans ton lit comme il se doit.

— Cette page de notre vie est tournée, tu le sais bien.

— Vraiment ? lança-t-il violemment. Elle ne sera pas tournée tant que je ne l'aurai pas décidé. Il faut bien que je tire quelques avantages de cette maudite alliance et de tous les sacrifices qu'elle a entraînés !

— Quelle arrogance ! rétorqua Kate, furieuse à son tour. Tu n'as rien sacrifié du tout. Tu as ta vie, tu as ton cher Craighdhu. Et le danger que selon toi je représente n'est que pure fiction. Va en Irlande, mais n'attends rien de moi à ton retour. Pas même un sourire !

Et elle rebroussa chemin, traversant très vite le vestibule avant de remonter dans sa chambre. Des larmes brûlaient ses paupières, des sanglots refoulés l'empêchaient de respirer, mais elle refusa de se laisser aller à sa peine. D'ailleurs, pensa-t-elle soudain, pourquoi se mettre dans un tel état, elle devrait éprouver du soulagement... Robert s'en allait, elle échappait à la confrontation qu'elle redoutait, il fallait se réjouir. En outre, d'ici son retour elle saurait si oui ou non elle attendait un enfant. A ce moment-là, elle aurait donc peut-être un argument très convaincant pour le tenir à distance...

Pourtant, Dieu seul savait combien elle n'avait pas envie qu'il parte ! En Irlande, de surcroît, où il risquait le pire. Elle aurait tant donné en cet instant pour le serrer dans ses bras, pour se glisser avec lui dans son grand lit ! Vivre à Craighdhu avec lui, porter ses enfants, voilà ce qu'elle voulait, et cette existence-là lui était refusée !

— Kate ?

Levant les yeux, elle vit Gavin qui venait à sa rencontre.

— Il est parti, dit-elle d'une voix blanche.

— Jock veillera sur lui.

Kate se ressaisit. Au lieu de gémir sur ce qu'elle n'aurait jamais, mieux valait savourer chaque seconde de ce qui lui était donné...

— Gavin, je descends aux écuries vérifier si on s'occupe bien de Caird et de Rachel. Ensuite, comme promis, vous allez me faire faire le tour du propriétaire. Je veux tout connaître de Craighdhu.

Quelques instants plus tard, Deirdre les rejoignait, l'air préoccupé.

— Où allez-vous ? s'enquit-elle immédiatement.

— Kate désire faire un tour en ville avant la nuit, expliqua Gavin. Une curiosité bien naturelle.

— Bien naturelle, en effet, acquiesça la gouvernante. Mais commencez donc par le commencement, Milady. C'est-à-dire la vie du château. Et c'est à moi de vous initier, Gavin n'y entend rien. Ainsi, lorsque Robert rentrera, vous serez une châtelaine accomplie.

Kate la suivit en traînant un peu les pieds. Gavin ne l'avait pas quittée.

— Je n'ai pas envie qu'elle me fasse visiter, lui chuchota-t-elle. C'est avec vous que je voulais...

— Elle a peut-être raison.

— Hâtez-vous, Milady, insista Deirdre en se retournant, sinon nous ne ferons pas grand-chose avant le dîner.

La jeune femme se dépêcha de la rejoindre, impressionnée malgré elle par le ton sévère de Deirdre. C'était en fait une bonne idée de commencer par la visite du château et de faire connaissance avec ses habitants. Le reste pouvait bien attendre.

— Je vous emmènerai en ville demain matin, Kate, promit Gavin.

Puis il les laissa toutes deux et s'éloigna tranquillement vers la grande porte du hall.

— Demain matin, nous aurons beaucoup trop à faire, répondit la gouvernante à la place de Kate. Dans une semaine, peut-être !

— Une semaine ? répéta Kate, effarée. Mais je veux y aller demain !

— Nous verrons ! riposta Deirdre d'un air impassible.

Les mains appuyées au bastingage, Robert regardait son île s'éloigner. Il n'avait vraiment pas envie de partir, cette fois. Depuis qu'Elizabeth était entrée dans son cachot de la Tour de Londres, le destin semblait vouloir réduire son existence à une suite de déceptions qui le laissaient désarmé.

— Je pouvais aller seul en Irlande, dit Jock.

— Non, tu as raison, mieux vaut que je m'y rende en personne.

— Tu m'en vois ravi. Et cela m'évite d'être tenté de te mettre de force du plomb dans la cervelle... Elle est mignonne, c'est vrai, mais Craighdhu a tellement plus d'importance qu'un joli brin de fille !

— Tu n'as pas besoin de me le dire.

— Vos adieux ont fait des étincelles, paraît-il, fit Jock avec un petit sourire amusé.

Les éclats de voix de Kate n'étaient donc pas passés

inaperçus, et Jock était évidemment au courant. Il n'avait de toute façon que des alliés à Craighdhu.

— Pourquoi l'as-tu épousée, Robert ? Possède-t-elle quelque chose dont Craighdhu pourrait avoir besoin ?

— Non, répondit Robert.

— Alors pourquoi ?

— Je te le dirai plus tard. Pour l'instant, je n'ai pas envie de me faire traiter d'imbécile...

— Tu tiens à cette fille ? s'étonna Jock.

— Je n'ai pas dit cela, s'empressa de répondre Robert.

— Oh, ça saute aux yeux ! D'abord, je me suis dit que c'était tout simplement une attirance physique, et puis...

— C'est simplement physique.

— Eh bien, ton problème sera alors vite résolu ! Il y a tant de jolies filles en Irlande...

Mais Robert n'avait aucune envie de ces belles Irlandaises. Celle qu'il voulait, la seule, c'était Kate.

Jock ne le quittait pas des yeux, il semblait lire en lui comme dans un livre.

— Tu me rappelles ton père le jour où il a amené ta mère à Craighdhu. Lui aussi, il était mordu... Tu as le même regard fou amoureux.

— Je ne suis pas fou amoureux, fiche-moi la paix, Jock ! se défendit Robert. Je ne veux plus que nous parlions de cela, tu m'entends ?

— Très bien, nous n'en parlerons plus. Mais je te préviens, cette fois je ne te ferai pas faux bond comme au moment où ils t'ont emmené en Espagne. J'ai failli à ma tâche cette nuit-là... J'aurais dû tout tenter pour les faire échouer.

— Tu n'as aucun reproche à te faire, Jock. C'était ma mère, et don Diego était mon oncle. Tu ne pouvais rien contre eux.

— Si, j'aurais dû m'interposer. D'un coup de poignard dans le cœur de ta mère !

— Tu aurais poignardé une femme ?

— Femme ou homme, quelle différence ?... Mais, tu as raison, il y a une différence, fit Jock avec un sourire moqueur. Une femme, c'est bien pire ! Avec leur beauté et leur douceur, tu as tendance à les croire inoffensives, alors tu les laisses se faufiler tout contre ton cœur. Et tu n'as plus de défense lorsqu'elles te frappent.

— Ce n'est absolument pas l'intention de Kate.

— Tant mieux. Car la prochaine femme qui s'avisera de te faire du mal ou de nuire à Craighdhu, c'est à moi qu'elle aura affaire !

Avant de laisser à Robert le temps de répondre, Jock changea de sujet. Il se mit à dresser une liste des marchands irlandais qui, pris de peur, avaient laissé entendre qu'ils ne commerceraient plus avec Craighdhu.

9

— Vite, vite, filons tout de suite! dit Kate en attra pant Gavin par le bras. Deirdre est en train d'inspec ter la batterie de cuisine. En nous dépêchant, nou avons le temps de…

— Je pensais que vous l'aviez peut-être enfermé dans les écuries. Hier matin, lorsqu'elle ne vous a pa laissée sortir, vous paraissiez très contrariée.

— Je suis là depuis trois jours et je n'ai vu que le écuries, les cuisines et… Bon, allons-y! insista-t-elle apparemment inquiète.

— Et si elle nous surprend en plein délit de fuite Nous sommes bons pour récurer les casseroles, vou ne croyez pas? demanda Gavin en riant.

— Ou plus terrible encore! Hier j'ai passé l'après midi le nez dans le livre de comptes du mois dernier Elle a demandé à ce malheureux Timothy MacDouga de me mettre au courant de la moindre dépense d'in tendance. Tout cela fait partie de mes devoirs de maî tresse de maison, me répète-t-elle…

— C'est très louable de sa part.

— Je sais, tout ce qu'elle fait est louable. Vis-à-vi des domestiques, elle a de la fermeté et du cœur. E quelle travailleuse! Jamais je n'ai vu cela. Avec, l'évidence, un seul souci en tête: le bien de Robert e de Craighdhu. Elle n'arrête jamais, du matin au soir mais moi, elle va finir par me rendre folle… L comble, c'est qu'elle commence à me persuader d l'utilité de ce genre d'activités! Je vais très bientôt croire qu'elle a tout à fait raison.

— Oui, on finit par s'y perdre, avec ce type de personnalité. Vous comprenez maintenant pourquoi je loge en ville?...

— Où allez-vous? les interrompit une voix sévère.

Ils se retournèrent. Deirdre venait vers eux d'un pas décidé.

— Vous le savez bien, Deirdre, répondit Gavin d'un ton enjoué. Là où nous essayons de nous rendre depuis trois jours. Je vais faire visiter la ville à Kate et...

— Elle n'a pas le temps. Aujourd'hui, nous devons descendre aux écuries et...

— J'ai déjà vu les écuries, la coupa Kate. Allez, on y va, Gavin!

Et ils se précipitèrent dans la cour comme deux enfants échappant à une punition.

— Elle va nous suivre? s'inquiéta Kate.

— Aucun risque, la rassura Gavin. Elle ne s'entend pas avec les femmes d'ici; elles l'ont envoyée promener dès qu'elle a commencé à vouloir leur prodiguer ses conseils. Dans la plupart des cas, elle n'avait pas tort, mais les gens n'ont rien voulu savoir.

— Je les comprends. Moi aussi, j'en ai assez qu'elle me dise ce que je dois et ne dois pas faire. J'ai envie d'avancer à mon propre rythme. Oh, et puis, assez parlé d'elle!

Ils venaient de franchir le pont-levis, et maintenant Kate avait hâte d'être en ville.

A cette heure matinale, les activités du bourg ne faisaient que démarrer. Les jeunes apprentis étaient tout juste en train de sortir les étals et n'avaient pas encore commencé à y disposer les marchandises.

Mais une jeune femme circulait déjà au milieu des passants avec un énorme panier en criant: «Fruits bien mûrs, pommes croquantes!»

Quelques instants après, la ville se mit à s'animer vraiment. Dans les rues, sur leur passage, les commerçants faisaient l'article, proposant fine batiste, épingles, jarretières et gants en cuir d'Espagne. Gavin et Kate passèrent devant un marchand de galettes d'avoine chaudes et dorées, et juste après la jeune femme tomba en arrêt devant une pile de volumes offerts aux regards sur un étal.

— Je n'ai jamais vu autant de livres, dit-elle avec étonnement.

— Vous n'aviez pas de librairie dans votre village ? demanda Gavin.

Kate secoua la tête.

— Sebastian prétendait que lire autre chose que les Saintes Ecritures était immoral.

— Raison de plus pour que nous vous achetions un livre sur-le-champ... décréta Gavin.

Alors le jeune homme s'absorba un instant dans la lecture des titres proposés puis, rayonnant, il choisit un gros ouvrage relié en cuir rouge et l'offrit à Kate en s'inclinant.

— Pensez à Sebastian à mesure que vous avancerez dans votre lecture, Kate, vous n'en éprouverez que plus de plaisir !

— Merci, Gavin, je n'y manquerai pas, répondit Kate avec malice.

Ils continuèrent leur promenade dans les rues de plus en plus animées. Kate serrait très fort le livre de Gavin contre son cœur.

— Les affaires ont l'air de bien marcher, remarqua la jeune femme. Vous disiez pourtant que la terre était trop pauvre à Craighdhu pour nourrir ses habitants ?

— Nous faisons du commerce avec l'Irlande. Et partout dans le monde, les gens sont amateurs de laine de belle qualité. Nous en achetons aux Irlandais pour la revendre à l'Angleterre et à la plupart des pays d'Europe. La prospérité a commencé à l'époque de l'arrière-grand-père de Robert.

Kate s'attarda devant une vitrine où était exposé du tissu : elle aperçut avec émotion le tartan du clan MacDarren.

— Les couleurs sont superbes, dit-elle. Et quel beau tissage !

— Cela aussi, c'est irlandais, comme toutes les étoffes que vous verrez à Craighdhu.

— On ne tisse donc pas ici ? s'étonna-t-elle.

— Certaines femmes, oui, parfois, mais surtout pour leur famille et leur usage personnel. Mais ce n'est pas vraiment nécessaire. Robert fait en sorte qu'il y ait toujours suffisamment de tissu en vente à des prix modiques. De toute façon, les Irlandais sont de loin les meilleurs...

— Vous ne faites donc qu'acheter leur production pour la revendre ?

Gavin lui décocha un regard étonné.

— On dirait que cela vous contrarie, Kate.

— Je ne vois pas pourquoi cela me contrarierait. Enfin, j'aimerais, je suppose, que Craighdhu... que tout se fasse ici.

— Vous comprenez bien que...

Gavin ne termina pas sa phrase. Il venait d'apercevoir un jeune homme qui montait la rue dans leur direction.

— Tiens, voilà Ian MacTavish ! Je vais vous présenter. C'est le bras droit de Jock. Donc le responsable ici en l'absence de Robert et de Jock.

— Je pensais que cette tâche vous incombait à vous, Gavin ?

— Oh non, pas moi, je n'ai absolument pas le sens des responsabilités ! Alors que le sérieux Ian, formé à l'école de Jock, possède toutes les qualités pour cela.

Ian était un grand gaillard solide aux cheveux noirs. Guère plus âgé que Gavin, il avait un visage grave et le regard franc.

— Ian, je te présente notre châtelaine.

MacTavish s'inclina.

— C'est un grand honneur, Milady. Je m'apprêtais justement à me rendre chez vous pour vous présenter mes hommages et vous offrir mes services. Si vous avez besoin de moi, je suis à votre disposition.

— Merci, répondit Kate en souriant. Vous êtes très aimable, mais tout ira bien, j'en suis sûre. On se sent très en sécurité à Craighdhu.

— C'est lorsque tout semble tranquille que le danger menace le plus, dit-il gravement.

Ian MacTavish s'inclina à nouveau, puis il s'éloigna d'un pas vif.

— Il ne doit pas rire tous les jours, chuchota Kate. Je comprends pourquoi Jock Candaron l'a choisi pour le seconder : cet homme est d'une austérité redoutable...

— C'en est même déprimant ! renchérit Gavin. Le poids des responsabilités, vous comprenez... Alors que moi, je me sens léger comme l'air...

Il bondit vers un étal, entraînant Kate avec lui.

— Regardez ! Des caramels ! Kenneth Cameron fait les meilleurs caramels de toute l'Ecosse.

Gavin en acheta une multitude qu'ils mangèrent tout en poursuivant leur chemin.

Quand ils rentrèrent au château, il faisait presque nuit, et Kate tombait de fatigue. Mais quel bonheur ! La découverte de Craighdhu, de ses bruits, de ses senteurs lui donnait le vertige et l'enivrait comme un vin capiteux. Et il lui semblait avoir arpenté chaque rue et chaque ruelle... parlé avec tous les boutiquiers, rencontré tous les habitants de la ville.

Kate et Gavin franchirent le pont-levis en courant comme deux gamins, sous le regard amusé d'un jeune garçon d'écurie qui traversait la cour.

— Deirdre est sortie deux fois pour scruter l'horizon, Milady, elle vous cherche !

Gavin prit congé, saisissant le premier prétexte pour s'enfuir du château, tandis que Kate le traitait de lâche.

— Gare à vous si vous n'êtes pas ici demain matin à la première heure !

— Deux escapades à la suite ? Deirdre ne sera pas contente, Kate !

— C'est moi qui ne serai pas contente si vous me laissez tomber. Je n'ai pas encore visité le port. Alors, tâchez d'être là !

Sans attendre la réponse, Kate s'engouffra dans le

vestibule, referma vivement la porte derrière elle, et se trouva nez à nez avec la gouvernante.

— Ah, vous êtes enfin de retour! Montez dans votre chambre faire un brin de toilette avant de venir dîner. Je vais prévenir les cuisines de votre arrivée.

Alors que Kate tentait de remettre un peu d'ordre dans sa coiffure, Deirdre la reprit.

— Non, ce n'est pas suffisant. Montez dans votre chambre. Je vous envoie une servante pour vous aider.

— Pas question! répliqua Kate.

Deirdre s'en allait déjà en direction des cuisines mais elle se retourna, interloquée, en entendant la réponse de Kate.

— Pardon? fit-elle sèchement.

Trop tard, songea Kate, prise de court, la confrontation devenait inévitable...

— J'ai dit non, je ne veux pas monter faire un brin de toilette. Je vais prendre un bain et me coucher. Faites-moi porter de l'eau chaude.

— Dès que vous aurez dîné.

— Je ne veux pas dîner. Je n'ai pas faim. J'ai mangé en ville, et je suis fatiguée, l'informa Kate en s'engageant dans l'escalier.

— Des saucisses, des tartes aux fruits et des caramels, je parie, fit Deirdre sévèrement. Vous allez probablement être malade. Vous auriez mieux fait d'attendre un repas convenable.

En effet, Kate se sentait déjà un peu barbouillée. Mais pourquoi fallait-il donc que cette femme eût toujours raison?

— J'ai beaucoup aimé ma promenade, et les caramels aussi! répliqua Kate sur un ton malicieux. Et je compte bien recommencer demain...

— Pas demain, c'est le jour où nous fabriquons les bougies. Il faut que vous soyez là pour apprendre à superviser le...

Kate s'arrêta sur les marches et se retourna.

— Non.

— Nous avons besoin de bougies, nous en utilisons beaucoup, insista Deirdre, et il faut que vous...

— Qu'importe ! Demain, je retourne en ville avec Gavin. Vous n'allez pas me dicter le moindre de mes faits et gestes. C'est moi qui décide. Vous comprenez ?

Deirdre la fixait d'un air impassible.

— Je ne suis pas idiote, rétorqua-t-elle. Je comprends, évidemment !

Et, tournant les talons, elle s'en alla rapidement.

D'abord exaspérée, Kate éprouva bien vite un sentiment de culpabilité. Si seulement Deirdre avait réagi ! La jeune femme s'élança alors dans l'escalier et courut se réfugier dans sa chambre. A la réflexion, elle était cependant certaine d'avoir agi au mieux de ses intérêts en montrant qu'elle ne se laisserait pas faire. Faute de quoi, ne risquait-elle pas de se retrouver prisonnière, comme au presbytère de Sebastian ? Mais Deirdre, elle, ne lui était pas hostile ! Seulement, Kate n'avait pas encore pris l'habitude de nuancer ses réactions. Lorsqu'elle entrait en conflit avec quelqu'un, cette personne était forcément un ennemi...

Soudain, Kate pensa à Robert. Il n'était pas un ennemi, et des conflits avaient pourtant surgi entre eux ! Robert... Il fallait absolument qu'elle cesse de se préoccuper de lui. Et elle y arriverait ! Aujourd'hui, par exemple, elle n'avait songé à lui qu'en de rares occasions. Et demain ce serait mieux encore !

Mais pourquoi se mentir ? Il était toujours là. Il l'avait accompagnée toute la journée. Elle l'avait rencontré partout ; dans chaque lieu il était présent ! Et son cœur ne battait que pour lui... Elle devait l'admettre ; Robert était devenu une idée fixe !

Soudain, une autre pensée s'empara d'elle et un refus farouche s'imposa à son esprit. Non, ce Craighdhu qu'elle venait de parcourir en tous sens, elle ne voulait pas se souvenir qu'il appartenait à Robert ! Brusquement elle avait envie que cet univers au milieu des flots soit à elle, et à elle seule !

Etait-elle donc si égoïste — ce qui expliquerait peut-être son animosité envers Deirdre ? Kate se voyait à présent sous un jour qui ne lui plaisait pas du tout...

Kate frappa à la porte de Deirdre, sans obtenir de réponse. A cette heure tardive, tout le personnel du château s'était retiré pour la nuit, et la gouvernante avait également terminé son travail. Kate frappa de nouveau.

— Deirdre ? Puis-je vous voir ? Il faut que je vous parle, Deirdre !

— Oui.

Dès son entrée, une vive lumière l'éblouit. Un grand feu brûlait dans l'âtre, et près de la cheminée des bougies par dizaines, dans des chandeliers hauts sur pied, éclairaient la pièce comme en plein jour.

— Un problème, Milady ?

A l'autre bout de la chambre, Deirdre tissait, assise à un métier comme Kate n'en avait encore jamais vu. Il était immense. Et, soudain, derrière cette imposante structure, Deirdre apparut à Kate dans toute sa vulnérabilité. Il y avait aussi en elle une grâce que la jeune fille n'avait pas soupçonnée.

Ce soir, les cheveux de la gouvernante retombaient librement sur ses épaules et sa chemise de nuit blanche la rendait beaucoup moins sévère.

— Non, aucun, répondit Kate en entrant.

— Avez-vous changé d'avis ? Voulez-vous dîner maintenant ?

— Non. Je n'arrivais pas à dormir. Je veux simplement vous parler, Deirdre.

— Donnez-moi juste une seconde. Je suis en train de travailler un motif particulièrement difficile.

Kate alla s'asseoir sur un tabouret au coin du feu pendant que Deirdre se concentrait de nouveau sur son ouvrage.

Cela devait être une couverture. Sur la laine blanche, le motif, une grande fleur rouge, était en train de prendre vie.

Très dépouillée, la chambre de Deirdre se réduisait à l'essentiel. Kate nota cependant quelques touches de douceur féminine ici et là. Ainsi, la courtepointe réchauffait le lit de sa belle couleur pourpre, et la fenêtre s'ornait de rideaux de lin d'un blanc immaculé.

— De quoi voulez-vous me parler, Milady ?

Deirdre fixait Kate, sans pour autant arrêter son travail.

— Je n'aurais pas dû vous parler comme je l'ai fait.

— Vous n'aviez pas besoin de vous déranger pour me dire ça. J'ai l'habitude qu'on me réponde vertement.

— Mais vous provoquez ce genre de réactions ! Les gens n'aiment pas se voir dicter en permanence ce qu'ils doivent faire ou ne pas faire...

— Je suis ainsi. J'ai toujours tout fait mieux que les autres ! Enfin, c'est ce que je pense. Alors je trouve dommage de les voir se démener alors qu'ils obtiendraient certainement de meilleurs résultats en suivant mes directives.

— Peut-être préfèrent-ils agir comme bon leur semble, même si cela vous paraît moins bien ?

— Croyez-vous que cette idée ne m'ait pas traversé l'esprit ? Cependant, je passe outre, c'est plus fort que moi.

Elle baissa à nouveau les yeux sur son tissage et demanda d'une voix sourde :

— Voulez-vous que je m'en aille de Craighdhu, Milady ?

Kate réfléchit un bref instant. Sans la gouvernante, sa vie au château se trouverait sûrement facilitée. Mais à quel prix ? Cette femme avait sa place à Craighdhu, de quel droit pouvait-elle l'en priver ?

— C'est tout à fait impossible, Deirdre... On ne renvoie pas une personne parce qu'elle est trop intelligente ou parce qu'elle travaille trop bien, cela serait de la folie !

— Avez-vous du mal à trouver une bonne raison ? Je peux vous en fournir ! Tout le monde sait que je suis exaspérante et très irrévérencieuse.

— Le manque de respect ne me choque pas, je ne suis pas comtesse depuis suffisamment longtemps...

Mais, c'est vrai, je vous trouve souvent exaspérante. En ce moment, par exemple, vous m'agacez à vouloir ainsi m'indiquer la meilleure manière de vous congédier ! Vous avez envie de partir ?

— Bien sûr que non ! Je me trouve très bien ici.

— Alors, je ne vois pas ce qui nous empêche de travailler ensemble, mais comme je l'entends et à mon propre rythme !

— Je ne peux pas vous promettre de cesser de vous prodiguer mes conseils.

— Et moi je ne peux pas vous promettre d'être toujours polie !

Deirdre leva la tête et regarda Kate droit dans les yeux.

— D'accord. Est-ce tout ?

Kate avait tout dit, en effet. Cependant, elle n'avait pas envie de s'en aller.

— Puis-je rester encore avec vous un moment ?

— Si vous y tenez, répondit Deirdre, un peu surprise. Mais je ne vous ferai pas la conversation, Milady. Comme je vous l'ai dit, ce motif nécessite toute mon attention.

— Et énormément de lumière, ajouta Kate.

— Robert me permet de brûler autant de bougies que je veux, se défendit Deirdre. Je n'ai pas le temps de faire du tissage dans la journée, et je fabrique de belles choses qui apportent un peu de confort dans cette grande bâtisse pleine de courants d'air.

— Je n'en doute pas. J'ai vu les beaux lainages et les superbes étoffes que vous avez confectionnés. Loin de moi la pensée de vous accuser de gaspillage, Deirdre !

Cette dernière parut soulagée.

— Il est très joli, ce motif, continua Kate. Je n'ai encore jamais vu cette fleur.

— Ce n'est pas une fleur mais un flocon de neige !

— Ah !

Consciente de sa bévue, Kate se tut un instant avant de se hasarder à demander :

— Un flocon de neige rouge ?

Deirdre resta silencieuse, alors la jeune femme poursuivit :

— Un joli rouge, d'ailleurs. Quelle est la plante qui vous a donné cette couleur ?

— La racine de bruyère.

Toujours cette fameuse bruyère de la lande...

— Robert m'a dit que l'usage de cette fleur était inépuisable.

— Il a raison. Selon l'âge de la plante, j'en tire aussi des colorants jaune, orange et gris-vert.

— Où avez-vous appris à tisser aussi bien ?

— Avec ma mère, qui avait elle-même appris avec la sienne. Je savais à peine marcher lorsque j'ai commencé mon apprentissage.

— On m'a enseigné, à moi aussi, à filer et à tisser, quand j'étais petite. Mais je n'ai jamais rien créé d'aussi beau... !

— Bien sûr, vous, c'était pour l'éducation. Moi, on m'a appris pour faire du commerce. Dans mon village, les femmes filaient et tissaient la laine, et les hommes élevaient les moutons.

— Et tout le monde vendait à Craighdhu ?

— Oui. Les MacDarren ont toujours été honnêtes avec nous. Nous leur faisons confiance.

— Et Jock Candaron ?

— On vous a dit qu'il avait tué mon époux ?

— Oui, et je m'étonne que vous soyez venue à Craighdhu.

— Je n'en ai pas voulu à Jock. Mon mari buvait et il était très brutal. Toujours à chercher querelle aux gens... Un jour, il est tombé sur Jock Candaron ! Je venais de perdre un enfant et j'étais trop mal en point pour travailler. Jock m'a amenée ici et il m'a fait soigner. Quand j'ai été guérie, il a proposé de me rapatrier vers l'Irlande, mais j'ai préféré rester à Craighdhu.

— Pourquoi ? Vous ne semblez guère aimer l'endroit.

— Tous les lieux se ressemblent.

— Moi, je ne trouve pas.

Deirdre esquissa un sourire.

— Vous êtes comme les autres ici. Vous pensez qu'il ne peut rien exister de plus beau que ce rocher battu par la tempête !

— Pourquoi avez-vous choisi d'y rester ?

Deirdre éluda :

— Vos questions gênent ma concentration. Si vous tenez à être là, il faut vous taire et ne plus me déranger.

A l'évidence, Deirdre n'aimait pas les questions trop personnelles, songea Kate dont le regard revint se poser sur le motif de la couverture.

— Je vous laisse travailler. Mais puis-je revenir demain soir ?

— Pourquoi ?

Kate n'était pas certaine de savoir elle-même ce qui l'attirait tant auprès de Deirdre. Peut-être aimait-elle simplement être assise au coin du feu, à respirer tranquillement l'odeur du bois qui se consumait et le parfum des bougies. Elle pensa aussi qu'elle avait sûrement besoin d'une compagnie féminine, elle qui n'en avait pas eu, à l'exception de celle de Carolyn.

— Parfois j'ai du mal à trouver le sommeil, tenta-t-elle d'expliquer. Vous voulez bien, Deirdre ?

— A votre guise, vous êtes la maîtresse ici.

Tous les soirs depuis une semaine, Kate admirait le prodigieux travail de la gouvernante. Les deux femmes en profitaient pour faire connaissance, et Kate se sentait peu à peu plus à l'aise en compagnie de Deirdre.

— Le métier de tisserande vous a plu tout de suite ?

— Oui, même enfant. Même si à l'époque, certains jours, je préférais bien sûr faire sécher la laine au soleil avec mes amies. On chantait, on riait bien... Mais j'ai grandi, et mon père a décidé que, puisque j'étais la meilleure tisserande du village, je devais y consacrer ma vie. Il voulait à la fois l'argent et les honneurs... Ah, il était bien comme les autres ! Comme les jeunes gens, notamment, qui me couraient tous après. Je n'étais pas jolie, cependant je pouvais rapporter gros.

— C'est votre père qui vous a mariée ?

— Pourquoi aurait-il donné la poule aux œufs d'or en mariage ? maugréa Deirdre. Non, c'est moi qui ai choisi Sean. C'était un grand beau gaillard, aimable et souriant. On racontait qu'il buvait, mais je n'y ai pas prêté attention...

Deirdre se pencha soudain sur son travail.

— Assez bavardé, je suis sur un passage difficile.

Prétexte pour laisser tomber le sujet, songea Kate. Deirdre était capable de tisser les motifs les plus compliqués les yeux fermés.

— Vous ne m'avez jamais dit pourquoi vous aviez choisi de rester vivre à Craighdhu, insista-t-elle.

— Pourquoi pas ? Au moins, j'avais un travail tout trouvé ici !

— Dans votre village aussi, puisque vous étiez la meilleure tisserande !

— Oui, mais tisser, je connais cela par cœur, je peux m'y employer presque machinalement, répondit-elle avec tristesse. Quand l'esprit n'est pas occupé, les souvenirs affluent. Cela serait de la folie de permettre au passé de venir submerger mon présent.

— L'enfant ? demanda doucement Kate.

Deirdre n'allait sûrement pas répondre. Pourtant, à sa grande surprise, la gouvernante expliqua :

— Je voulais un bébé. Au bout de quatorze ans de mariage, alors que je me croyais définitivement stérile, je me suis retrouvée enceinte. J'ai crié au miracle.

« Sean était heureux d'être bientôt père, continua Deirdre. Un homme est fier lorsqu'il fait un enfant à une femme. Mais ma grossesse ne se passait pas très bien, j'étais sans cesse malade. Et, bien sûr, mon travail en pâtissait. L'argent rentrait moins. Alors, un soir, alors qu'il avait bu plus que de coutume, Sean m'a battue. Et j'ai perdu mon bébé.

Deirdre avait cessé de tisser et elle fixait ses doigts immobiles.

— Maladroite que je suis ! Il faut que je recommence ce rang-ci ! bougonna-t-elle.

— Je vous dérange, fit Kate en se levant. Il vaut mieux que je vous laisse travailler en paix.

— Vous êtes gentille, mais ce n'est pas la peine de vous en aller. Pas si vous croyez que je vais peut-être me mettre à pleurer. Je ne pleure plus jamais.

La navette reprit sa course sur le métier.

— Le travail me procure une immense satisfaction, poursuivit Deirdre. Et un but. Rien d'autre ne peut combler une femme qui sait ce qu'elle vaut.

Kate commençait à comprendre, pour la première fois, d'où Deirdre tenait une telle énergie. L'Irlandaise s'accrochait à sa tâche, comme Kate s'était accrochée au rêve de posséder une maison bien à elle. Mais Deirdre refusait la vérité que Kate avait découverte.

— Vous vous trompez, Deirdre. Moi aussi, je pensais ainsi, or il existe d'autres besoins tout aussi importants. Nous ne pouvons pas vivre en recluses. S'il n'y a pas de partage avec les autres, c'est le vide.

— Un mari ?

Deirdre esquissa un sourire amer.

— Je me suis réjouie d'être libérée de ce lien, continua-t-elle. Ce n'était pas la première fois qu'il me battait, vous savez. J'étais une femme, donc à sa merci ! Et personne au village n'a jamais songé à le punir d'avoir tué mon enfant.

Elle s'interrompit en voyant le visage fermé de Kate.

— Je sais que vous avez eu une dispute avec Robert juste avant son départ. Cependant, il ne faut surtout pas que cela vous empoisonne la vie. Robert est un homme bien. Je le connais depuis des années, et jamais je ne l'ai vu agir par cruauté ou cupidité. Croyez-moi, je n'ai guère de sympathie pour les hommes en général, mes propos n'en ont que plus de valeur ! Oh, je sais, il lui arrive de se montrer tranchant, mais ce ne sont que de très rapides mouvements d'humeur…

Kate gagna la porte.

— Il est temps que j'aille me coucher. A demain, Deirdre.

— Bonne nuit, Kate, répondit la gouvernante avec un petit sourire.

Quelques minutes plus tard, debout près de sa fenêtre, Kate regardait la mer, tout en réfléchissant. Deirdre n'était pas dupe, elle savait fort bien que Kate avait pris la fuite pour éviter de parler de Robert. La jeune femme s'en voulait affreusement. N'était-il pas grand temps qu'elle cesse de prendre ses jambes à son cou dès qu'il était question de Robert MacDarren ? Et de quel droit donnait-elle des leçons à Deirdre ? Elle lui reprochait de se cacher la vérité, alors qu'elle faisait exactement la même chose. Du reste, Deirdre n'avait pas tort, s'occuper l'esprit par le travail était souvent le meilleur moyen d'oublier. Et Dieu sait combien elle avait besoin d'un tel remède pour ne plus penser à Robert !

Mais elle n'avait pas envie de se replier sur elle-même, comme le faisait la gouvernante. Kate découvrait chaque jour un peu mieux les habitants des Highlands ; elle se rapprochait d'eux et ils commençaient même à l'adopter. Quant à Deirdre, elle devait se sentir bien seule, même si elle était trop fière pour l'admettre. Pourtant, elle avait beaucoup à donner et tant à recevoir des autres ! La chaleur des gens de Craighdhu devrait lui mettre du baume au cœur... si elle voulait bien cesser d'être revêche ! Et Kate eut soudain une idée...

— Vous me soutiendrez, Gavin ? demanda Kate.

— Vous savez bien que oui, répondit le jeune homme en souriant. Mais, moi, je vais avoir besoin du soutien de Ian pour convaincre les menuisiers. Je suppose que vous avez déjà choisi les femmes ?

— Oui, elles sont cinq. Meg Kildare, Sarah et Mary Cameron, Catherine MacTavish, et Elspeth MacDonald. Je leur ai parlé et elles sont d'accord. Mais je veux que vous alliez trouver leurs maris pour leur expliquer que ce projet leur sera très profitable.

— Je vais essayer.

— Je vous fais confiance, vous savez vous montrer très persuasif lorsque vous le voulez.

— Moins que vous, en tout cas. Et Deirdre, quand comptez-vous lui dire ?

— Ce soir.

Là, Kate savait qu'il lui faudrait plus que de la persuasion...

— Peut-être aurait-il été préférable de lui demander son avis d'abord, vous ne croyez pas ?

— Non, je voulais commencer par tout mettre en place.

— Je comprends pourquoi. Deirdre va constituer un obstacle majeur. Je ne voudrais pas être à votre place, Kate...

Kate ne cachait pas son impatience, ce soir-là, et, tout en tissant, Deirdre l'observait. Alors qu'elle s'étonnait de son silence, Kate finit par aborder le sujet qui lui tenait tant à cœur.

— J'aimerais que vous appreniez l'art du tissage aux femmes de Craighdhu.

— Tiens donc ! fit Deirdre, ironique.

— J'ai pensé que nous pourrions commencer avec cinq élèves. Et quand vous les jugeriez compétentes, vous prodigueriez votre enseignement à cinq autres. Et ainsi de suite.

— Je n'ai pas le temps, vous le savez bien.

— Très juste. Il vous faudrait consacrer au moins quatre heures par jour à vos élèves, ce qui signifie que vous devriez travailler plus dur encore. Mais je sais que le travail ne vous effraie pas. Nous pourrions toujours engager du personnel en ville pour vous soutenir dans votre tâche, et moi je ferais de mon mieux. J'ai appris à faire marcher la maison depuis que je suis là.

Deirdre regarda Kate avec une certaine méfiance.

— Quel but poursuivez-vous ? demanda-t-elle brusquement.

— Je ne vois pas pourquoi les Irlandais rafleraient tous les bénéfices. Les femmes écossaises ne sont pas plus bêtes que les autres et elles sont sûrement tout aussi habiles !

— Devrais-je priver mon peuple de ses ressources ?

— Ce n'est plus votre peuple, Deirdre. Vous êtes d'ici, maintenant, une des nôtres, et vous le savez tout aussi bien que moi. De plus, il y aura largement du travail pour tout le monde. Les lainages se vendent partout ; la demande est très importante.

— C'est vrai.

— Alors, vous voulez bien ?

— Non.

— Pourquoi ?

— Aucune femme d'ici ne m'écoutera. Elles ne m'aiment pas.

— J'y ai pensé aussi. Mais elles n'ont pas besoin de vous aimer. Elles n'ont qu'à vous respecter, tout simplement... et ne pas se laisser décontenancer par vos manières un peu brusques. J'ai d'ailleurs choisi des femmes assez sûres d'elles-mêmes pour vous tenir tête. Et si je m'étais trompée, eh bien, nous en choisirions d'autres. De toute façon, au début, je resterai avec vous pour arrondir les angles, si nécessaire. Vous êtes quelqu'un de bien, Deirdre. Elles apprendront à vous connaître. Comme moi je l'ai fait...

Deirdre resta silencieuse ; elle réfléchissait.

— Non, ça ne marchera jamais, dit-elle enfin. Je deviendrais folle à essayer de former ces maladroites.

— Mais elles ne le resteront pas longtemps, vous aurez tôt fait de leur donner des doigts de fée, Deirdre.

— Dès la première leçon, elles renonceront !

— Elles finiront toujours par revenir, et je vais vous dire pourquoi. Parce qu'elles vont trouver là une chance unique de se faire respecter et de trouver une place dans le monde. Ce qui est fort rare, vous le savez !

— Oui, mais leurs maris leur prendront ce qui leur appartient.

— Non, pas à Craighdhu.

— Les hommes sont les mêmes partout.

— Croyez-vous que Robert laissera les hommes d'ici traiter leurs femmes comme votre mari vous a traitée vous, Deirdre ?

— Peut-être pas, répondit la gouvernante.

— Alors, c'est d'accord, vous acceptez ?

— Et les métiers à tisser ?

— Ian MacTavish doit voir les menuisiers demain...

Kate commençait à reprendre espoir. Mais, elle le savait, la partie n'était pas encore gagnée !

— Que connaît-il à la fabrication des métiers à tisser, celui-là ? bougonna Deirdre. Il va falloir que j'aille moi-même choisir le bois et leur expliquer comment faire.

Kate ne discuta pas, de crainte de tout compromettre.

— Il appréciera sûrement votre aide, dit-elle.

— Sûrement pas, mais il faudra bien qu'il fasse avec. Je n'ai pas envie que toutes ces bécasses incapables travaillent sur des métiers mal faits.

Deirdre se remit à l'ouvrage.

— Et quatre heures par jour ne suffiront pas. Il leur en faudra au moins six. Et trois années de formation seront nécessaires pour que dans cinq ans environ elles deviennent des tisserandes dignes de ce nom.

Kate sentit son cœur se serrer. Elle ne serait certainement pas à Craighdhu pour assister à l'éclosion de ces nouveaux talents.

— Je veux qu'elles soient prêtes dans quatre ans, dit-elle. Est-ce possible ?

Deirdre se tourna vers elle et un sourire éclaira ses traits.

— Oh, oui ! C'est tout à fait possible, si vous me confiez de vraies femmes, pas des idiotes !

— Evidemment, tout cela pourrait n'être qu'une ruse ! déclara James. Ce Sebastian Landfield ne m'a pas l'air très franc.

— Tu as très bien fait de m'appeler, répondit Alec Malcolm. En tout cas, certains dires de ce Landfield sont justes. J'ai croisé MacDarren en venant à Edimbourg, et j'ai fait la connaissance de Katherine.

— Ah oui ? Est-elle aussi gracieuse que le dit Landfield ? demanda James d'un air renfrogné.

— Assez, oui, et, à mon avis, particulièrement intelligente.

— Ah, ça c'est ennuyeux ! bougonna James.

— Peut-être pas. Attendons de connaître la vérité. Tu as fait venir sa nourrice, Clara Merkert ?

— Oui, j'ai envoyé un escadron la chercher, elle est arrivée avant-hier. Elle se trouve au cachot.

— A-t-elle été interrogée ?

— Elle prétend ne rien savoir. Si ce n'est que, d'après elle, cette fille est née d'une putain et d'un homme de petite noblesse. Ce qui semble suspect, toutefois, c'est que cette femme soit originaire d'un village justement très proche de l'endroit où ma mère se rendait pour prendre les eaux.

— En même temps que Shrewsbury...

— Comme tu le dis, nous ignorons si tout cela est vrai. Tout allait si bien ! J'ai horreur des complications.

— Voilà pourquoi tu m'as fait venir, pour t'enlever tous tes soucis ! fit Malcolm d'un ton enjoué.

Le visage de James s'éclaira.

— Tu m'as réellement manqué, Alec. J'étais si furieux contre toi lorsque tu m'as quitté !

— Je ne pouvais pas m'éterniser à Edimbourg. Il est important que je surveille mes terres. MacDarren est une menace pour moi et, si tu m'en débarrassais, je viendrais plus souvent te voir.

— Tu sais que sans un motif sérieux je ne peux rien

contre un aristocrate aussi puissant que MacDarren. Tes conflits, tu dois les régler toi-même.

Alec s'attendait à cette réponse. James appréciait l'autorité qu'Alec exerçait sur lui, mais il ne lui permettait pas d'entraver ses ambitions personnelles ni de compromettre son bien-être.

— Dans ce cas, tu te passeras de ma compagnie.

— Tu es tellement excessif, Alec ! se fâcha James.

— C'est précisément ce qui fait mon charme à tes yeux. Bon, trêve de jérémiades ! As-tu soumis cette femme à la torture ? s'enquit Malcolm sur un tout autre ton.

— Pas encore. Je t'attendais, répliqua James. Tu seras beaucoup plus efficace que moi.

Malcolm commençait à en avoir assez de ce genre de gamineries. S'il s'était laissé aller, il aurait volontiers giflé James. Mais l'heure devait être à l'apaisement et non aux conflits.

— Bon, dit-il avec un sourire, cessons de nous chamailler pour des vétilles ! Tu sais combien je tiens à toi.

— Vraiment ?

— N'ai-je pas traversé les montagnes en plein hiver pour venir te voir ?

— Tu es si dur parfois ! Ce n'est pas gentil de me traiter avec cette rudesse, moi qui ai tant de fardeaux sur les épaules...

— Eh bien, je vais déjà t'en enlever un.

Malcolm vida un gobelet de vin d'un trait et le posa sur la table avec autorité.

— Quel âge a la femme Merkert ? demanda-t-il.

— Elle approche de la cinquantaine.

— Donc le supplice de la roue fera fort bien l'affaire, parce que le fouet...

— Je ne veux pas savoir, l'interrompit James avec une moue dégoûtée. Fais-le, c'est tout.

— Je ne veux que mes hommes dans les cachots. Et que personne ne s'en mêle !

— Tout ce que tu voudras.

— Voilà comme j'aime t'entendre parler, dit Malcolm en se levant. Tâche de t'en souvenir...

Le visage de James s'illumina d'un sourire.

— Me rejoindras-tu ce soir ?

— Comment pourrais-je te résister ? murmura Alec avant d'ajouter sèchement : mais j'ai plus important à faire avant cela. Je m'occuperai de toi quand j'en aurai le temps.

James avait-il pris cette Clara Merkert comme prétexte pour le faire venir à Edimbourg, ou bien était-il réellement menacé ? s'interrogeait maintenant Malcolm. Toute cette histoire lui semblait affreusement absurde, mais s'il y avait une once de vérité là-dedans, alors que de perspectives !

Le tout était donc de savoir comment les concrétiser...

— Nous allons élever des moutons, décréta Kate à Gavin. Nous en achèterons six aux Irlandais, pour commencer.

— Puis-je vous rappeler que cette île est trop petite pour des troupeaux de moutons ? observa Gavin.

— Nos terres sur la grande île ont des pâturages pour les accueillir.

— Alors, ça ne vous a pas suffi de chambouler Craighdhu avec le tissage, voilà que vous voulez maintenant nous transformer en bergers ? s'esclaffa Gavin.

— Pas du tout. Nous débuterons tout doucement. Mais une fois les tisserandes formées, j'aimerais pouvoir leur fournir notre propre laine.

— Je croyais que vous aviez assez à faire avec le tissage ?

— Deirdre a la situation bien en main à présent.

Et, en effet, les leçons se passaient mieux que prévu. Deirdre faisait preuve de souplesse et les femmes du clan avaient la volonté d'apprendre. Gagnées par l'enthousiasme de l'Irlandaise, elles s'appliquaient à longueur de journée sur leur métier. Les six heures prévues s'étaient rapidement transformées en huit heures, et parfois bien plus. Les femmes se sentaient désormais chez elles dans la chaumière qui leur servait d'atelier, et Kate espérait de tout cœur que les liens qui se nouaient seraient tout aussi bénéfiques à Deirdre qu'à Craighdhu.

— Il est temps pour moi de me consacrer à autre chose, continua Kate. Par exemple, convaincre les chefs de clan de la grande île qu'ils n'ont pas besoin d'aller jusqu'en Irlande pour s'enrichir.

Gavin but une gorgée de vin et éclata de rire.

— Rien que cela ?

Pourquoi les hommes couraient-ils le monde à la recherche de ce qu'ils pouvaient trouver chez eux ? Il suffisait parfois de regarder autour de soi. Mais sans doute était-ce dans leur nature... Cependant, Kate, elle, désirait de toutes ses forces faire s'épanouir le véritable potentiel de Craighdhu.

Ce pays lui avait tant donné depuis son arrivée ! Ici, elle avait appris à se maîtriser, à écouter, à réfléchir avant de parler. Elle avait aussi appris à aimer les autres. Elle avait découvert peu à peu les nombreuses qualités de cette contrée et de ses habitants. Ils étaient francs, bourrés d'humour, et ils croyaient dur comme fer qu'il n'y avait rien de mieux sur cette terre qu'un Highlander. Kate avait su gagner leur respect et leur confiance, mais pour cela elle n'avait pas ménagé sa peine. C'était un défi si enrichissant qu'elle n'avait aucune envie de s'arrêter en aussi bon chemin. Cet appétit d'apprendre, d'entreprendre, de réaliser, allait croissant à mesure que passaient les jours et que diminuait son temps de présence à Craighdhu.

— Vous me fournirez ces moutons, Gavin ?

— Il va vous falloir attendre un peu, sinon demandez à Ian.

Gavin resta un moment silencieux puis il reprit :

— Je m'en vais ce soir, Kate.

— Mais où...

Brusquement elle se souvint. La fille de Malcolm !

— Non, Gavin, non, je vous en prie !

— Jeanie a besoin de moi. Et moi j'ai besoin d'elle, ajouta-t-il avec un sourire.

— De toute évidence, Robert pense que c'est trop risqué.

— Beaucoup moins maintenant qu'Alec est à Edimbourg. C'est une chance inespérée. Allez, Kate, souhaitez-moi bonne chance ! fit-il joyeusement.

Rien ne le dissuaderait, c'était clair.

— Comment allez-vous procéder ? demanda Kate.

— Je soudoie des domestiques de Malcolm depuis des années pour qu'ils organisent nos rendez-vous ou nos échanges épistolaires. N'ayez pas peur, Kate. Ce n'est pas plus dangereux d'enlever Jeanie que de voler des chevaux à Cavendish.

— Et Duncan, le frère de Jeanie ?

— Il a de la sympathie pour moi et il n'aime pas son père. Je suis bien certain qu'il ne se lancera pas à nos trousses.

— Le ciel vous entende ! Où comptez-vous emmener Jeanie ?

— En Irlande. Je connais des gens là-bas qui nous cacheront. Mais je l'amènerai d'abord ici, pour un jour ou deux, le temps de me réconcilier avec Robert. Voilà, entre autres raisons, pourquoi j'ai attendu aussi longtemps. Robert devrait rentrer d'ici quelques jours, je pourrai donc le voir avant notre départ pour l'Irlande.

Kate se sentit soulagée. Pendant un instant elle avait eu peur de ne jamais revoir Gavin. Elle venait juste de comprendre qu'il avait pris une grande place dans son cœur.

— Il va être furieux, vous le savez.

— Je sais, oui. Et il sera surtout inquiet pour Craighdhu. J'ai attendu qu'il parte. Il aurait essayé d'entraver ma démarche, vous comprenez... ou bien il aurait cherché à m'aider. Je le place dans une situation impossible. Je suis un membre de son clan et je mets Craighdhu en danger. Cependant, je dois aussi penser à mon avenir avec Jeanie, conclut-il en se levant.

— Quand serez-vous de retour, Gavin ?

— Dans quatre jours au plus tard. Tout ce que je vous demande, Kate, c'est de préparer une chambre pour ma Jeanie et de lui réserver un chaleureux accueil.

— La chambre sera prête. Quant à l'accueil... nous verrons ! Pour vous faire courir pareil danger, cette femme doit être bien égoïste !

— Vous changerez d'avis en la voyant.

Gavin prit la main de Kate et la pressa doucement entre les siennes.

— Prierez-vous pour moi, Kate ?

— Bien sûr, maugréa-t-elle. Même si vous ne le méritez pas, pauvre fou !

— Ce sont les fous qui ont le plus besoin de prières, dit-il en s'en allant.

Edimbourg

Il fallait surtout qu'il ne laisse rien paraître de sa jubilation ! se recommanda Alec Malcolm en se dirigeant vers les appartements de James. Il ne devait en aucun cas éveiller les soupçons du monarque. Ce soir, tout particulièrement, il allait avoir du mal à jouer son rôle... Si on lui avait prédit pareille chance...

Un seul problème subsistait : la mort de cette femme ! En de telles circonstances, un témoin vivant était toujours préférable. Mais il avait obtenu ses aveux, cela devrait suffire. Il ferait en sorte que cela fût suffisant.

James écrivait, assis à sa table de travail. Il était enveloppé d'une robe de chambre rouge et or qui le rendait plus pâle encore. Le jeune souverain adorait la couleur rouge qui, à son sens, affirmait sa royale autorité. Alec en souriait, non sans quelque mépris. Pour être le maître, seul comptait ce qu'on avait au fond de soi, et non pas une tenue d'apparat !

— Je suis très en colère, dit James. Je t'attends depuis deux jours.

— La femme était solide, et tu sais que je travaillais pour toi.

— Alors, c'est fait ?

— Oui.

— Quels résultats ?

— Tes soupçons étaient justifiés, ce pasteur est un vieux fou.

— La femme disait donc la vérité ?

— Pas tout à fait.

Malcolm avait décidé d'enjoliver un peu le mensonge.

— La fille est née des amours du marquis de Frandal et d'une catholique du village dont le père était commerçant. Notre chaste Elizabeth avait un faible pour ledit marquis et a voulu le protéger de la calomnie — tu penses, frayer avec les papistes... Elle s'est donc elle-même chargée de faire disparaître l'enfant.

— Tu en es sûr ?

— Son supplice fut si terrible que notre prisonnière a été obligée d'avouer tout ce qu'elle savait ! Veux-tu que je te raconte l'interrogatoire ?

— Non, non, surtout pas !

— Plus tard, peut-être, fit Malcolm. J'ai aujourd'hui mon compte de cachots et de supplices. Mais un jour, je t'emmènerai assister à une de nos petites séances.

— Oh, non ! Je t'en prie, non, ça ne me plairait pas du tout !

Il le pensait vraiment. La torture en elle-même désarmait James. Toutefois, l'idée qu'Alec s'y adonnait lui procurait un plaisir secret et pervers. Ainsi, quelques mois plus tôt, Alec avait fouetté un domestique sous ses yeux. Aussitôt après, James lui avait pris la main, l'avait caressée longuement et y avait posé ses lèvres avec une sorte de jubilation...

— Enfin, voilà une sale affaire réglée, tant mieux ! soupira Alec. Evidemment, il va falloir se débarrasser du pasteur. Il en sait trop désormais !

— Et la femme Merkert ? s'enquit le roi.

— Elle est morte. Et c'est préférable, à mon avis.

Sage précaution si jamais Elizabeth prenait ombrage de ta façon de traiter un de ses sujets.

— Tu as pensé à tout.

— N'est-ce pas pour cela que tu m'as fait venir ? Mon affection pour toi est si grande qu'un seul mot de toi me fait accourir. Enlève mes bottes, ordonna-t-il après une courte pause.

James se livra alors à son petit jeu habituel. Il hésita, d'abord. Mais la lueur d'excitation dans son regard pâle n'échappa guère à Alec. Puis il se leva et s'approcha du fauteuil.

— Tu mérites une récompense, je suppose, dit-il sur un ton désinvolte. Combien de temps comptes-tu rester avec moi ? ajouta-t-il plus doucement.

Alec désirait s'en aller sur-le-champ, le lendemain au plus tard. Enfin, l'occasion tant attendue se présentait à lui ! Il piaffait d'impatience. Mais il lui faudrait d'abord jouer le jeu de ce gringalet… et agir avec la plus grande prudence.

— Une semaine, répondit-il.

Un trône à l'horizon, cela valait bien un petit sacrifice, non ?

— Seulement si tu es bien sage et très, très obéissant, ajouta-t-il avec un petit sourire cruel.

10

Gavin frappa à la porte de Kate, en pleine nuit, le surlendemain. Jeanie l'accompagnait.

— Pardon de vous réveiller, Kate, dit-il, mais nous venons d'arriver. Je tenais à vous présenter Jeanie.

— C'est très aimable de bien vouloir m'héberger, chuchota cette dernière. Je promets de ne pas vous déranger.

Jeanie était ravissante. Kate comprenait maintenant pourquoi Gavin avait risqué sa vie pour elle. Sous une mante de velours, elle portait une élégante robe bleu foncé qui mettait en valeur ses yeux violets et ses cheveux de lin. Avec ses traits délicats et son air timide, elle ressemblait presque à une enfant.

— Soyez la bienvenue à Craighdhu, dit poliment Kate.

La jeune femme s'effaça pour les laisser entrer.

— Tu vois bien, je te disais qu'il n'y aurait aucun problème ! s'exclama Gavin en souriant. D'ailleurs, qui pourrait te résister, mon amour ?

Qui, en effet ? s'interrogea Kate. Jeanie Malcolm ressemblait à ces princesses mythiques que les hommes rêvent tous d'enlever...

Comme Kate s'étonnait de la rapidité de l'expédition, Gavin fit en riant le récit de leurs aventures.

— Il est arrivé comme le Chevalier blanc, murmura Jeanie avec un sourire radieux. Il était magnifique !

Gavin annonça qu'il retournait tout de suite sur la

grande île chercher le prêtre qui les unirait. Jeanie était lasse, dit-elle, et elle avait faim ; elle demanda à Gavin un peu de fromage ou quelques fruits.

— Je vais réveiller Deirdre et la prier de...

— Non, l'implora Jeanie. Va toi-même aux cuisines, s'il te plaît. Je ne veux plus me trouver face à des inconnus, pas pour l'instant...

Gavin ne résistait pas à son sourire, Kate le vit bien. Il déposa un baiser sur la main de sa bien-aimée et se tourna vers Kate.

— Occupez-vous d'elle, voulez-vous ? Je reviens.

Dès qu'elles furent seules, Kate eut la surprise de voir la jeune fille timide changer radicalement d'attitude. Refusant la boisson que Kate lui proposait, Jeanie s'assit sur le tabouret près de la porte et déclara froidement :

— Gavin va revenir d'un instant à l'autre, alors hâtons-nous de trouver un arrangement. D'abord, inutile de vous inquiéter pour lui, je suis là pour le protéger.

— Le protéger ? Vous ? fit Kate, sidérée.

— Nous le savons, vous et moi, Gavin a besoin que quelqu'un veille sur lui. A la façon dont vous m'avez regardée lorsque je suis entrée, j'ai deviné que vous vous méfiiez de moi. Vous pensez sûrement que je peux lui faire courir un danger. En chemin, il m'a beaucoup parlé de vous. Au début, cela m'a contrariée et rendue jalouse. Je vous imaginais éprise de lui. Mais à présent, je crois que vous êtes simplement des amis.

— Et s'il y avait eu autre chose ? demanda Kate, intriguée.

— Je vous en aurais ôté l'envie, répliqua Jeanie avec un sourire. Au péril de ma vie.

Ce fut dit d'une voix douce mais avec une terrible détermination. Et Kate en eut froid dans le dos.

— Vous comprenez, je ne supporterais pas que mon Gavin soit tenté par une autre femme. Notre vie serait un enfer.

— De toute façon, vous allez en Irlande.

— Mais pas pour toujours. Le cœur de Gavin est ici. Et je ne veux pas qu'il soit malheureux.

— Lui en avez-vous parlé ?

— Pas encore. Il doit d'abord s'habituer à moi, avant que je ne lui dévoile ma véritable personnalité, répondit Jeanie avec un sourire.

— Vous lui mentez, alors ?

— Pas du tout, se défendit Jeanie. Tout simplement, je... Et même si je lui mentais, dit-elle soudain, cela ne serait que pour le conquérir. Je l'aime. Et je veux qu'il m'aime. Il semblerait que les hommes aiment plus facilement les femmes douces et soumises. Là est mon seul mensonge !

Kate secoua la tête sans comprendre et Jeanie poursuivit :

— Je ne suis pas comme vous. Gavin m'a dit que vous êtes une battante, et il vous admire. Mais moi, je sais qu'il y a d'autres moyens d'arriver à ses fins. Remarquez, on a du mal à se défaire d'un masque. Il y a si longtemps que je suis telle que mon père désire me voir, c'est devenu une seconde nature... !

Kate éprouva une soudaine sympathie pour la jeune fille. De quel droit jugeait-elle les méthodes employées par Jeanie pour survivre ? Avait-elle eu le choix avec un père tel qu'Alec Malcolm ?

— Vous ne pourrez pas éternellement leurrer Gavin, Jeanie.

— Et je n'en ai pas envie. Cependant, pour l'instant, c'est préférable. Notre chemin est semé d'embûches, Kate. J'ai un monstre pour père ! Sa cruauté a fini par tuer ma mère. Je ne le laisserai pas s'attaquer à Gavin. Sur ce point-là, je suppose que nous sommes d'accord, n'est-ce pas ? Me croyez-vous, Kate ?

— Oui. Seulement, j'ignore comment vous pourrez empêcher votre père de faire du mal à Gavin.

— Je l'ignore moi aussi. Je vais y réfléchir.

— Une chose m'étonne pourtant, déclara Kate, à nouveau méfiante. Comment Gavin a-t-il pu vous enlever aussi facilement ?

— Il m'avait fait savoir qu'il viendrait. J'ai alors

soudoyé le garçon d'écurie et mis un somnifère dans le vin de la sentinelle. Mais n'en soufflez pas mot à Gavin, je vous en prie, ne lui gâchez pas son plaisir...

Jeanie se leva.

— J'espère que Gavin ne va pas tarder. Il faut qu'il aille chercher ce prêtre ! Il veut attendre le retour de Robert pour le mariage, mais j'ai bien peur que mon père ne revienne plus tôt que prévu. Sachant Robert à Craighdhu, il ne s'attardera sûrement pas à Edimbourg. Nous devons donc nous marier sans délai et partir d'ici le plus vite possible.

— Vous vous mariez devant un prêtre ?

— Oui, devant Dieu et les hommes pour l'éternité. Moi, je ne veux pas de ces unions temporaires qui...

Jeanie s'interrompit en voyant l'expression de Kate.

— Non, ne me dites pas... Cela s'est passé ainsi pour vous et Robert ? On dit de lui qu'il est dur. Vous n'avez pas choisi le chemin le plus facile.

— Je n'ai rien choisi du tout. On a choisi pour moi.

— Alors tant pis pour vous ! Vous auriez dû vous battre. Un homme essaie toujours d'imposer sa seule volonté à une femme. Or, il y a toujours un moyen d'éviter ce genre d'enfermement. A vous de trouver celui qui vous convient. Il est clair que vous avez laissé les hommes semer la confusion dans votre esprit. Moi, je ne... Nous en reparlerons plus tard, s'interrompit Jeanie.

Le pas de Gavin résonna soudain dans le couloir et les deux femmes se regardèrent en silence.

Le jeune homme entra avec du pain, du fromage et une pomme sur un plateau.

— Cela suffira-t-il ? demanda-t-il d'un air timide à Jeanie. Voudrais-tu aussi un peu de vin ? Vous ne lui avez donc rien donné à boire, Kate ?

— Kate s'est montrée très aimable, répondit Jeanie en lui souriant. Je me sens beaucoup mieux. A présent, j'aimerais aller dans ma chambre. Et je dégusterai ce merveilleux repas avant de me coucher.

— Je vous conduis, dit Kate en prenant son bougeoir. C'est la troisième porte à droite dans le couloir.

— Retournez dormir, Kate, je n'avais pas l'intention de vous déranger, fit Gavin. Je voulais simplement que vous fassiez la connaissance de Jeanie. N'est-elle pas comme je vous l'avais décrite ?

— Gavin, je t'en prie... le pressa Jeanie timidement.

— Oh, non, Gavin ! murmura Kate. Votre Jeanie est bien plus que cela encore... !

Le surlendemain, vers midi, l'*Irish Princess* était déjà en vue, ce qui provoqua très rapidement une folle effervescence à Craighdhu. Kate apprit la nouvelle alors qu'elle se trouvait occupée à l'atelier de tissage. Par bonheur, le climat de liesse qui régnait subitement autour d'elle lui permit de dissimuler sa nervosité. Le mieux aurait été de regagner le château et d'attendre dans la dignité que Robert l'y rejoigne. Pourquoi, en effet, devrait-elle courir à sa rencontre, comme un petit enfant en mal d'affection ?

Kate s'en alla lentement par les ruelles qui descendaient au port, bousculée, emportée par la foule, attirée malgré elle vers le débarcadère...

Robert était de retour ! Et tout son être rayonnait de bonheur ! Mais il revenait pour Craighdhu. Pas pour elle. Elle ne comptait pas pour lui, elle n'était qu'un corps qui, éventuellement, lui donnait du plaisir. Cette pensée aurait dû atténuer la joie qui grandissait en elle à chaque pas. Mais non, elle marchait tout à coup sur un petit nuage...

Robert était de retour, elle allait le retrouver !

Elle était là.

Robert ne s'attendait pas à la voir sur le port. Elle était si furieuse le jour de son départ ! Elle se tenait derrière la foule en délire, toute menue dans sa mante brune soulevée par le vent.

— Ta chère et tendre épouse semble avoir passé l'éponge, remarqua Jock. J'aurais préféré le contraire.

Robert ne lui prêta pas attention et descendit la

passerelle. Comme toujours, c'était un grand bonheur de retrouver Craighdhu. Mais cette fois, il était plus comblé encore que de coutume !

Il se fraya un chemin dans la foule et vint se planter devant Kate.

— Tu m'as l'air en excellente santé, dit-il.

Kate inclina la tête sans un mot.

— Et Gavin, comment va-t-il ? demanda Robert.

— Bien. Très bien. Ton voyage s'est-il bien passé ?

Robert vit que son retour lui faisait plaisir et c'était fort agréable.

— A merveille ! répondit-il.

Il eut soudain violemment envie d'elle. Comment réagirait-elle s'il l'entraînait, là, tout de suite, dans un endroit à l'abri des regards ?

— J'ai un cadeau pour toi, Kate.

— Un cadeau... ?

Elle avait une bouche exquise. Et elle sentait si bon la lavande ! Elle montrait, en outre, de l'audace et du cran, c'était une femme qui savait lancer des défis : à elle-même, à lui, au monde entier. Tout cela la rendait plus désirable encore. Et elle lui avait tant manqué !

— Oui, il est à bord, je vais le faire porter au...

Jock les rejoignit à ce moment-là.

— Tu n'as rien oublié, Robert ? fit-il, un peu embarrassé. Bonjour, Milady. Excusez-moi pour cette intrusion, je dois consulter Robert.

S'écartant légèrement, il livra passage à une superbe créature aux yeux bleus... une brune pulpeuse aux courbes généreuses moulées dans une robe au décolleté profond.

— Que dois-je faire de cette charmante enfant, Robert ?

La belle brune gloussa en posant une main caressante sur le bras de Jock.

— La même chose que pendant la traversée, pardi ! fit-elle en éclatant de rire. Ce fut plutôt agréable ! Et je n'ai pas de raison de me plaindre, tu sais...

Kate ouvrit des yeux ébahis en se tournant vers

Robert qui semblait soudain exaspéré. Sans aucun doute, Jock tentait de semer la zizanie… Et Robert se promit de lui régler son compte à la première occasion.

— Tu ne présentes pas notre visiteuse ? demanda-t-il.

— Norah Kerry, marmonna Robert en entraînant Kate.

— Je conduirai Norah au château à la tombée de la nuit, lança Jock. A quoi bon l'avoir amenée jusqu'ici si on ne fait plus appel à ses services ?

Il allait tout gâcher, ce bougre d'idiot ! Robert sentait déjà que Kate s'était crispée.

— Quels services ? murmura-t-elle.

— Ce n'est rien. Gavin t'a fait visiter Craighdhu ?

— La ville seulement. J'ai été très occupée.

Kate jeta un coup d'œil en arrière vers Jock et Norah.

— Quels services ? insista-t-elle.

Inutile d'éluder plus longtemps. La curiosité de Kate était en éveil, elle n'aurait de cesse qu'il ne lui réponde.

— C'est une putain.

Kate s'écarta vivement de Robert et pressa le pas.

— Je comprends en effet que ton voyage ait été si merveilleux ! Mais tu n'avais pas besoin de lui tourner le dos pour me ménager.

— Ce n'est pas du tout ce que tu…

— Ne te moque pas de moi ; si j'en crois ton tempérament, tu n'as pas dû pouvoir résister bien longtemps.

— Tu racontes n'importe…

— Elle semble très charmante, et s'est sûrement montrée fort serviable !

— En effet, mais pas avec moi. C'est Jock qui l'a mise dans son lit.

— Et maintenant, c'est ton tour ?

— Si j'avais voulu coucher avec elle, ce serait déjà fait. Il nous est souvent arrivé de partager des femmes, Jock et moi.

Idiot ! Encore une grave erreur. Le tableau qu'il était en train de brosser à Kate ne lui plaisait pas du tout, il le voyait bien. D'ailleurs, quelle femme aurait pu s'en satisfaire ?

— Jock va l'amener au château pour…

— Vos histoires de catins ne m'intéressent pas ! Du reste, tu as bien fait de ramener celle-là. Tu ne vas plus pouvoir me toucher sans risquer de mettre Craighdhu en péril, car je ne suis pas enceinte.

Pendant toute la durée de son voyage, Robert avait évité de songer à cette possibilité. Kate seule y avait consacré nombre de ses pensées.

— Tu en es sûre ?

— Absolument certaine. De toute façon, je t'aurais interdit ma chambre. Tu auras donc tout loisir d'aller retrouver ta Norah et…

— Sacrebleu !

Robert saisit Kate aux épaules et la serra contre lui.

— Je me passerai de ta permission pour coucher avec une prostituée ou avec ma femme ! Si j'en ai envie, je le ferai. C'est moi qui décide !

— Lâche-moi !

— Pas tant que tu ne m'auras pas écouté. J'ai ramené cette femme non pour moi, mais pour Gavin.

— Gavin ? Mais pourquoi ?

— Jock dit qu'elle est gaie. Et Dieu sait combien Gavin a besoin qu'on l'égaye ! Avant qu'il ne finisse sur la roue…

— Eh bien… pour l'instant, ce n'est pas tellement Gavin qui court un danger ! Mieux vaudrait, je crois, que cette femme ne vienne pas au château.

— Elle sera discrète, je te promets, tu la verras à peine. Mais Gavin a tellement besoin de…

— Gavin a tout ce qu'il faut en ce moment. Mais si tu veux que cette femme vive assez longtemps pour prodiguer ses services à d'autres hommes, alors fais en sorte que Jeanie ignore sa présence sur l'île !

— Jeanie ? répéta Robert, soudain alarmé. Elle est ici ?

— Gavin l'a enlevée il y a deux jours. Ils se marient ce soir.

— Impossible !

— Tu ne les en empêcheras pas, à moins que tu ne veuilles la mort de Gavin ! Ils partent demain pour l'Irlande. Alors, ne t'inquiète pas, ils ne mettront pas ton Craighdhu en péril, ajouta Kate sur un ton amer.

— Malcolm se lancera à leurs trousses.

— Gavin dit qu'il connaît des gens là-bas qui les cacheront.

— C'est de la folie ! Malcolm tranchera la gorge de Gavin dès qu'il le pourra et Jeanie se retrouvera veuve à peine mariée. Veux-tu que je te parle du châtiment qu'il fera subir à cette enfant ? En comparaison, Sebastian était un agneau...

— Jeanie est prête à courir le risque. Elle a beaucoup plus de caractère que tu ne le penses. Si tu en veux confirmation, envoie la catin à Gavin, et tu verras...

— Il faut que j'aie une conversation avec Gavin, fit Robert.

Immédiatement, il se mit en route vers le château. Kate lui emboîta le pas.

— Gavin avait prévu ta réaction, dit la jeune femme. Jeanie et lui ont donc attendu ton retour. Gavin désire ta bénédiction, je crois.

— Il ne l'aura pas.

— Souhaite-lui au moins bonne chance ! Il le mérite.

— Il mérite plutôt une bonne rossée, oui, pour lui remettre les idées en place !

— Parce qu'il a eu le courage de mettre en danger ton précieux Craighdhu ? Eh bien, moi je trouve qu'il a fort bien fait ! Il n'est pas condamné à passer sa vie attaché à un rocher en pleine mer ! Quant à Jeanie Malcolm, je sais seulement qu'elle a du courage à revendre. Tu es vraiment un idiot si tu ne vois pas que Gavin... Que vas-tu faire ? Tu ne peux pas la renvoyer chez son père ! Moi, en tout cas, je ne le permettrai pas ! Tu n'as pas le droit de gâcher ainsi leur bonheur.

— Oui, mais j'ai le droit de leur sauver la vie !

— Ce ne sont pas tes affaires. Gavin n'est plus un enfant. Il a choisi l'existence qu'il a envie de mener.

— Comme toi…

Et tout en parlant ils atteignirent le pont-levis.

— Ah, parce que j'ai eu le choix ? reprit Kate rageusement. Elizabeth m'a donnée à toi, tu m'as prise et amenée ici.

— J'ai payé le prix fort, si ma mémoire est bonne !

— Une maison ? lança-t-elle en s'arrêtant brusquement. Promesse sans lendemain, oui ! Oh, et de toute façon, c'est de Gavin et Jeanie que nous parlions !

— Ne serait-il pas préférable de leur parler directement ? demanda soudain Gavin avec ironie.

Gavin et Jeanie venaient à leur rencontre. Un peu pâle, le jeune homme se planta devant Robert et s'arma de courage afin de l'affronter.

— Je suis heureux que tu sois de retour, Robert. Tu arrives juste à temps pour notre mariage.

— Je suppose que tu es conscient des conséquences ? demanda Robert.

— Je me réjouis des conséquences… Et puis, que sait-on du destin tant qu'il ne s'est pas accompli ? répondit le jeune homme.

— Alors, que le ciel te vienne en aide !

Sur ces mots, Robert s'éloigna à grands pas et rejoignit la cour du château.

— Il ne m'a pas jeté dans les douves, c'est un bon présage, confia Gavin à Jeanie. La première bataille est déjà finie, mon amour.

— Et tu t'es bien battu. Mais peut-être irai-je lui dire deux mots, moi aussi, quand il se sera calmé.

Kate ne revit pas Robert de la journée. En fin d'après-midi, cependant, elle s'arrangea pour se trouver dans la cour à l'arrivée de Jock Candaron. Il était seul et apportait une malle en cuir.

— Monte cette malle dans les appartements de Lady MacDarren, ordonna-t-il à un garçon d'écurie. C'est un cadeau de son cher mari.

Jock remarqua que Kate paraissait soulagée de ne pas voir Norah Kerry.

— J'ai laissé notre belle visiteuse à l'auberge. J'ai vu Robert sur le port ; on n'a pas besoin d'elle ici, semble-t-il. Dommage ! Mais je trouve ce jeune Gavin bien trop sentimental ! Pas du tout comme Robert. Lui, il est plutôt comme moi ; ses passions ne doivent pas lui apporter de complications !

— Norah Kerry, par exemple ?

— Non, Robert l'avait choisie pour Gavin. Lui, il préfère les femmes de caractère. Vous, par exemple, vous l'avez conquis. Au fait, attendez-vous un enfant ?

Kate fut interloquée par la brutalité de la question.

— Non.

— Tant mieux pour notre salut.

— Robert vous a dit qui était ma… qui je suis ?

— Croyez-vous qu'il ne l'aurait pas fait ? Vraiment ? Apprenez que je suis ici pour défendre Craighdhu… Je l'ai traité d'idiot lorsqu'il m'a confié la nouvelle.

Jock marqua une pause avant de porter l'ultime coup, celui qui se doit d'être mortel :

— Mais il m'a assuré que c'était une simple attirance physique, donc ça passera, il le sait tout aussi bien que moi.

— Par conséquent, vous n'avez pas de souci à vous faire, rétorqua Kate.

La jeune femme était blessée au plus profond de son être, mais elle s'efforça de ne rien montrer de ses véritables sentiments. Jock la regarda un instant puis il reprit sur un ton plus dur encore :

— Je le pensais, en effet… jusqu'à ce que Robert et moi bavardions avec Deirdre et certaines autres personnes. Vous avez accompli du beau travail en notre absence.

— J'ai essayé d'apporter ma contribution, c'est tout.

— Dites plutôt que vous vous êtes fait un nid.

Inutile de nier avec Jock ce qu'elle avait refusé d'admettre dans le secret de son cœur. Il fallait pourtant qu'elle se défende.

— Un nid sans couvée, ce n'est pas une menace pour vous.

— Pas encore. Mais sachez que si vous décidiez de prendre Robert dans ce piège, j'en serais très contrarié, ajouta-t-il en souriant.

Kate frissonna. On ne pouvait être plus clair. Ce Jock Candaron était décidément un homme fort dangereux.

— Et que feriez-vous dans ce cas ?

— Mon devoir, répondit-il tranquillement. Je fais toujours mon devoir, Kate, j'ai la passion du devoir.

Il tourna bride en direction du pont-levis.

— Et maintenant, excusez-moi, je dois vous quitter. Robert m'attend chez moi, nous devons parler affaires.

Jock l'avait pour la première fois appelée par son prénom, indiquant délibérément qu'il ne la respectait pas davantage qu'une Norah Kerry.

— Je vous prie de ne pas dire « Kate » en vous adressant à moi, fit-elle sèchement. Je préfère que vous m'appeliez Katherine, comme le font généralement mes ennemis !

Jock sourit de nouveau et éperonna son cheval.

— A ce soir, Katherine, au mariage. La fête va battre son plein !

Kate le suivit des yeux, le cœur et la gorge noués par l'angoisse. Le devoir, pour Jock, cela pouvait être tout simplement un coup de poignard... La jeune femme frissonna à nouveau. Puis elle se ressaisit et s'en voulut d'avoir de telles pensées. Il ne pouvait rien lui interdire, il n'avait aucun droit ni aucun pouvoir sur elle. Absolument aucun ! Tout cela n'avait pas de sens! Par ailleurs, pourquoi accorder tant d'importance à sa personne? Elle ne demandait finalement que peu de chose. Son seul véritable désir était de vivre en paix à Craighdhu, aux côtés de Robert et de leurs enfants. Sa seule ambition était de connaître des joies et un mode de vie qui lui avaient toujours été interdits. Alors personne ne pourrait lui retirer ce bonheur...

Lorsqu'elle monta dans sa chambre, Kate y trouva Jeanie agenouillée devant la grande malle ouverte, en train d'admirer des velours et des soieries aux tons chatoyants.

— Ces robes sont magnifiques, Kate! Je vais peut-être me montrer plus indulgente que prévu avec Robert. On dit que les puissants sont souvent avares, mais pas lui, semble-t-il.

Puis, remarquant que Kate, les yeux étincelants de colère, regardait à peine toutes ces merveilles, Jeanie s'étonna.

— Elles ne vous plaisent pas?

— Ce genre de vêtements ne me vont pas. Prenez ce qui vous fait envie.

— J'ai ma garde-robe avec moi... une multitude de toilettes superbes destinées à ma présentation à la cour. Mon père avait pris soin de cela! Mais vous, pourquoi ne portez-vous que des couleurs ternes, Kate? Au moins tout ceci a de l'éclat et vous mettra en valeur. Les hommes aiment cela, vous savez.

— Pas Robert.

— Pourquoi alors vous aurait-il offert les armes mêmes de la séduction, pourquoi cette malle remplie de si beaux atours?

— Je n'ai pas envie de le savoir! Tout ce que je veux, c'est qu'on me laisse vivre en paix, et seule!

Kate referma la malle d'un coup sec, et Jeanie se leva.

— J'ai plutôt l'impression que vous désirez exactement le contraire. Pourquoi vous cachez-vous la vérité? Est-ce par crainte de souffrir à nouveau?

Kate resta silencieuse. Brusquement, elle songea que Jeanie avait peut-être raison et elle se sentit de fort mauvaise humeur...

— Je vais appeler Deirdre pour qu'elle vous fasse préparer un bain, déclara Jeanie. Mais essayez déjà de vous détendre.

— Non, non, je n'ai pas le temps. Il faut encore que je passe aux cuisines, et puis je ne sais pas si les fleurs...

— Deirdre s'en chargera, la coupa Jeanie avec fermeté.

Elle se dirigea vers la porte et ajouta sans se retourner :

— Après votre bain, je viendrai vous habiller. Et faire de vous la femme que vous devriez être.

— Je suis très bien comme je suis.

— Les armes de la séduction, Kate... lui rappela Jeanie avec malice.

— Pourquoi voulez-vous me transformer ? demanda Kate.

— Pour bien des raisons. D'abord, parce qu'il est toujours bon de révéler notre pouvoir aux hommes. Et aussi parce que...

Jeanie sourit. Mais ce n'était plus le sourire plein de grâce qui trompait son monde...

— ... je commence à éprouver une réelle affection pour vous !

C'est réciproque, songea Kate après le départ de Jeanie. Et cette pensée lui réchauffa le cœur. Soudain, elle avait moins de colère en elle, moins de douleur aussi. Elle se tourna lentement vers la grosse malle en cuir et en souleva le couvercle.

Les armes de la séduction ! Les propos de Jeanie résonnaient encore à ses oreilles tandis qu'elle caressait timidement le col d'une superbe robe de velours rouge. Comment séduirait-elle Robert ? Elle avait déjà essayé, sans succès, et elle n'y avait rien gagné d'autre que du chagrin...

Seulement, voilà, à l'époque, elle n'était encore qu'une enfant qui poursuivait un rêve. Elle était aujourd'hui une femme, avec la détermination et les objectifs d'une femme!...

Jeanie semblait très sûre d'elle, les moyens qu'elle suggérait devaient être efficaces. Mais séduire pour séduire n'était pas du tout dans le caractère de Kate.

Après de nombreuses tergiversations, la châtelaine de Craighdhu se décida cependant à faire un effort pour être présentable au mariage de Jeanie et de Gavin.

11

Lorsque Gavin aperçut Kate qui descendait l'escalier son visage s'illumina.

— Vous êtes splendide ! Serait-ce en notre honneur ?

— Evidemment, répondit Kate en effleurant sa robe de velours. C'est Jeanie elle-même qui a choisi ma tenue en insistant pour que je porte cette couleur. Elle prétend que cela me va bien.

— Et elle a raison, comme toujours ! Quel flair elle a, ma Jeanie ! C'est une nuance audacieuse pour une belle intrépide.

— Vous n'êtes pas mal non plus, Gavin !

Kate le trouvait tout simplement superbe dans sa chemise d'un blanc immaculé. Une broche en argent sertie d'améthystes ornait l'écharpe en tartan qu'il portait en travers de la poitrine. Un petit béret à plumet accentuait son côté juvénile. Gavin n'était encore qu'un enfant, songea Kate, le cœur serré, incapable de percer le masque derrière lequel se cachait le vrai visage de celle qu'il aimait. Comment allait-il s'en sortir, hors de Craighdhu, avec le diable à ses trousses ? Kate essaya de dissimuler son angoisse en pratiquant l'humour.

— Ne craignez-vous pas de prendre froid en jupe ? le taquina-t-elle gentiment. Et de compromettre votre nuit de noces ?

— C'est un kilt ! protesta-t-il. Combien de fois faudra-t-il vous le rép…

Gavin s'interrompit en voyant le sourire malicieux de la jeune fille.

— Oh, vous me faites marcher, Kate ! Quant à ma nuit de noces... soyez sans crainte, je n'aurai pas froid, et quand bien même, cela n'altérerait en rien mes ardeurs !

Il redevint soudain sérieux.

— Je suis tellement heureux, si vous saviez, Kate ! J'aime tant Jeanie, que serais-je sans elle ?

Qu'allait-il devenir avec cette femme aux deux visages ? s'inquiéta à nouveau Kate, qui pâlit sans s'en rendre compte. Gavin le remarqua.

— Pourquoi cet air soucieux, Kate ?

— Pour rien. Je... Oui, vous avez Jeanie, et elle vous aime, mais...

Comment aller plus avant sans trahir la jeune fille ? De toute manière, épris comme il l'était, Gavin ne la croirait sûrement pas. Il valait mieux changer de sujet.

— Si vous avez un moment, venez donc au cellier avec moi, vous m'aiderez à choisir le vin de votre repas de noces ! fit-elle d'un air enjoué.

Gavin fixait le sol, son expression ne révélait rien.

— Je préfère la bière de bruyère, dit-il enfin. Douce en surface, forte et violente au-dessous. Tout ce que j'aime, conclut-il en levant les yeux vers Kate.

Kate retint son souffle. Gavin ne parlait pas de la bière, et il était moins naïf qu'elle ne l'avait supposé...

— Je ne suis pas un imbécile, ajouta-t-il doucement. Croyez-vous que je puisse être à ce point aveugle ? Je connais le vrai caractère de ma Jeanie... Elle a eu la vie dure, mais un jour viendra où elle me fera suffisamment confiance pour se livrer totalement.

Pendant un instant, Gavin se fit silencieux et songeur. Mais très vite il retrouva ses allures de gamin insouciant. Alors, il s'empara joyeusement de deux pichets de bière et il annonça qu'il allait les apporter à Robert.

— Il est chez Jock en ce moment. Et si j'arrive à le

faire boire, peut-être se laissera-t-il convaincre d'assister à la messe de mariage.

— Vous pensez qu'il pourrait ne pas venir ?

— Il était en colère. En outre, Robert peut être très rancunier. Mais, tant pis, on verra bien !

Gavin allait sortir, ses pichets à la main, lorsqu'il se ravisa.

— Ah, à propos, vous ai-je parlé de la cornemuse ?

Alarmée, Kate s'attendait au pire quand il continua :

— Jeanie m'a dit que vous n'aviez rien prévu en fait de musique, alors je m'en suis occupé. Je sais, la cornemuse, ce n'est pas très habituel dans les mariages, mais... j'ai vraiment envie d'entendre ses sons aigrelets au moment où ma Jeanie s'avancera vers moi dans l'église.

Kate suggéra le luth, plus romantique pour la circonstance, mais Gavin ne voulut pas en entendre parler.

— J'aurais tant aimé jouer de la cornemuse moi-même pour accompagner Jeanie à l'autel ! Mais je sais que dans mon état d'excitation, il me sera impossible d'en tirer la moindre note ! J'ai donc confié cet honneur à Tim MacDougal.

Kate était au désespoir. Elle avait tellement travaillé pour que la fête soit réussie ! Et voilà qu'ils couraient maintenant à la catastrophe...

Gavin sentit son appréhension et se voulut rassurant.

— Vous verrez, Kate, ce sera époustouflant ! affirma-t-il avec un grand sourire. Tim joue presque aussi bien que moi.

Robert se trouvait déjà chez Jock lorsque ce dernier entra.

— Bobby MacGrath a envoyé un message en notre absence, annonça-t-il. Il paraît qu'Alec vient de passer deux jours dans les cachots du palais royal.

— A pratiquer son sport favori, je présume. Sait-on qui en a fait les frais cette fois ?

— Non, le secret n'a pas été ébruité. James avait fait renvoyer les gardes, paraît-il. Pour l'instant, Bobby n'a pas réussi à découvrir l'identité de la femme, mais il m'a affirmé qu'il allait persévérer...

— Une femme ? répéta Jock en leur servant du vin.

— Alec n'a pas quitté la cour. D'après Bobby, qui ne le perd pas de vue, il n'a d'autre occupation que de tenir compagnie à James.

— Je ne vois pas du tout le rapport avec ce qui nous concerne.

— Moi non plus. Mais Alec nous réserve parfois des surprises. Jock, je veux que tu repartes pour l'Irlande dès demain, fit Robert entre deux gorgées.

— Je m'en doutais. Et Gavin ?

— Trouve-lui un abri sûr.

— Je ferai de mon mieux. Cependant ça ne suffira peut-être pas.

Robert se laissa aller avec lassitude contre le dossier de sa chaise.

— Il n'est pas tout seul, poursuivit Jock. En outre, je n'ai pas très envie de te laisser ici pour...

— Tu vas en Irlande, point final, l'interrompit froidement Robert.

— Mon devoir m'impose toutefois de t'en parler, rétorqua Jock d'un ton moqueur. Je devrais rester afin de te protéger du danger qui pointe à l'horizon. A propos, je viens d'aller rendre visite à ta gracieuse épouse.

— Pourquoi ? demanda Robert avec irritation.

— Tu vois, tu t'énerves tout de suite ! Tu deviens très protecteur ! Et, à mon avis, c'est fort dangereux.

— Pourquoi es-tu allé la voir ? reprit Robert, de plus en plus nerveux.

— Je suis simplement allé lui porter la malle que tu lui as rapportée d'Irlande, répondit Jock innocemment. Que serais-je allé faire d'autre ? A propos, Robert, tu devrais enfin comprendre qu'elle n'a pas besoin de ta protection. En notre absence, elle a réussi à se gagner les bonnes grâces de tous les habitants de Craighdhu, nous en avons eu la preuve cet après-midi !

— Il n'y a rien de mal à cela.

— On disait la même chose lorsque sa mère usait de son charme auprès des gens.

— Kate n'est pas comme sa mère.

— Non, elle fait encore plus de ravages !

— Elle a un furieux appétit de vivre, elle est curieuse de tout, tu ne peux pas le lui reprocher.

— Je le pourrais, bien sûr, si par malheur elle menait Craighdhu à sa perte...

— Je ne la laisserais pas faire.

— ... ou si elle t'anéantissait, poursuivit Jock.

Robert se tut. Jock avait vu juste, ce n'était pas la faute de Kate, mais il avait l'impression d'être consumé à petit feu par ses émotions.

— Tu ne réponds pas, observa Jock. Serait-ce parce que...

Un coup frappé à la porte l'interrompit.

— Robert ? appela gaiement Gavin. Jock ! Ouvre-moi ! J'apporte deux pichets de la meilleure bière écossaise !

Dans la lumière dorée du crépuscule, le son de la cornemuse de Tim MacDougal montait vers le ciel comme une complainte.

Kate ne soupçonnait pas qu'on pût tirer d'aussi beaux accents de cet étrange instrument.

Au milieu de la cour baignée de cette musique, quatre hommes en kilt soutenaient un dais en tartan MacDarren tout en avançant d'un pas lent et majestueux. Sous le dais, marchant au même rythme, Jeanie était resplendissante. Avec ses longs cheveux dénoués et sa couronne de fleurs des champs, vêtue d'une robe de brocart ivoire, elle ressemblait plus que jamais à une princesse de conte de fées. Trente hommes du clan portant des torches enflammées formaient une haie d'honneur de chaque côté du dais.

Apercevant Kate au bas des marches, Jeanie la héla :

— Vite ! Vous ne voudriez quand même pas que j'arrive en retard à mon mariage ?

— Non, bien sûr que non ! répondit Kate.

La jeune femme se hâta d'aller prendre place derrière le dais.

La procession franchit le pont-levis pour s'engager dans les rues conduisant à l'église. Les habitants de Craighdhu s'étaient massés sur le passage du cortège et les vivats fusaient. Aux cris de liesse générale sur fond de cornemuse se mêla bientôt le joyeux carillon de l'église.

Tant de bonheur, tant de beauté ! Kate exultait. Elle était à Craighdhu la Magnifique, c'était une soirée exceptionnelle, elle se sentait bien, à l'abri, enfin chez elle !

Alors que le cortège approchait de l'église, Gavin dévala les marches à la rencontre de sa bien-aimée. Ils étaient si beaux, tous les deux, si rayonnants !

Puis Kate vit Robert planté tout en haut des marches... superbe dans la lumière du couchant, en gilet de cuir et kilt.

Comme Craighdhu, il lui appartenait. Et personne au monde ne l'aimerait davantage, ne lui donnerait davantage qu'elle. Jamais ! Et jamais elle ne renoncerait à lui, ni à Craighdhu ! C'était vraiment décidé.

Robert n'en croyait pas ses yeux. Kate était si belle dans ce velours cramoisi ! Sa gorge était nue sous une fraise brodée d'or qui encadrait son visage et elle portait sur le sommet de la tête une petite coiffe de velours assortie à sa robe. La lumière rosée du soir caressait sa peau et jouait avec les reflets mordorés de sa longue chevelure. L'ensemble de sa toilette faisait resplendir l'éclat de son teint. Kate était vraiment irrésistible !

Robert ne pouvait pas détacher ses yeux de cette sublime apparition. Avec sa beauté, sa démarche fière et déterminée, Kate avait des allures de reine.

— Elle est magnifique ! murmura-t-il. On dirait...

— Un appel aux armes, dit Jock à ses côtés. Impétueuse et casse-cou comme sa mère ! C'était bien ce que je pensais.

Kate commença à gravir les marches au moment où Jeanie et Gavin s'avançaient dans la nef.

Malgré son port audacieux, elle gardait au fond des yeux cette lueur incertaine de l'enfance qui avait toujours ému Robert. Et lorsque Kate arriva à sa hauteur et qu'elle lui tendit tendrement la main, il sut qu'elle lui demandait bien plus que de l'escorter dans le lieu saint.

— Robert, murmura Jock pour le mettre en garde.

Il n'avait pas besoin qu'on lui conseille la prudence. Dès qu'il avait su que Kate n'attendait pas d'enfant, Robert avait compris qu'il serait amené à prendre très vite une décision. Il en connaissait toutes les conséquences, bien mieux que Jock et Kate. Assouvir son désir ne devait en aucun cas entraîner la perte de Craighdhu. Et il fallait bien sûr être vigilant…

Robert regarda la petite main tendue vers lui. Il la prit dans la sienne d'un geste possessif puis ils pénétrèrent ensemble dans l'église.

La fête battait son plein et Kate était gagnée par l'allégresse générale. La danse des épées qui se déroulait au son de la cornemuse lui donna soudain envie de danser. Deirdre, qui l'aidait à distribuer des chopes de bière aux invités, lui suggéra d'essayer.

— Vous en mourez d'envie, dit-elle. Le quadrille va se mettre en place dès que la danse des épées sera terminée.

Tout était magnifique ce soir à la lueur des torches sur les vastes étendues de gazon du château. On mangeait, on buvait, on riait, il y avait de la musique et des danses. Kate assistait, fascinée, à ce spectacle si nouveau pour elle. Tout cela, elle ne le connaîtrait jamais, lui avait pourtant toujours répété Sebastian…

— Je ne sais pas danser, répondit-elle à Deirdre.

— C'est très simple, et vous apprendrez vite.

C'était bien tentant, songea Kate. Comme le festin

qui s'étalait sur les longues tables ! Les invités se régalaient de gigots, chapons, saumon, crevettes, saucisses, tartes aux amandes, pain d'épice et autres mets délicats.

Mais Kate était consciente de ses responsabilités. En sa qualité de châtelaine, elle devait se consacrer à ses invités. En outre, c'était sa toute première apparition officielle à une fête de famille.

— Il y aura d'autres festivités, dit-elle.

— Peut-être ne seront-elles pas aussi réussies ! C'est très bien, ce que vous avez organisé, Kate.

Kate rosit de plaisir. Quel compliment de la part de Deirdre qui en était pourtant si avare !

Gavin surgit soudain à ses côtés.

— Il est temps que nous partions, dit-il. Les garçons commencent à faire du chahut. Vous voulez bien aller chercher Jeanie ? Ma femme est en pleine discussion et je n'ose pas la déranger.

La délicatesse et la timidité du jeune homme touchèrent Kate.

— Bien sûr, lui répondit-elle doucement. Je l'enlève aux commères et je lui dis de vous rejoindre au château !

— Non, d'abord, nous devons passer sous le dôme d'épées. Enfin, j'espère... A ce propos, j'ai une autre requête... Pourriez-vous demander à Robert d'ordonner les honneurs de l'épée ? Mais s'il refuse, dites-lui que je comprendrai.

— Quelle différence, s'étonna Kate, puisqu'il a assisté à la bénédiction religieuse ?

— Sa présence à l'église indiquait seulement que le chef du clan approuvait le mariage. Le passage sous la haie d'épées signifie bien davantage.

— Quoi donc ?

— Que Jeanie est acceptée dans le clan, que Robert promet de la protéger si, par malheur, je n'étais plus là pour le faire. Voilà ce que cela signifie, et bien d'autres choses encore. Vous lui demanderez, Kate ?

La jeune femme hésita. Elle n'avait pas envie de troubler l'harmonie qui s'était installée entre eux lorsque Robert lui avait pris la main à l'entrée de l'église.

— Pourquoi ne pas le faire vous-même, Gavin ?

— Oh, je vous en prie, Kate !

Leur départ approchait, et Dieu sait combien d'embûches ils allaient à présent rencontrer ! Kate n'eut pas le cœur de refuser ce dernier service à Gavin. Elle promit... Et alla trouver Robert après avoir transmis le message de Gavin à la jeune mariée.

Debout au milieu des spectateurs, Kate regardait Robert s'adonner à une partie de ballon endiablée. Il était magnifique, torse nu, et sa peau brillait comme de l'airain à la lueur des torches. Il semblait soudain si jeune à jouer et à rire, les yeux étincelants et les cheveux en désordre !

Brusquement Robert aperçut Kate, il vit son expression et cessa de rire. Il s'approcha d'elle lentement. Elle exultait, comme un peu plus tôt, à la porte de l'église. Un seul regard suffisait donc pour l'attirer à elle... La révélation de ce pouvoir était pour la jeune femme une impression fort inattendue et terriblement grisante !

Quand elle lui fit part de la requête de Gavin, Robert se rembrunit. Kate plaida avec fougue la cause du jeune couple.

— Ce n'est pas pour lui, insista-t-elle, mais pour Jeanie. Il tient à ce qu'elle ait une protection. Ils partent demain pour l'Irlande, et j'aimerais tant que Gavin s'en aille l'esprit tranquille !

— C'est plus qu'un effort qu'il me demande là ! Ils se sont mariés devant Dieu, donc pour toujours. Si Jeanie entre dans le clan, elle sera d'ici, de ma maison. Et pour toujours également !

— Est-ce que tu veux dire que tu refuses ?

Elle le regardait avec des yeux si implorants qu'il sourit.

— Oh, qu'importe, ça ne change rien ! Si Jeanie avait besoin de moi, je ne crois pas que je lui refuserais mon aide !

Il héla Jock à l'autre bout de la pelouse :

— Les épées !
— Prépare-toi à partir, dit-il à Kate.
— Partir ? Mais Gavin dit que la fête va durer jusqu'à l'aube.
— Exact. Mais notre fête va se poursuivre ailleurs, et dans une stricte intimité !
Kate se tut, parcourue d'un délicieux frisson.
— Pourquoi, à ton avis, Gavin a-t-il fait de toi sa messagère ? continua Robert avec un petit sourire. Parce qu'il connaissait ses chances. Il savait que mon désir pour toi brouillerait mon jugement. Et tu le savais également, n'est-ce pas ?
— Oui, répondit Kate presque triomphalement.
Il ramassa son épée en souriant.
— Alors prépare-toi à partir. Je vais dire à Tim MacDougal d'entonner notre hymne avec sa cornemuse.

Robert et Jock se tenaient ensemble devant la haie d'honneur formée par tous les hommes du clan. Et lorsque Gavin et Jeanie s'avancèrent se mirent à résonner les accords du chant des épées et de la cornemuse.
— Robert, je sais que ce n'est pas ton souhait, fit Gavin à voix basse. Et je ne te le demanderais pas, si ce n'était pour…
Robert le coupa d'un :
— A l'épée !
Il y eut un bruissement de fourreaux et les lames étincelèrent sous les torches lorsque se forma la voûte.
— Merci, Robert, murmura Gavin.
Le jeune homme regarda tendrement Jeanie puis l'entraîna avec lui.
Kate les regarda passer sous la haie d'honneur. Désormais, Jeanie faisait partie du clan.
— Kate…
Se retournant, elle vit que Robert lui tendait la main.
— Par tous les saints, non ! objecta Jock.

— Kate, répéta Robert.

Elle s'approcha lentement et prit sa main. Quelle victoire ! Ce qu'elle n'avait jamais osé espérer se réalisait. Robert la prenait officiellement sous son aile, elle devenait elle aussi un membre du clan ! Elle faisait partie de Craighdhu, même si ce n'était que pour un an. A moins qu'un enfant ne vienne...

— Tu es fou ? grommela Jock.

— C'est une nuit pour toutes les folies, répliqua Robert en enlaçant Kate.

Ils coururent en riant sous la voûte d'épées, et il sembla alors à la jeune femme que la cornemuse ne jouait que pour elle. Tout comme le vent qui rosissait ses joues et balayait ses longs cheveux aux couleurs mordorées... il ne soufflait que pour elle, porteur des parfums de brume et de bruyère qui étaient les senteurs de Craighdhu.

Les hommes du clan riaient, approuvaient, applaudissaient, ils étaient de son côté. Elle était de chez eux à présent, à force de travail elle avait gagné sa place dans leur communauté !

Elle n'était plus une étrangère ! Elle venait d'être enfin acceptée par Robert le Noir, comte de Craighdhu...

Robert claqua la porte de la chambre, se débarrassa de son épée et ordonna :

— Déshabille-toi.

Kate commença à se défaire de sa robe, puis s'arrêta.

— Il faut d'abord que je te dise quelque chose.

— Pas maintenant.

— Si, maintenant. J'ai mis une belle robe et du parfum pour te séduire. J'avais envie que tu me désires.

— Eh bien, réjouis-toi, tu as réussi ! J'ai follement envie de toi.

— Pour combien de temps ?

— Jusqu'à ce que cette folie me passe.

— Mais moi, je ne veux pas qu'elle te passe. J'ai

l'intention d'avoir un enfant, acheva-t-elle tranquillement.

— Je sais, fit Robert en venant vers elle. Je l'ai su à l'instant où je t'ai vue à l'église. Mais si cela arrive, il y a un moyen d'y remédier. J'espère bien sûr ne pas être obligé d'y avoir recours.

— Quel moyen ?

— Tu te déshabilles ou pas ?

Qu'attendait-elle, en effet ? N'avait-elle pas ce qu'elle voulait ? Robert était à elle ! Kate ôta très vite sa robe et sa chemise, mais son corset lui donna du fil à retordre !

— Aide-moi, je n'y arriverai jamais, Jeanie a mis des heures pour me vêtir ! dit-elle à Robert.

Il ne se fit pas prier et de son poignard trancha tous les lacets en quelques secondes.

— Je ne me rappelle pas t'avoir vue porter ce genre de tenue dans la grotte, remarqua-t-il. Pourquoi diable maintenant ?

— Pour te séduire, je te l'ai dit...

Kate tressaillit. Derrière elle, Robert était nu. Elle reçut comme un choc la force de son désir contre ses reins. Il écarta la chevelure de la jeune femme, promena la bouche sur sa nuque et posa les deux mains sur ses seins. Aussitôt les pointes se dressèrent contre ses paumes. Kate gémit. Il y avait si longtemps, une éternité, qu'il ne l'avait pas touchée ! Avec quelle volupté elle se laissa caresser, intimement, audacieusement...

— Je n'ai pensé qu'à toi et à ce moment délicieux où enfin nous nous retrouverions, murmura Robert.

Kate découvrit un nouveau plaisir quand il la prit enfin, mais cela ne lui suffisait pas.

— Robert... j'ai besoin de te voir...

Il grommela quelque chose d'incompréhensible, puis la renversa sous lui.

— Satisfaite ? demanda-t-il d'une voix rauque.

Kate caressa le visage de Robert. Satisfaite, elle ne l'était pas totalement, mais pour l'instant elle se contenterait de mesurer l'intensité du désir de Robert.

Elle se donna totalement quand il la reprit avec une fièvre et une fougue qui lui arrachèrent des cris. Puis ils restèrent longtemps soudés l'un à l'autre.

— Nous devrions aller nous étendre sur le lit, murmura enfin Robert.

— Non, pas tout de suite, chuchota-t-elle contre sa poitrine. J'aime être couchée avec toi sur ce plancher, cela me rappelle la grotte...

Elle avait envie de rester ainsi à tout jamais, dans cette chambre éclairée par le feu de l'âtre, blottie contre Robert. Bien sûr, pour que son bonheur soit complet il lui fallait encore autre chose...

Soudain, Kate leva la tête, prêtant l'oreille.

— Tiens... on dirait... fit-elle en s'arrachant aux bras de Robert pour courir à la fenêtre.

— Où vas-tu donc ? s'enquit-il.

Kate ouvrit la croisée ; une musique s'élevait du vallon.

— Tu entends ? dit-elle.

— Oui. La cornemuse. Tu aimes cet instrument maintenant ?

— Quand ce n'est pas Gavin qui en joue ! réponditelle en souriant.

Kate s'attarda ensuite un long moment à la fenêtre, contemplant d'un air rêveur les invités qui continuaient à s'amuser sur les pelouses du château. Elle aimait tant les gens de Craighdhu...

Elle se tourna brusquement vers Robert. Et lui, il était Craighdhu tout entier. Il était les silences, les mystères, les passions qui la faisaient vibrer... il était les flammes du foyer qui lui donnaient chaleur et tendresse. Oh, comme elle l'aimait !

— Ne vois-tu pas que c'est ainsi que notre vie devrait se dérouler ?

Robert ne répondit pas. Alors elle ajouta, une pointe de défi dans la voix :

— Je vais te dire une chose : j'ai eu raison de faire l'amour avec toi !

Il sourit et lui tendit la main.

— Dans ce cas, recommençons...

Admettrait-il un jour que sa passion pour elle

n'avait rien de redoutable ? Kate décida de ne pas insister pour l'instant. Ce soir, elle avait déjà remporté une grande victoire.

Elle revint vers Robert, à pas lents, suivant sans le savoir le rythme de la musique.

— C'était bien mon intention…

Le lendemain, Robert et Kate descendirent au port saluer Gavin et Jeanie qui embarquaient en compagnie de Jock à bord d'un bateau de pêche.

— Dieu vous garde ! dit Kate à Gavin en l'embrassant. Faites bien attention à vous.

— Promis, répondit le jeune homme. Je ne vous parlerai pas de notre destination. Pour permettre à Robert de répondre en toute franchise aux questions de Malcolm ! ajouta-t-il malicieusement.

— Oh, cela ne me gênerait pas de lui mentir, tu sais ! Surtout, sois prudent, insista Robert d'un ton bourru, et ne fais confiance à personne.

— Comptez sur nous, le rassura Jeanie. Lui, il est confiant de nature. Mais moi, j'ai appris à me méfier de tout le monde. Il est tellement facile de corrompre même les meilleurs d'entre nous ! Je veillerai sur lui ! Et vous, j'espère tant que vous ne nous oublierez pas. Je n'ai pas envie que cette séparation s'éternise…

— Jeanie, fit Gavin, tu sais bien que nous ne pourrons pas revenir à Craighdhu !

— Nous le pourrons s'il nous le permet, répliqua-t-elle en regardant Robert.

Ce dernier la fixa un moment, puis esquissa un sourire.

— Nous verrons ! Tout dépendra des événements. Bon voyage.

Il glissa son bras sous celui de Kate, et tous deux attendirent ensemble le départ de Jeanie et de Gavin. Puis ils suivirent le bateau des yeux jusqu'à ce qu'il eût quitté le port.

— Ils ont l'air si heureux ! Dieu les protégera sûrement, murmura Kate tristement.

— Moi, je fais plutôt confiance à Jock pour assurer

leur protection, affirma Robert. Dieu oublie parfois d'être vigilant. Jock, jamais !

— Seront-ils en sécurité en Irlande ?

— L'an dernier, ils l'auraient été davantage, avant qu'Alec ne poste nombre de ses hommes dans toutes les villes côtières.

Il lut de l'angoisse dans les yeux de Kate et déclara :

— Je ne peux pas te mentir. Jock va leur trouver un abri qui sera le plus sûr possible. Ils seront cependant en danger tant qu'Alec sera en vie. Ne fais pas cette tête, Kate. Je ne voulais pas t'effrayer.

— Tu ne m'as pas effrayée. Je trouve simplement injuste que les choses aillent si bien pour moi et que pour Gavin tout soit si difficile ! Ce matin, lorsque je me suis réveillée, il y avait en moi tant...

Tant d'amour, allait-elle dire, mais Kate se ravisa. Il était encore trop tôt pour prononcer ce mot.

— ... d'espoir !

— C'est de saison, remarqua Robert en souriant. Nous sommes au printemps !

Kate s'emmitoufla dans sa mante de laine. Hier soir, sur les pelouses, il faisait chaud et tout était tellement gai ! Hélas, aujourd'hui, un vent froid et mélancolique soufflait sur Craighdhu.

— On ne le dirait pas, marmonna-t-elle en frissonnant.

— Pourtant le soleil brille et la terre se réchauffe. Il se peut même que la bruyère soit en fleur. Tiens, allons donc voir ! suggéra-t-il en hissant Kate sur sa jument...

L'expression malicieuse de Robert redonna immédiatement le moral à la jeune femme. Mais déjà il était monté en selle et l'attendait... peut-être avec impatience ! pensa-t-elle, pleine de joie.

— Où m'emmènes-tu ?

— Sur la lande.

— Mais il faut que j'aille à l'atelier dire aux tisserandes de...

— Tu leur en as assez dit comme cela, l'interrompit-il. Tout se passe à merveille là-bas !

Kate lui jeta un regard prudent. Il souriait toujours.

— Tant mieux! Dans à peu près quatre ans, les gens d'ici fabriqueront les plus beaux lainages d'Ecosse et d'Irlande.

— Si on te laisse en faire à ta tête.

— Et pourquoi pas, si mon idée est bonne et... rentable?

— Très bonne question.

— Ne t'inquiète pas, je m'occuperai de tout.

— C'est bien ce que je crains. Tu as le goût du commandement et du pouvoir, de toute évidence. Peut-être vas-tu même un jour décider de m'éliminer?

— Tu plaisantes, je suppose? fit Kate, interloquée.

— Bien sûr, répondit-il avec un petit rire. Je ne crains pas d'être évincé par mon clan, je compte encore pour eux, à mon avis.

— Ils t'adorent. Et jamais je ne pourrais te remplacer. Mais dans un an, tu ne pourras pas me remplacer non plus! ajouta Kate avec un large sourire. Tu as raison, j'aime vraiment diriger les opérations...

— Eh bien, tu t'en passeras aujourd'hui! Je vais te faire découvrir le printemps sur mon île!

Une heure plus tard, après une paisible chevauchée à la pointe nord du pays, Robert mit pied à terre, aida Kate à descendre de cheval puis, ensemble, ils entreprirent de gravir une pente à pic. Enfin, essoufflés et ravis, ils accédèrent au bord de la corniche.

— Voilà, ici, c'est le printemps, dit Robert en montrant les rochers en bas de la falaise.

Des phoques par centaines s'agitaient dans l'eau ou lézardaient au soleil sur les rochers, luisants comme de l'onyx.

— Les mères viennent faire leurs petits sur la côte, murmura Kate, ravie. Ils sont si mignons! Est-ce qu'on peut descendre les voir de plus près?

Kate était fascinée par les jeux de deux bébés phoques qui, avec force grognements, essayaient de suivre leur mère et finissaient toujours par glisser avec maladresse dans l'eau.

— Je ne te le conseille pas, les mères sont féroces lorsqu'il s'agit de protéger leur progéniture, répondit Robert.

Soudain, son sourire s'effaça.

— Tu sais, Kate, à mon retour d'Espagne, je doutais de l'existence de Dieu. Je me disais que s'il y avait un Dieu, il ne pouvait pas permettre que les hommes, protestants et catholiques, se déchirent et se massacrent en son nom. Eh bien, tout ce que tu vois là, en bas, la mer, les rochers, et tous ces animaux en harmonie avec la nature, c'est tout cela, Dieu, Kate. Le Dieu qui a un sens, c'est tout cela !

Comme elle l'aimait en cet instant ! Elle aimait toutes les facettes de Robert MacDarren : le penseur, le guerrier, l'ami de Gavin, l'amant...

Quand il donna le signal du départ, Kate insista pour rester encore un peu ; elle était si bien dans ce lieu sauvage et il était rassurant de pouvoir contempler les phoques en toute tranquillité !

— J'aime la paix qui règne ici, dit-elle. Cela me laisse croire que nous aussi nous pourrions vivre ensemble dans cette même parfaite harmonie.

— Nous reviendrons une autre fois. Rentrons, il fait encore un peu froid pour se coucher dans l'herbe. Or, j'ai très envie de te prouver qu'entre nous l'harmonie est déjà là, et bien là...

Kate jeta un dernier regard aux bébés phoques. Au printemps prochain, si tout allait bien, elle serait peut-être mère, elle aussi... ?

— Oui, rentrons, répondit-elle doucement.

La colère d'Alec Malcolm fit grand bruit lorsqu'il revint à Kilgranne. Il s'en prit d'abord à son fils Duncan qui avait laissé échapper Jeanie deux semaines auparavant et il le roua de coups...

— C'est Gavin... geignit le jeune homme. Il l'a enlevée en douce, je n'ai rien pu faire.

Alec doutait de ses propos. Il connaissait son fils, aussi tendre et sentimental qu'une femme lorsqu'il s'agissait de sa sœur. En outre, il le soupçonnait de comploter derrière son dos. Il en était bien capable!

— Où l'a-t-il emmenée?

— Comment le saurais-je?

— Tu le saurais si tu t'étais lancé à leur poursuite, imbécile! tonna Alec. Mais tu as dû quand même entendre des rumeurs? L'a-t-il emmenée à Craighdhu?

Duncan resta silencieux, ce qui ne fit qu'accroître la colère d'Alec.

— Duncan! J'ai besoin d'un héritier, voilà pourquoi je ne te tue pas tout de suite! Mais si tu ne me réponds pas, je te donne une rossée qui va te clouer au lit pendant au moins un mois!

— Ils ne sont pas à Craighdhu, l'informa Duncan avec embarras. Ils n'ont fait qu'y passer, le temps de se marier. Enfin, c'est ce que dit la rumeur! s'empressa-t-il d'ajouter.

Alec voulut savoir ce que l'on racontait d'autre.

— Le lendemain du mariage, ils ont pris la mer, paraît-il, à bord d'un bateau de pêche.

— Pour quelle destination?

— Je l'ignore.

Cette fois, Alec le crut sur parole. Gavin n'était pas idiot; il se devait, pour sa propre sécurité, de rester discret. Mais Alec avait ses sources d'information. Le clan MacDarren était apparenté à nombre de familles hors de Craighdhu... Il arriverait bien à délier les langues...

Ensuite, les fuyards seraient punis, évidemment! Si seulement ils se trouvaient encore à Craighdhu! Alec aurait alors la possibilité de s'approprier ce que le destin lui offrait et qui se trouvait encore entre les mains de Robert MacDarren.

Il n'allait pas s'avouer vaincu pour si peu. Un moyen existait sûrement, et il était sûr qu'il allait le découvrir... bientôt!

12

Kate contempla avec émerveillement le tapis de fleurs violacées qui recouvrait la lande. Jamais elle n'aurait pu imaginer que la bruyère d'Ecosse deviendrait aussi belle. Un tel parfum, mêlé aux senteurs marines, était fait pour enivrer, et elle se mit à danser, le visage levé vers le ciel. Le soleil était doux sur sa peau et Kate se sentait merveilleusement bien !

— J'aime cet endroit à la folie ! s'exclama-t-elle avec enthousiasme. N'est-ce pas, Robert, que c'est magnifique ?

— Magnifique, acquiesça-t-il avec un sourire amusé.

Pendant que Kate continuait à contempler la nature, Robert entreprit d'étaler une couverture sur le sol.

— Mais j'ai bien l'impression que tu trouves magnifique tout ce qui touche à Craighdhu !

— Heureusement que je suis là pour te le rappeler ! Tu es tellement blasé que tu ne vois plus les beautés de ton île !

Il éclata de rire et s'installa sur la courtepointe en faisant signe à la jeune femme de le rejoindre.

Lui aussi, il était magnifique, vêtu seulement de son kilt, cheveux au vent. C'était ainsi que Kate l'aimait le plus, en pleine nature, lorsque, enfin, il laissait tomber son masque cynique.

— Je te remercie humblement de m'ouvrir les yeux, Kate !

— Humble, toi ? Je n'ai jamais rencontré un homme plus arrogant que toi !

— Et Sebastian, alors ?

— Oui, je te l'accorde... moins que vous cependant ! Cela doit être une particularité des Ecossais ! Il me semble que l'outrecuidance est le trait de caractère qui vous distingue le plus !

— Tu ne dois pas en manquer, toi non plus... N'es-tu pas la fille d'une reine d'Ecosse... ? ajouta Robert avec malice.

Deux mois plus tôt, Kate se serait sentie mal à l'aise à la seule mention de sa mère, mais aujourd'hui elle se sentait si euphorique que rien ne pouvait plus la déranger.

— Heureusement ! Sans cette prétendue arrogance, comment survivrions-nous, nous, les femmes, dans un univers d'hommes ?

— Ta mère n'a pas survécu.

Kate décela une imperceptible tristesse dans ses propos. Il fallait vite parler de quelqu'un d'autre pour maintenir le ton enjoué de la conversation.

— Elizabeth survit, elle, depuis des lustres, et tu dis que c'est la femme la plus présomptueuse de la planète.

— Il n'y a pas pire, maugréa-t-il.

— Elle a cependant essayé de se montrer gentille avec moi !

— Sans chercher à savoir si l'homme chargé de veiller sur toi était digne de la tâche qui lui était confiée...

— Tu lui en veux toujours ? Tu es dur, je trouve. Elle a cru bien faire.

— Je n'approuve pas les décisions de cette sale rouquine !

Quel ton boudeur, soudain ! Kate eut envie de rire.

— Parce qu'elle t'a vaincu ? Parce qu'elle a osé t'affronter ? Mais, dis-moi, te battrais-tu dans ses rangs ? demanda Kate avec un grand sourire.

— Je te répète que je me bats seulement sous les couleurs de Craighdhu.

— Oui, mais si vous poursuiviez un but commun? insista Kate. Te battrais-tu dans ses rangs?

— Oui.

Kate exultait.

— Et tu ne te rangerais pas aux côtés de James, pourtant c'est un homme. Tu vois bien que certaines femmes peuvent occuper une position non négligeable dans le monde!

— Oh, et puis, assez parlé d'Elizabeth! Nous avons bien mieux à faire en ce moment...

Il entraîna Kate sur la couverture et commença à dégrafer son corsage.

— Tout compte fait, j'aime bien ce vêtement, je trouve le kilt très commode, dit rêveusement Kate.

— Je l'avais remarqué. Je le porte beaucoup plus souvent que par le passé. En fait, c'est depuis que tu ne mets pratiquement plus rien sous ta robe. Je ne veux pas être en reste...

Il ouvrit le corsage de la jeune femme et contempla ses seins nus. Kate sentit aussitôt ses mamelons s'enflammer.

— J'adore te regarder, tu es tellement femme! Tu réagis immédiatement au moindre de mes regards... Quant à mes caresses...

Kate rougit un peu puis elle s'abandonna à Robert, sans un mot.

Il continua à la dévêtir, mais refusa qu'elle l'aide.

— C'est moi qui mène le jeu, décréta-t-il, je suis d'humeur à dominer.

Enfin, Kate se retrouva entièrement nue, à l'exception de ses bas de soie, mais entièrement enveloppée par le regard brillant de désir que Robert promenait sur elle...

Pour faire glisser la jarretière, il prit tout son temps, ses doigts habiles s'attardant sous la cuisse de Kate.

— La soie convient tellement mieux que la laine à la délicatesse de ta peau... et tu es si réceptive! C'est fascinant...

Kate brûlait d'envie qu'il continue ses caresses, qu'il aille plus loin, plus haut... Lorsque Robert lui ôta son autre bas, elle laissa échapper un gémissement de volupté. Elle vit qu'il l'observait avec une lueur espiègle dans les yeux. De toute évidence, il s'amusait à la taquiner. Cette attitude aussi nouvelle qu'étrange intrigua Kate. Il finirait bien par se lasser et céder à son propre désir, songea-t-elle, si elle décidait subitement de dissimuler le sien…

— Tes niaiseries risquent de bientôt me lasser, fit-elle d'un ton désabusé.

Kate s'étendit alors tranquillement sur la couverture. Elle ferma les yeux et attendit que Robert réagisse.

— Ah, on me lance un défi maintenant ? Voyons un peu ce qui pourrait te distraire…

Accroupi devant Kate, Robert cueillit un brin de bruyère, puis il entreprit de la caresser. La fleur glissa lentement sur le cou de la jeune femme, descendit jusqu'aux seins, en s'attardant voluptueusement aux endroits les plus sensibles… Oh, songea Kate, si seulement Robert posait sa bouche là où il promenait cette innocente plante !

— Ne t'avais-je pas dit que la bruyère pouvait avoir de multiples usages ? murmura-t-il en descendant plus bas.

A l'intonation de sa voix, Kate devina que ce qu'il faisait l'excitait tout autant qu'elle, et elle se retint de gémir. Mais Robert continua d'allumer des incendies sur les hanches de la jeune femme, sur son ventre, ses cuisses… Kate se sentit défaillir lorsqu'il explora les zones secrètes de sa féminité en y glissant tout doucement le brin de bruyère. Pourtant elle résista, elle ne donnerait pas à ce coquin la satisfaction de la voir capituler !

Robert continua son petit jeu, la fouillant des yeux et de la plante avec une insistance érotique qui aurait donné le vertige à la plus insensible des femmes.

— Le précieux sanctuaire qui me plaît tant ! chuchota-t-il. Tu aimes mes caresses, n'est-ce pas ?

— Oui.

La réponse avait fusé ; Kate n'en pouvait plus.

— Tu es belle. Plus belle encore que n'importe quelle fleur. Tu t'ouvres et tu palpites sous la caresse du soleil...

Il poussa la bruyère un peu plus loin, délicatement, avec des gestes rythmés, en se penchant sur Kate.

— Dis-moi, tu aimerais la sentir te pénétrer? demanda-t-il tout bas.

Sa voix était aussi caressante et suave que la plante qui se promenait sur son corps. Kate perdait pied, elle haletait, avait l'impression d'être prise de vertige... Il fallait absolument que cesse cette fièvre!

— Oui!

— Ah, tu crois ça!

Un instant après, il plongeait en elle, le brin de bruyère jeté au vent.

— Je suis jaloux, Kate, et tu ne recevras que moi!

Soudain, il lui fit don de tout ce qu'il lui avait jusqu'alors refusé. Et Kate, nouant ses jambes autour de lui, s'arc-bouta pour mieux l'accueillir. Les yeux noyés de larmes, elle écouta Robert gémir de volupté, et mêla ses plaintes aux siennes. Jamais encore son plaisir n'avait atteint de tels sommets.

Fondus l'un dans l'autre, au rythme fou de la passion partagée, ils parvinrent ensemble à l'extase. Kate eut le sentiment que tout explosait dans son corps et dans sa tête, et qu'elle allait mourir de plaisir.

Longtemps blottie contre Robert, Kate se laissa flotter dans un doux état de langueur. Les premiers habitants de Craighdhu avaient probablement, comme elle en cet instant, perçu les grognements sourds des phoques et le bruit du ressac, en bas, dans la crique. Le soleil caressait sa peau nue, l'air embaumait et Robert venait de lui offrir une sublime fête des sens... belle comme une fête païenne. Nul doute qu'il éprouvait, comme elle, ce sentiment de plénitude qui se renforçait à chacune de leurs étreintes.

Robert ouvrit les yeux, la contempla en souriant et dit en la caressant:

— Mon petit jeu t'a bien plu, j'ai l'impression? Je devrais peut-être m'y livrer plus souvent?

Kate leva vers lui des yeux remplis de songe et de douceur. Puis elle sembla se ressaisir.

— Un de ces jours, c'est moi qui dominerai la situation, tu ne perds rien pour attendre...

— Dévergondée ! la taquina-t-il en la serrant contre lui. As-tu vraiment l'intention de suivre l'exemple d'Elizabeth ?

— Peut-être, dit Kate. D'ailleurs, moi aussi, je serai reine un jour, tu sais. La plus grande reine du monde !

Comme elle l'avait prévu, Robert la regarda brusquement d'un air méfiant.

— Vraiment ?

Kate éclata de rire et se jeta dans ses bras.

— La reine de Craighdhu !

Robert se détendit.

— Essaies-tu encore de me détrôner ?

— Uniquement en faveur de ton fils ou de ta fille.

— Non, Kate.

— Si, murmura-t-elle doucement. Craighdhu est le seul royaume que je puisse convoiter. Donne-le-moi !

— Je te répète que c'est impossible. Il faut que tu acceptes cette idée, tu représentes un réel danger pour toi-même et pour Craighdhu.

— Et pour toi ? insista-t-elle en riant.

— Et pour moi, convint-il après un bref silence.

La gravité soudaine de son intonation ébranla Kate.

— Mais enfin, réfléchis ! Jamais je ne voudrais te faire de mal. Je ne veux que ton bonheur, Robert. Est-ce donc si mal d'avoir envie de te donner un bébé ?

— Tu n'attends pas d'enfant ? demanda-t-il très vite.

— Tu sais bien que non, je te l'ai dit, répliqua-t-elle soudain un peu blessée. Alors inutile de t'inquiéter ! De toute manière, tu as un moyen de résoudre le problème, tu m'en as déjà parlé. Quel moyen, au fait ?

— Nous quitterions Craighdhu. Pour toujours.

Kate écarquilla les yeux de stupeur.

— L'exil ? chuchota-t-elle. Tu n'y penses pas ! Tu aimes Craighdhu. Si tu en pars, tu meurs.

— Si je le détruis, je meurs, répondit-il froidement.

— Et tu me haïras.

— Mais non, Kate, pourquoi ? Je te voulais. Et je savais à quel prix. J'ai choisi, voilà tout.

Kate se blottit plus étroitement contre lui, toute tremblante.

— N'aie pas peur, la rassura-t-il en la caressant. Nous n'en sommes pas encore là. Nous avons tout notre temps.

Kate devait justement en profiter pour lui prouver qu'il avait tort, que la venue d'un enfant ne signerait pas la perte de Craighdhu.

— Tu ne vois donc pas que tu commettrais une grave erreur ?

— Chut… parlons d'autre chose, suggéra-t-il tout bas.

— Jamais je ne te ferai de mal, Robert, jamais !

— Je te crois.

Alors Kate pria le ciel qui les avait réunis sur cette île d'éclairer le maître de Craighdhu avant qu'il ne fût trop tard…

Ce fut le surlendemain soir que Robert et Kate apprirent l'arrivée de Malcolm. Jock vint leur annoncer que ce dernier désirait parler au maître de Craighdhu.

— Fais-le entrer, dit Robert froidement.

Dès que Jock fut sorti, Kate s'inquiéta :

— Tu savais qu'il était rentré d'Edimbourg ?

— Depuis six semaines.

— Pourquoi ne m'en as-tu rien dit ?

— Il était inutile que tu te fasses du souci !

— Tu crois qu'il vient nous rendre une simple visite de courtoisie ?

— Après l'enlèvement de sa fille, ça m'étonnerait !

Ils étaient si heureux ces derniers temps ! L'arrivée de Malcolm jetait subitement une ombre sur leur bonheur, songea tristement Kate.

— Oui, j'imagine qu'il doit être très en colère, dit-elle.

Cependant, Alec Malcolm arborait un sourire affable lorsque Jock l'introduisit quelques minutes plus tard. Mais avec lui les apparences étaient toujours trompeuses, se souvint Kate, Robert l'avait déjà mise en garde.

— Vous êtes plus ravissante que jamais, Milady, fit Malcolm en s'inclinant devant la jeune femme. Vous avez fort belle mine... Bien sûr, l'atmosphère de fête qui règne ici depuis peu a dû y contribuer... J'ai entendu dire qu'il y avait eu un mariage à Craighdhu.

— Un très beau mariage, répondit Kate avec froideur.

— Ce n'est guère gentil de votre part de ne pas m'avoir invité. Ma fille devait être une bien jolie mariée !

— Ravissante, fit Robert en s'approchant de Kate. Est-ce pour Jeanie que tu viens, Alec ? Désolé de te décevoir mais les jeunes mariés ont quitté l'île.

— Je sais. Que tu les aies fait partir ne me surprend pas. Il n'y a que Craighdhu qui compte à tes yeux. Tu ne l'aurais jamais mis en danger, pas même pour m'être agréable. Dommage ! J'aurais évidemment préféré me débarrasser de toi et te tuer puis m'emparer de Craighdhu, au lieu de perdre mon temps à les poursuivre aux quatre coins de l'Irlande !

— L'Irlande ? répéta Jock.

— Oh, tu les avais bien cachés, Jock ! J'ai eu beaucoup de mal à dénicher nos tourtereaux, déclara Alec, radieux. Ils roucoulent moins, à présent, j'en ai bien peur...

Il remarqua l'air horrifié de Kate et lut des envies de meurtre dans le regard noir de Robert.

— Je vous trouve bien pâle subitement, Milady. Mais pourquoi me regardes-tu ainsi, cousin... ? Trêve d'amusement, inutile de te dire que je ne serais pas ici si je n'étais pas en position de force pour négocier.

— Puisque tu détiens Gavin et Jeanie, je n'ai rien à négocier, riposta Robert. Dans ce genre de situation désespérée, il ne reste pas d'autre recours que celui de la violence...

— Mais si, tu as de quoi négocier. Et la violence ne servirait pas tes intérêts ; mes gardes ont pour ordre de trancher la gorge de Gavin Gordon si, par malheur, je n'étais pas de retour à l'aube.

— Non ! cria Kate.

— Ah, les dames ont toujours l'âme sensible ! Et ce petit est cher à votre cœur, n'est-ce pas ? Je suis sûr que vous feriez n'importe quoi pour lui éviter de graves ennuis.

— Quelles sont tes conditions ? demanda froidement Robert.

— Rien d'extravagant. Une femme, rien de plus, dit Alec en désignant Kate.

Sous le choc, cette dernière resta muette. Elle entendit l'exclamation étouffée de Jock, puis la voix posée de Robert qui déclarait :

— Cette femme est mon épouse.

— Un mariage comme le tien s'annule aussi vite qu'il a été contracté.

— Nous nous sommes mariés à l'église.

— Pas du tout. Gavin n'a pas voulu me dire la vérité, mais ma douce Jeanie a été plus loquace.

— Elle n'a rien pu vous dire, lança Kate.

— J'admets que la pression exercée sur elle était considérable. Tu as eu tort, cousin, de ne pas épouser cette adorable personne à l'église. C'était le seul moyen de la sauver... ou de la garder.

— Un homme n'a généralement pas à se battre pour conserver sa femme.

— Un homme n'épouse généralement pas la fille d'une reine, répliqua Alec avec un sourire.

— Je ne vois pas ce que tu veux dire, fit Robert, impassible.

— Je commence à perdre patience, Robert. Nous savons tous les deux que cette charmante dame a une valeur inestimable pour un homme ambitieux. Sebastian Landfield, qui en avait la garde, a bouleversé James avec ses révélations. Heureusement, j'ai réussi à calmer les inquiétudes de notre petit roi à l'aide de quelques contrevérités soigneusement choisies.

— Tu avais une bonne raison, je suppose ?

— La meilleure qui soit. Pourquoi m'embêter avec Craighdhu quand je peux obtenir une couronne ?

— Je ne comprends pas... je n'aurai aucune couronne, dit Kate.

— Ah, mais si ! Il suffit seulement qu'un homme intelligent vous soutienne.

Il gagna la porte.

— Je rentre à Kilgranne, et je te laisse le temps de la réflexion, Robert. Mais ne tarde pas trop. Je suis furieux contre le jeune Gordon... J'ai donc de quoi m'occuper en attendant ta réponse !

— Je ne fais pas le commerce des êtres humains, dit Robert.

— Ecoute, c'est bien simple. Si tu ne me donnes pas cette femme, Gavin Gordon mourra, je retournerai à Edimbourg révéler la vérité à James, et la femme mourra aussi.

Il se tourna vers Kate.

— Dites-lui d'accepter le marché. N'ayez aucune crainte ; je vous guiderai, je veillerai sur vous. Vous êtes jeune et jolie, je ne vous en demande pas davantage. Je me charge du reste. Je vous ferai régner à la fois sur l'Angleterre et sur l'Ecosse. Vous pourriez devenir une très grande souveraine. Pourquoi voudriez-vous rester ici quand un si bel avenir se profile à l'horizon ?

Kate le regarda sortir sans pouvoir dire un mot. Elle semblait pétrifiée.

Robert se tourna furieusement vers Jock.

— Bon Dieu, je t'avais pourtant dit de mettre Gavin en sécurité !

— J'ai fait ce que j'ai pu, répondit Jock. Nous savions très bien, toi et moi, que ça ne serait peut-être pas suffisant. Cacher un homme comme Gavin n'est pas une tâche facile. La discrétion et lui...

— Alec va se charger de lui enseigner la discrétion, maugréa Robert. Tu l'as entendu comme moi, ce salaud va... Bon, ça ne sert à rien de rester là à parler ! Il faut sortir Gavin de Kilgranne !

— C'est sûrement ce qu'Alec attend. Il va déployer ses troupes autour du château.

— Dans ce cas, nous enverrons une armée pour les neutraliser. Bats le rappel de tous les hommes de l'île, pendant que moi, je vais essayer de convaincre les autres clans de nous prêter main-forte. Viens me rejoindre avec les nôtres demain à l'aube dans le vallon de Kilfirth, nous établirons notre plan de bataille.

C'était la guerre, le sang allait couler, il y aurait des morts, songea Kate. Et tout cela par sa faute.

Jock quitta la pièce. Robert se tourna vers Kate.

— Je vais laisser des gardes. On ne sait jamais, ça pourrait être une ruse de la part d'Alec. Mais ne crains rien, tu seras en sécurité ici.

En sécurité, pendant qu'ils se feraient tuer, lui, et Gavin, et tant d'autres? L'idée même était insoutenable. Kate se leva d'un bond.

— Non! Il va massacrer Gavin! Laisse-moi y aller, je pourrai peut-être...

— Ne vois-tu pas que c'est précisément ce qu'il cherche? s'emporta Robert. Il n'a qu'un désir, c'est t'attirer loin de Craighdhu pour t'avoir à sa merci!

— Eh bien, soit! riposta-t-elle avec la même violence. Sans moi, Gavin ne serait pas retenu prisonnier!

— Non, il serait mort. Et Jeanie déjà veuve. Tu es tout simplement une monnaie d'échange. Seulement voilà, jamais je ne t'échangerai contre Gavin ou qui que ce soit!

Il s'éloigna à grands pas. Kate le suivit, mais il claqua la porte derrière lui. Tremblante, la jeune femme s'adossa au mur. Pourquoi n'avait-elle pas cru Robert quand il lui avait dit qu'elle représentait un danger pour Craighdhu? La réponse était simple et elle la connaissait. Par crainte de perdre à la fois l'homme qu'elle aimait et son île...

Et maintenant, Robert allait peut-être mourir. Sebastian avait eu raison sur toute la ligne. Elle était tout aussi destructrice que sa mère!

Eh bien non! Kate se redressa, soudain révoltée par

ses propres pensées. Elle n'était pas coupable ! Et elle ne ressemblait pas à sa mère !

Elle allait se battre, c'était le seul moyen de vaincre la fatalité.

— Je veux que vous m'emmeniez à Kilgranne pour m'échanger contre Gavin, déclara fermement Kate à Jock.

Jock fut absolument sidéré par cette proposition.

— Robert ne sera sûrement pas d'accord, répondit-il d'un air inquiet.

— Vous, si, affirma Kate. Quelle meilleure occasion de vous débarrasser de moi ?

— Robert se lancerait à vos trousses. Il est fou de vous.

Oui, assez fou pour courir le risque de perdre Craighdhu, songea-t-elle.

— Libérons d'abord Gavin, le reste, nous y penserons après. Combien de temps nous faut-il ?

— Une fois sur la grande île, nous sommes à une demi-journée de cheval de Kilgranne. Mais ne comptez pas sur moi pour vous y conduire.

— Vous voulez que Gavin soit torturé à mort ? Si vous m'échangez contre lui, il aura la vie sauve. En ce qui me concerne, pas d'inquiétude, Malcolm ne me fera aucun mal, il souhaite juste se servir de moi.

— Il vous épargnera tant qu'il vous jugera utile. Mais s'il en décide autrement...

— Nous perdons un temps fou, s'impatienta Kate. Si vous ne voulez pas me conduire à Kilgranne, j'irai toute seule. Cependant, vous pouvez faire d'une pierre deux coups. Vous libérez Gavin et vous gagnez du temps. Et c'est vous qui attaquerez Kilgranne lorsque vous le déciderez. Vous savez bien que mon plan est solide.

Jock l'observa quelques instants en silence.

— Oui, convint-il, il tient la route.

— Alors, allons-y. Mon cheval est prêt.

— Vous étiez donc sûre que j'accepterais votre plan ?

— Je savais que vous saisiriez l'occasion de débarrasser Craighdhu de ma présence, répliqua Kate en ouvrant la porte. Vous ne m'aimez pas, j'en suis consciente depuis le début.

— C'est faux.

Kate le fixa alors d'un air si surpris que Jock dut s'expliquer.

— A dire vrai, votre audace et votre franchise me plaisent. Ce que je n'aime pas, c'est tout simplement le danger que vous représentez.

Un spectacle d'horreur les attendait dans le cachot sombre et malodorant où Alec Malcolm les emmena. Gavin était suspendu par les poignets à un mètre cinquante du sol. Le jeune homme semblait sans connaissance et son visage tuméfié et en sang témoignait des sévices épouvantables qu'il avait dû subir. Kate s'efforça de garder un air impassible afin de ne pas éveiller les soupçons de Malcolm.

— Etait-ce bien nécessaire ? demanda-t-elle à mi-voix.

— Il refusait de répondre à mes questions, dit Alec. Or, je tiens beaucoup à ce qu'on m'obéisse.

Le message était clair. Il l'avait amenée ici afin qu'elle comprît ce qui l'attendait si elle ne se montrait pas docile.

— Descendez-le... par pitié... détachez-le...

Kate scruta la pénombre, cherchant d'où venait cette pauvre voix brisée. Et elle aperçut Jeanie recroquevillée dans un coin, hagarde et la robe en lambeaux.

— Vous excuserez la tenue dépenaillée de ma fille, déclara Alec, mais elle a tenu à rester aux côtés de son époux bien-aimé.

— Détachez-le... chuchota Jeanie.

— Oui, détachez-le, fit Kate. Et envoyez un de vos

gardes chercher un chariot. Vous auriez dû nous dire qu'il serait incapable de faire le voyage à cheval.

Son calme apparent surprit Alec mais il n'en laissa rien paraître.

— Je n'ai pas encore décidé de son sort.

— Jock va le ramener à Craighdhu, déclara Kate avec fermeté. C'est de loin la meilleure chose à faire. Jock, ordonna-t-elle, détachez-le.

Jock dégaina son épée et s'avança vers Gavin.

— Vous oubliez où vous vous trouvez, Milady, fit Alec. C'est moi qui commande ici.

— Gavin est en piteux état, vous voyez bien. Si vous le tuez, Robert sera fou furieux et il attaquera Kilgranne. Or, ce n'est pas cela que nous voulons.

— Ah non ? Et qu'est-ce que nous voulons ?

— Ce que vous m'avez promis. La couronne. Pour quelle autre raison serais-je venue, à votre avis ? Bien sûr, ce jeune homme a toute ma sympathie, mais pas au point de lui sacrifier ce que j'avais à Craighdhu. Vous m'offrez bien plus que cela. Mais ne vous méprenez pas, je ne suis plus une jeune fille que l'on façonne ou qu'on manipule, je prends mes décisions toute seule.

— Jusqu'à ma visite, vous étiez satisfaite à Craighdhu.

— Je voulais l'île, mais Robert ne me la donnera pas. Il a même refusé de m'épouser autrement qu'à l'essai. A mon avis, il me trouve tout simplement à son goût au lit, rien de plus ! Il ne risquera jamais de perdre son précieux Craighdhu.

— Vous avez un langage direct...

— Autant que nous nous comprenions tout de suite. Vous souhaitez vous servir de moi et je ne demande pas mieux. Je serai une alliée solide.

— Au dire de Landfield, vous pourriez aussi vous révéler dangereuse.

— Pas si nous poursuivons le même but. Et comment nous emparer de la couronne si nous gaspillons notre énergie en querelles inutiles ?

Kate fit signe à Jock de détacher Gavin. Puis elle

attendit, en retenant son souffle, mais cette fois Alec n'émit aucune objection.

Jeanie se mit debout tant bien que mal et tituba en direction de Jock qui s'occupait de Gavin.

— Faites attention... il a les deux jambes brisées...

— Vite, un chariot, demanda Kate à Malcolm.

Ce dernier ne l'avait pas quittée des yeux un seul instant. Kate vit qu'il hésitait, alors elle le pressa :

— Ce n'est pas le moment de commettre une bévue. Mon plan est solide, je l'ai mûrement réfléchi. Mais nous devons faire vite ! Vous savez, j'ai été considérée comme quantité négligeable pendant trop de temps ! A présent, j'ai une chance de devenir reine, et je ne vous laisserai pas compromettre mes projets.

Alec Malcolm éclata de rire.

— Et quelle reine ! s'exclama-t-il. Encore plus exceptionnelle peut-être que je ne l'avais imaginé ! Très bien, Majesté, plaisanta-t-il, je vais ordonner qu'on avance un chariot.

Sur ces mots, Alec gagna la porte d'un pas guilleret. Dès qu'il fut parti, Kate se précipita vers Gavin étendu à terre, soutenu par Jock qui le palpait.

— Dans quel état est-il ?

— Pas fameux. Il a les épaules démises, la jambe droite cassée en deux endroits, et la gauche a trois fractures. Ne parlons pas de son dos qui est en lambeaux !

— Il survivra ?

— Je pense que oui. Peut-être même ne restera-t-il pas infirme, si j'arrive à le soigner à temps.

— Vous savez réparer les fractures ?

— Qu'aurais-je appris, sinon, sur les champs de bataille ? J'espère seulement qu'il n'y a pas de dommages internes.

— C'est affreux, balbutia Jeanie, il a eu le fouet et la roue. Mon père m'a obligée à regarder... C'est moi qui lui ai dit pour votre mariage, Kate... Pour qu'il arrête de torturer Gavin, j'aurais dit n'importe quoi...

— Je comprends, Jeanie, j'aurais agi de même, la

réconforta Kate. Tout ira bien maintenant, vous allez l'emmener loin d'ici et le soigner.

— Si mon père me laisse partir avec lui.

Encore un problème ! se dit Kate, qui aussitôt chercha la parade.

— Quel tableau touchant ! lança Alec, sur le seuil. Vous ressemblez tout à fait à l'ange de miséricorde, Milady.

Il fallait vite dissiper le soupçon que Kate sentait poindre dans sa voix.

— Ma mère, dit-on, jouait ce rôle à la perfection lorsqu'elle soignait son mari, lord Darnley, remarqua-t-elle. Jusqu'au jour où... Vous connaissez la suite ! Bien entendu, ma mère clama son innocence.

— J'avais complètement oublié cette histoire ! fit Alec dans un grand éclat de rire.

Toute la méfiance de Malcolm semblait dissipée, et Kate devait songer à profiter de ce répit pour faire libérer Gavin.

— Pas moi, j'ai une excellente mémoire... reprit-elle. Mais revenons à nos petits soucis présents ! Jock a besoin d'un brancard pour transporter Gavin et d'un autre garde pour lui donner un coup de main. Ah, et puis... Jeanie part avec son mari...

— Non ! riposta Malcolm.

— Si nous ne tuons pas Gavin, Jeanie ne nous est d'aucune utilité. Ils sont mariés religieusement, vous ne pourrez donc plus la caser avantageusement. En outre, le clan essaiera peut-être de la récupérer si vous la gardez prisonnière. Ils l'ont acceptée comme l'une des leurs le jour du mariage.

— Peut-être devrais-je alors reconsidérer le sort de ce garçon et le tuer ?

— Pourquoi ? L'éliminer, lui, ne vous serait pas très utile, vous ne pourrez le faire que lorsque nous aurons la couronne...

— C'est la voix de la raison. Je vous trouve d'ailleurs un peu trop raisonnable... commenta-t-il en l'observant avec attention.

Alec était redevenu soupçonneux. Il fallait se montrer habile et ne pas lui laisser le temps de réfléchir. En outre, insister serait maladroit et risquait de détruire tous les efforts de Kate. Alors elle haussa seulement les épaules et se dirigea vers la porte.

— Faites comme vous l'entendez, dit-elle avec désinvolture. Moi, ça m'est égal. Je voulais juste nous épargner des complications. Et maintenant, je sors, avant de me trouver mal tant ça sent mauvais ici ! Je vous attends dans la cour.

Avait-elle forcé son personnage, en avait-elle trop fait ? s'interrogea anxieusement Kate, une fois au grand air. Après tout, elle ne connaissait pas vraiment Alec Malcolm. Elle verrait bien. Pour tromper son angoisse et son impatience, elle se mit à faire les cent pas.

Soudain elle les vit : Jock et un des gardes portaient le brancard sur lequel gisait Gavin. Suivaient Jeanie puis Alec Malcolm.

— Je vous rejoins dans un instant, dit Kate à ce dernier. Il faut que je donne un message à Jock pour Robert.

Elle traversa la cour vers le chariot où Jock installait Gavin. Le jeune homme émit un gémissement et ouvrit les yeux ; des yeux qui paraissaient plus bleus que jamais dans son visage tuméfié.

— Rétablissez-vous très vite, Gavin, lui chuchota Kate. Jock va vous remettre les os en place, il s'y connaît.

— Dites-lui de... réparer d'abord... mes doigts... deux doigts cassés... bredouilla-t-il entre deux plaintes.

— Oui, oui, Gavin, il va réparer tout ce qui a besoin de l'être, soyez sans crainte.

— Besoin de... mes doigts... pour jouer... cornemuse...

Kate avait les larmes aux yeux. En un moment pareil, il pensait encore à ce maudit instrument !

— Important... jouer... cornemuse... murmura-t-il d'une voix presque inaudible.

Parler avait dû consumer les dernières forces de Gavin. Le jeune homme s'évanouit une nouvelle fois.

Alors Jeanie se hissa rapidement sur le chariot et posa avec douceur la tête de son mari sur ses genoux. A la lumière du jour, la jolie Jeanie de naguère n'était plus qu'un fantôme hagard dont le regard fixait Malcolm avec dureté.

— Je veux qu'il meure, Kate, chuchota-t-elle.

— Il mourra, promit Kate. Mais avant cela je dois parler à Jock et lui donner quelques consignes. (Elle se tourna vers lui.) Essayez de retenir Robert aussi longtemps que vous pourrez, je ne veux pas qu'il vienne ici trop vite.

— Pourquoi ?

— Faites ce que je vous dis, Jock, c'est tout. Et transmettez-lui ce message, ajouta-t-elle soudain avec un sourire. Puisqu'il n'a pas voulu me donner Craighdhu, j'ai décidé de prendre l'Ecosse à la place. Dites-le-lui...

— Et vous pensez qu'il va vous croire ?

— Pourquoi pas ? Il sait que je ne manque pas d'ambition. Montez-le contre moi, Jock. Voilà l'occasion que vous attendiez depuis mon arrivée à Craighdhu, n'est-ce pas ?

— Tout à fait.

— Eh bien, saisissez cette chance !

Alec Malcolm s'approcha du chariot et demanda sur un ton nerveux :

— Quelle chance ?

— Celle d'avoir la vie sauve en me laissant à Kilgranne et en emmenant ce chariot loin d'ici, répondit Kate. Vous connaissez sûrement la loyauté légendaire de Jock vis-à-vis de mon mari. Il n'a pas envie d'abandonner ce qu'il estime appartenir à Craighdhu.

Kate recula et fit signe à Jock de partir. L'homme de confiance de Robert lui adressa un dernier regard, impassible comme toujours, puis il fit claquer les rênes.

— Il est peut-être loyal, Milady, mais ce n'est pas un idiot, remarqua Alec.

Kate suivit des yeux le chariot qui s'éloignait, et brusquement elle se sentit terriblement seule. Peut-être ne les reverrait-elle plus jamais ? Craighdhu, c'était plus que certain, elle n'y retournerait pas. S'armant de courage, Kate se tourna vers Malcolm.

— « Milady » ? Pourquoi ce ton formel entre nous ? demanda-t-elle avec un sourire radieux. Appelez-moi donc Katherine...

— Où sont tes hommes ? Tu m'avais dit qu'ils seraient là, demanda MacBrennan à MacDarren.

— Ils devraient être là, fit Robert, soudain inquiet. J'avais bien dit à Jock que je les voulais tous dans le vallon de Kilfirth au coucher du soleil.

Il n'y avait qu'une tente dans la petite vallée avec, juste à côté, deux chevaux de trait et un chariot. Robert repéra le cheval de Jock en train de paître, tout seul, un peu plus loin.

— Je n'aime pas du tout ça, confia-t-il à Robbie. Attends-moi ici, je vais jeter un coup d'œil.

Jock sortit de la tente. Ses vêtements étaient souillés, il transpirait à grosses gouttes. Son regard se porta vers la colline où se profilaient des cavaliers en grand nombre.

— Tu as su te montrer très convaincant. Combien sont-ils ?

— Trois cents. Jamie Grant et son clan vont nous rejoindre dans une heure, répondit Robert en mettant pied à terre. Mais où diable sont nos propres hommes ?

— Tu peux renvoyer les autres chez eux. Gavin est de retour, expliqua Jock en indiquant la tente.

— Quoi ? Comment va-t-il ?

— Il est évanoui. Et c'est tant mieux. J'ai passé la journée à lui remettre les os en place et à réparer les dégâts causés par Alec. Il a choisi une épouse qui a du cran, tu sais, elle m'a donné un sérieux coup de main. Et ce n'était sûrement pas facile pour elle de le voir autant souffrir.

— Jeanie est là aussi ?

— Oui. Beau coup, hein ?

— Mais comment as-tu fait ?

— J'ai donné Kate en échange.

Robert eut l'impression qu'on venait de le transpercer d'un coup d'épée. Mais au choc succéda la colère.

— Espèce de salaud ! Je vais te trancher la gorge !

— Je savais que tu réagirais ainsi. J'ai pris le risque. Ta femme ne m'a guère laissé le choix, à dire vrai.

Et Jock raconta la visite de Kate et sa détermination.

— Elle m'a chargé de te transmettre un message, ajouta-t-il. Puisque tu n'as pas voulu lui donner Craighdhu, dit-elle, elle va prendre l'Ecosse à la place.

— Et tu l'as crue, je suppose ? fit Robert avec ironie.

— Alec avait certainement raison. Kate ferait une reine hors pair. Mais si tu veux mon avis, elle a menti. Elle cherche à tailler Alec en pièces.

— Quelle chance a-t-elle ? Il a tellement plus d'expérience qu'elle !

— Moi, je l'ai vue à l'œuvre. Mais cela dit, si tu as quelques doutes, tu ferais peut-être bien d'aller lui prêter main-forte.

— Tiens donc ? Tu ne la considères donc plus comme une menace pour Craighdhu ? Pourquoi ce revirement ?

— Tu ne seras pas en paix tant que tu ne l'auras pas arrachée des griffes d'Alec. Et puis...

Jock sourit.

— ... je ne sais pas, mais Craighdhu sera peut-être moins en danger si Kate est ici sous notre surveillance plutôt que sur le trône d'Ecosse.

— Ta propre surveillance, en tout cas, s'est bien relâchée ! riposta Robert, accusateur. Tu aurais dû la garder en sécurité au château !

Pourquoi blâmait-il Jock alors qu'il était le seul responsable ? Il avait bien vu que Kate était dans tous ses états au moment de son départ, mais il ne pensait qu'à récupérer Gavin, l'inquiétude et la colère occultaient tout le reste et l'avaient aveuglé. Il est vrai qu'il ne s'était pas attendu qu'elle... Non, avec Kate, on pouvait s'attendre à tout, car elle était capable de tout ! Vite, il se devait d'agir vite, sinon il allait devenir fou !

— Je vais voir Gavin, puis nous partons pour Kilgranne, dit-il avec autorité.

— Je ne sais pas si elle y sera.

— Tu crois qu'Alec l'aura cachée quelque part ?

— Non, elle m'a demandé de te retarder. A mon avis, elle ne tient pas à ce que tu assièges Kilgranne, alors elle va se débrouiller pour que ça ne se produise pas.

— Sacrebleu ! Si elle croit pouvoir manipuler Alec, elle se trompe ! Elle n'est qu'une femme, presque une enfant encore.

— Vraiment ? Moi, je l'ai vue sous un jour bien différent. C'est elle seule qui a monté cette expédition à Kilgranne, pas moi. Je crois que tu vas devoir réviser ton jugement sur ta femme...

Duncan sortit du château au grand galop. Il fallait qu'il parle à Robert MacDarren avant que toute la troupe ne parvienne aux grilles. Il était seul.

— Ils ne sont pas là, annonça-t-il en s'arrêtant à la hauteur de Robert. Elle m'a chargé de te dire qu'ils sont partis à Edimbourg rejoindre les partisans de Marie. Elle a ajouté...

Duncan regarda les hommes derrière Robert et rougit.

— ... que votre mariage était rompu. Elle demande également que tu ne te lances pas à sa poursuite. Elle ne reviendra pas sur sa décision.

— Encore un coup monté, tu vois ? murmura Jock. Rameuter les clans pour venger une épouse qui a été enlevée, soit... mais courir après une femme qui ne veut plus de toi... En outre, tu ne pourras jamais donner les vraies raisons qui motivent Alec, ajouta-t-il plus bas, si tu entends récupérer ta femme avant qu'il annonce qu'elle revendique la couronne !

Robert savait que Jock avait raison. Comme si combattre Malcolm ne lui suffisait pas ! Voilà qu'il devait aussi se battre contre l'obstination d'une femme !

— Quand sont-ils partis ? demanda-t-il à Duncan.

— Tôt ce matin. Mais n'espère pas les rattraper, mon père était très pressé. Il comptait prendre la mer en début de soirée.

Il n'était pas loin de minuit. Au printemps, la route maritime du nord était la plus rapide. Ils n'avaient plus une seconde à perdre. Ils embarqueraient à Craighdhu.

— Robert... commença Duncan, la mine déconfite. Je suis désolé pour Gavin. Tu connais mon père. Je n'ai pas réussi à l'empêcher... Personne n'a pu...

— Oui, je le connais.

Robert fut parcouru d'un frisson d'horreur au souvenir du corps martyrisé de son jeune cousin. Et Kate qui pensait pouvoir manipuler ce monstre de Malcolm ! Mais il n'allait faire qu'une bouchée d'elle ! Un seul faux pas et elle était perdue. Il fallait seulement espérer qu'il arriverait à Edimbourg à temps pour s'occuper en personne de ce scélérat...

13

— Vous ne mangez pas, dit Alec Malcolm. Ce n'est pas bien, vous avez besoin de toutes vos forces. Servez donc une tranche de ce délicieux gigot à la comtesse, ordonna-t-il à une servante.

Mais Kate avait hâte que cet interminable repas se termine. Elle avait vraiment besoin de se retrouver seule.

— Non, merci, je n'ai pas faim, répondit-elle. La journée a été longue et épuisante.

— MacDarren l'a sûrement trouvée plus longue encore, observa sèchement Malcolm. A l'heure qu'il est, il doit approcher de Kilgranne.

— Peut-être, fit Kate. Si toutefois il a décidé de se lancer à ma poursuite...

— Nous en sommes convaincus, vous et moi. MacDarren a horreur de perdre. Nous avons toujours été rivaux. Je dois dire, hélas, que j'ai perdu plus souvent que lui. C'est fort agaçant. Et incompréhensible... Voilà pourquoi je suis bien résolu à vaincre, cette fois. Du reste, je me suis arrangé pour que, même battu, j'en sorte gagnant ! conclut-il en riant sous cape.

Kate était maintenant trop fatiguée pour tenter de décrypter ce genre de propos.

— Quand arriverons-nous à Edimbourg ?

— Dans peu de temps, si les vents nous sont favorables. Avez-vous hâte de commencer votre nouvelle vie ?

— Et vous ?

— Oui. Mais il nous faut procéder lentement. Ne nous laissons pas gagner par l'impatience !

Quel soulagement ! Voilà qui donnerait à Kate le temps de fomenter son propre complot. Elle ne savait pas encore comment. De toute façon, la première des choses à faire était d'éliminer Alec Malcolm.

— Je vous sens pressée et tendue, dit-il. Comme votre mère. J'ai remarqué que vous lui ressembliez beaucoup.

— Vous l'avez rencontrée ?

— A plusieurs reprises. Elle était très fine.

Kate comprit immédiatement qu'Alec essayait de lui tourner un compliment... et, bien sûr, de la manipuler ! Elle décida donc de changer de sujet.

— Où habiterons-nous à Edimbourg ?

— Moi à la cour, et vous sur mes terres, au château de Selwyth, à quelques lieues de la ville. Je préfère que James ne sache pas que vous êtes ma compagne, ajouta-t-il très vite.

— Il ne tardera pas à l'apprendre dès que vous commencerez à contacter les sympathisants de Marie.

— Voilà pourquoi nous n'en ferons rien. Il me reste quelques détails à régler, mais dès que j'aurai rassuré James et que je lui aurai donné un motif valable à notre départ, nous prendrons le chemin de l'Angleterre.

— L'Angleterre ?

— Oui, j'estime plus prudent d'aller d'abord chercher le soutien des sympathisants anglais. Nous nous rendrons à Kenilworth ou à Warwick. Absorbée par le conflit avec l'Espagne, Elizabeth n'aura pas le temps de se préoccuper de nous. Et quand elle le fera, il sera trop tard, nous l'aurons renversée ! conclut Alec avec un petit gloussement.

— Vous comptez donc vous emparer aussi du trône d'Angleterre ?

— Bien sûr. N'ai-je pas promis de faire de vous la plus grande reine que la terre ait jamais portée ?

— Je me serais contentée de l'Ecosse. Prendre l'Angleterre, c'est risqué.

— Mais le jeu en vaut la chandelle.

Et qui avait le plus à perdre dans cette affaire ? Kate, évidemment ! Sa mère avait conspiré pour s'approprier les deux couronnes, et avait fini en prison, puis la tête sur le billot. Malcolm s'en moquait, bien évidemment, songea amèrement Kate. Pour lui, elle n'était qu'un pion sur l'échiquier de ses ambitions.

— Faites-moi confiance, continua-t-il d'une voix feutrée. Vous verrez, c'est moins dangereux qu'il n'y paraît. Quand j'agis, j'ai toujours les armes qu'il faut. Je vous assure que je n'ai aucune envie de laisser ma tête... ni la vôtre dans toute cette histoire. Vous m'êtes très chère et je veillerai sur vous comme sur le bien le plus précieux.

Kate décela une imperceptible menace dans ces mots. Et brusquement, elle en eut assez. Epuisée, désespérément seule, elle voulait rentrer à Craighdhu. Cet homme était certainement plus démoniaque encore que Sebastian...

— Je n'ai donc rien à craindre, dit-elle en se levant. Vous voudrez bien m'excuser si je me retire dans ma cabine, il se fait tard.

— Mais certainement, fit-il. Je vous rejoins dans quelques instants.

L'air stupéfait de Kate parut l'étonner.

— Vous vous attendiez bien, ma chère, que nous scellions notre pacte de la manière la plus agréable qui soit, n'est-ce pas ?

Non, justement, elle n'attendait rien de tel ! Alec Malcolm n'avait pas envie d'elle. Elle connaissait les signes du désir et n'en avait reconnu aucun dans son comportement.

— J'ai du mal à réfréner mon impatience, dit-il en souriant.

Kate comprit soudain et un frisson glacé la parcourut de la tête aux pieds. Alec lui tendait un autre piège pour découvrir ses faiblesses et prendre l'avantage.

— Non, pas maintenant.

— Ce soir, décréta-t-il avec fermeté. Et nous nous

marierons dès notre arrivée à Edimbourg, il y a en moi un tel désir !

Désir de devenir prince consort, oui, et de s'emparer de la couronne ! Kate devait trouver très vite une parade.

— Si nous nous marions en Ecosse, James l'apprendra, remarqua-t-elle posément. Nous devrions attendre d'être en Angleterre. En outre, il est possible que je sois enceinte. Si nous couchons ensemble maintenant, nul ne saura si ce bébé est de vous ou de Robert. Vous voudriez donc que Robert se serve de votre enfant pour revendiquer le trône d'Ecosse ?

Apparemment, cette idée n'était pas du goût d'Alec.

— Vous savez bien que la ligne de succession doit être libre de tout obstacle.

— Dans ce cas vous attendrez.

— Combien de temps ?

— Dans un mois environ nous devrions être fixés.

— Alors, je vais vous surveiller de près. Mais vous avez raison, en aucun cas nous ne voulons avoir affaire au rejeton de MacDarren ! Si par malheur vous étiez enceinte, je vous promets de vous débarrasser de l'intrus ! Les dames de la cour font appel à une vieille herboriste digne de confiance...

Kate ne semblait pas comprendre, alors Alec poursuivit en souriant :

— Je ne vous savais pas aussi ignorante des choses de la vie, vous semblez tellement intelligente ! Il est vrai que vous aviez peu de chances d'être mise au courant de ce genre de choses chez votre pasteur. En bref, nous tuerons l'enfant dans votre ventre.

Il la scrutait sans merci, guettant le moindre signe de faiblesse. Kate était horrifiée, mais il ne devait surtout pas le savoir. Or, cette fois, le choc et l'émotion furent si violents qu'elle allait fatalement se trahir... Elle se détourna très vite et marcha vers la sortie.

— Souhaitons que cela ne soit pas nécessaire, dit-elle d'un ton naturel. Bonne nuit.

Arrivée dans sa cabine, Kate pensa qu'elle allait perdre connaissance.

Alec Malcolm avait l'intention d'assassiner son bébé !

Cet enfant qu'elle avait tellement désiré, l'enfant de Robert, le bébé qui devait lui donner Craighdhu ! Il ne serait donc pour Malcolm qu'un autre pion sur l'échiquier de sa diabolique avidité ?

Tuer un bébé dans le ventre de sa mère ! Kate n'aurait jamais soupçonné qu'un acte pareil fût possible...

Bien sûr, peut-être n'était-elle pas enceinte ; dans ce cas, ses craintes pourraient se dissiper. Mais si réellement... Dire qu'elle avait cru pouvoir se mesurer à Malcolm... ! Décidément, elle n'était pas de taille à l'affronter.

Jock eut bien du mal à convaincre Robert de rester à bord de l'*Irish Princess* pendant qu'il se rendrait aux nouvelles chez Bobby MacGrath. Robert protesta d'abord, puis convint que Jock avait raison. Il ne fallait surtout pas qu'Alec fût au courant de sa présence en ville. On le connaissait à Edimbourg, la nouvelle de son arrivée se répandrait comme une traînée de poudre. Or, la moindre imprudence risquait d'être fatale à Kate.

— Je serai de retour à la nuit tombée, promit Jock.

Il était midi à peine. Comme la journée serait longue !

— Ramène-moi MacGrath, lança Robert à Jock. J'ai à lui parler.

Bobby MacGrath informa Robert que Malcolm se trouvait à la cour depuis quatre jours, il logeait dans les appartements privés de James.

— Il n'y a aucune femme avec lui, précisa-t-il.

— Est-il sorti du palais royal ? demanda Jock.

— Oui, le premier jour, il s'est rendu dans une chaumière et hier il y a passé un peu plus de quatre heures. Mais là non plus il n'y a pas de femme.

— Qui habite cette chaumière ? s'enquit Robert.

MacGrath était un brave garçon, loyal et fiable, mais il fallait lui arracher la moindre information, ce qui agaçait prodigieusement Robert.

— Un vieillard, répondit Bobby en sirotant sa bière. Sec comme un coup de trique, avec des cheveux blancs et les yeux hagards.

— Sebastian Landfield, murmura Robert.

— J'ignore son nom. Je n'ai fait que l'entrevoir en m'approchant discrètement de sa fenêtre.

Il s'agissait sûrement du pasteur, la description correspondait. Robert se souvenait maintenant que Malcolm avait mentionné son nom dans la conversation, mais il n'y avait alors pas prêté grande attention.

— Tu ne l'avais jamais vu auparavant, Bobby ?

— Jamais. Du reste, pas une fois Malcolm ne s'était rendu dans cette chaumière lors de ses précédents séjours à Edimbourg. Je n'ai eu connaissance de l'existence de ce vieil homme qu'en suivant Alec le lendemain de son arrivée. Cependant, il y avait déjà un type qui montait la garde devant la porte.

Peu lui importaient les raisons d'Alec, Landfield représentait désormais une des dernières chances de retrouver Kate. Qui sait, Alec avait peut-être informé le pasteur des pérégrinations de son ancienne pupille ?

Il lui suffisait maintenant d'avoir l'adresse. MacGrath la lui indiqua, mais à son avis il ne fallait pas s'attendre à obtenir trop de renseignements.

— Le pauvre vieux doit se trouver dans un piteux état, si j'en juge par ce que j'ai entendu hier derrière la porte de la maisonnette. Alec se livrait à son sport favori...

— La torture ?

— Tu m'avais bien recommandé de ne pas intervenir dans les affaires de Malcolm, déclara Bobby, sur la défensive. En outre, ce vieillard n'est pas un des nôtres.

— Tu as très bien fait de ne pas t'en mêler, Bobby, c'est trop dangereux. Au fait, penses-tu qu'il puisse être toujours en vie ?

— Je n'en sais rien. Mais j'en doute fort. Depuis le

départ de Malcolm, c'est très calme et la sentinelle a disparu.

— Y aurait-il un lien entre la mort de cette femme dans les cachots de James et le supplice de Landfield ? murmura Jock.

— Probablement, répondit Robert. A propos, Bobby, as-tu découvert l'identité de la femme en question ?

— Une Anglaise du nom de Clara Merkert. James avait envoyé un escadron la chercher, m'a raconté un soldat qui avait participé à l'opération. D'après lui, on leur avait recommandé d'agir discrètement, personne au village ne devait savoir qu'ils l'avaient emmenée.

Le village en question était fort éloigné de l'endroit où Kate avait été élevée. Cependant, Robert était convaincu qu'il y avait un lien entre cette femme et Kate.

Après le départ de MacGrath, Jock informa Robert que des rumeurs de guerre circulaient.

— Elizabeth a envoyé le comte de Leicester aux Pays-Bas pour négocier la paix et Drake en Espagne pour attaquer Cadix. Il a coulé trente-six galions espagnols. L'Invincible Armada de Philippe II se prépare à riposter. Et il faudrait un miracle pour que l'Ecosse et l'Irlande ne se trouvent pas impliquées elles aussi dans un combat naval d'une telle envergure.

— Je le sais, dit Robert. Dès que nous aurons arraché Kate des griffes d'Alec, je te renvoie chez nous pour que tu assures la protection de Craighdhu.

— Tu me renvoies chez nous ? Et toi alors ?

— Je déciderai plus tard.

— Ta décision est déjà prise, j'ai l'impression.

Robert changea aussitôt de sujet :

— Alec possède une propriété au sud de la ville, Kate pourrait bien s'y trouver. Nous irons donc y faire un tour...

Comprenant que Jock allait protester, il enchaîna très vite :

— Tu iras là-bas jeter un coup d'œil. Nous planterons notre tente dans les bois près du château et j'attendrai sagement ton retour...

— Pourquoi ne pas y aller dès ce soir ? Je croyais que tu étais pressé ? s'étonna Jock.

— Non. Nous allons rendre d'abord une petite visite à Sebastian Landfield !

Aucune lumière ne filtrait par la fenêtre, lorsqu'ils parvinrent à la chaumière, et la sentinelle avait effectivement quitté la place. Arrivaient-ils trop tard ?

Robert poussa la porte sans difficulté et dégaina son épée avant d'entrer.

— Essaie de dénicher une bougie, dit-il à Jock, je n'y vois rien !

— Serpent... chuchota une voix cassée.

A ce moment précis, Jock accourut avec un chandelier et ils aperçurent Sebastian Landfield attaché à une chaise. Il était méconnaissable ; son corps tout entier avait été supplicié à coups de couteau... Robert se demandait par quel miracle le vieux pasteur était encore en vie. Mais il ne le serait certainement plus pour longtemps ; une mare de sang s'étalait autour de lui.

— Je ne... céderai... pas... bégaya le vieil homme.

— Où est Kate ? lui demanda Robert.

Landfield leva sur lui des yeux hagards.

— Fille de Satan... Serpent du paradis terrestre... Je ne céderai pas... Tuez-la... implora-t-il. Tuez le serpent...

Sa tête retomba ; il était mort.

— Je crois savoir pourquoi cette ordure d'Alec ne l'a pas achevé, pourquoi il l'a laissé se vider de son sang, dit Jock. Parce qu'il était très contrarié. Et pourquoi ? Parce qu'il n'a pas obtenu ce qu'il voulait. Or, je me demande bien ce qu'il cherchait...

— Il voulait faire avouer à Landfield que Kate était la fille de Marie. Seulement, même sous la torture, les fous ne flanchent pas.

— Est-elle retenue prisonnière ? demanda Robert avec inquiétude.

Jock venait de regagner leur bivouac dans la forêt jouxtant le château de Selwyth où il avait localisé Kate.

— D'après ce que j'ai vu, elle est libre, répondit-il. Mais si j'en juge par le nombre de gardes autour de la propriété, je suppose qu'elle serait vite stoppée dans sa fuite... si, par hasard, elle essayait de s'enfuir ! A part cela, elle semble libre d'aller et de venir à sa guise dans le château et les jardins. Elle fait même du cheval dans cette forêt, tous les jours. Sous bonne garde, cela va de soi.

— Alors nous pouvons l'emmener.

— Pas contre son gré. Secourir une femme qui ne souhaite pas être secourue, je t'assure que c'est une besogne infernale !

C'était difficile à admettre, mais Jock devait avoir raison.

— Alors il me faudra la convaincre qu'elle veut être secourue. Puis-je pénétrer dans le château ?

Pendant un long moment, Jock sembla hésiter.

— Peut-être, répondit-il enfin. Les domestiques de Malcolm se laissent facilement acheter. D'autant plus qu'ils le détestent. Quant aux gardes, on a dû les prévenir que tout un détachement risquait d'attaquer pour enlever Kate, ils ne se méfieront pas d'un homme seul. Le seul danger, bien sûr, serait que tu croises un des proches de Malcolm qui te reconnaisse. Bon, je vais voir ce que je peux faire.

— Milady !

Kate se retourna. L'homme qui descendait l'allée du jardin dans sa direction s'appelait Kenneth Morrow, c'était le capitaine des gardes d'Alec. Elle lui adressa un sourire aimable.

— Bonjour, capitaine. Belle matinée, n'est-ce pas ?

— Magnifique ! Et si vous me permettez, Milady, vous êtes plus belle encore, dit-il gauchement.

Disposant de peu d'armes dans le combat qu'elle livrait, Kate avait opté pour la tactique si chère à Jeanie. Elle s'efforçait de renvoyer une image d'elle-même totalement à l'opposé de sa véritable nature. A force de minauder et de battre des cils avec un sourire mièvre, il lui arrivait, comme en ce moment, d'avoir la nausée...

— Oh, quel flatteur ! fit-elle en baissant les yeux. M'accompagnerez-vous dans ma promenade ?

— Hélas, Milady, le devoir m'appelle. Je viens seulement vous apporter un message. Sir Alec aura le plaisir de dîner avec vous ce soir.

Kate se crispa. Elle savait que Malcolm revenait à Selwyth. Mais elle ne se sentait pas encore prête.

— Quelle excellente nouvelle ! roucoula-t-elle.

— Monterez-vous aujourd'hui, Milady ?

Kate tourna au coin de l'allée.

— Comment résister lorsqu'il fait si beau et que la compagnie est si...

Robert ! Kate en eut le souffle coupé. Le jardinier abrité sous un grand chapeau de paille et qui binait la terre au pied des rosiers... c'était Robert, aucun doute possible !

— Quelque chose qui ne va pas, Milady ?

— Non, non, répondit-elle très vite. Les roses sont si belles, j'en suis restée sans voix ! Il faudra que je demande au jardinier d'en couper un bouquet pour la table du dîner.

— Alors, Milady, cette promenade à cheval ? insista Morrow.

— Oui, j'en ai très envie. Mais je vous ferai savoir à quelle heure, j'enverrai un domestique vous avertir. J'aimerais m'attarder encore un peu dans ce jardin. La journée est si belle !

Que faisait donc Robert ici ? Et ce Morrow, il ne partirait donc jamais ? Voilà qu'il regardait les roses, lui aussi ! Elle devait absolument détourner son attention. Venu de Kilgranne, il reconnaîtrait Robert, si jamais...

Kate dirigea ses pas vers un banc de pierre sous un pommier en fleur.

— Mais ici, à Selwyth, toute la végétation est superbe, dit-elle avec empressement. Regardez cet arbre, par exemple, une merveille ! Du reste, je crois que je vais m'asseoir ici un instant.

Hélas, il restait planté devant elle, un sourire béat sur les lèvres... Kate essaya alors de le rassurer de son air le plus aimable.

— Je ne crains rien ici, vous savez, capitaine. Il ne faut pas que je vous retienne quand le devoir vous appelle. Votre sollicitude me touche énormément.

— C'est un tel plaisir et un si grand honneur de veiller sur vous, Milady. Eh bien, à plus tard, alors, fit-il en s'inclinant.

A peine avait-il disparu en direction du château que Kate se précipitait vers le massif de roses...

— Tu es fou ? Va-t'en tout de suite ! chuchota-t-elle, furieuse.

Mais Robert continua à travailler la terre sans regarder Kate.

— Je pensais qu'il ne s'en irait jamais, ce porc ! maugréa-t-il. Tu ne fais pas du charme seulement à Alec, semble-t-il.

— Il peut m'être très utile. Et Alec Malcolm ne se laisse charmer par personne.

Kate le fixait, troublée de l'avoir là, si près...

— Jock semble te croire capable de mater Alec. Moi, je crois plutôt qu'il va te dévorer toute crue !

— Pourquoi es-tu venu ?

— Que peut faire d'autre un mari aimant, lorsque sa femme l'abandonne ?

Elle le sentait en colère, et c'était exactement ce qu'elle voulait, qu'il soit furieux contre elle.

— Avoir assez d'amour-propre pour accepter qu'elle ne veuille plus de lui et partir de son côté.

— Oh, non, Kate, ça ne prend plus ! Bien que j'aie été fort contrarié d'être ainsi humilié devant mon clan !

— Je recommencerai. Oui, je recommencerai jusqu'à ce que tu comprennes enfin. Jock ne t'a donc pas dit que je…

— Jock m'a transmis ton message, la coupa Robert. Il n'en a pas cru un traître mot. Et moi non plus.

— Alors, c'est que tu es idiot. Tu ne me dois rien. Tu as tenu la promesse faite à Elizabeth. C'est moi qui suis partie.

— En te laissant à proximité de James, avec Alec qui est prêt à se servir de toi, à tout moment, comme monnaie d'échange, pour s'attirer les bonnes grâces de son monarque ?

— Il ne fera pas cela.

— Comment le sais-tu ? Ici les ambitions fluctuent d'un jour à l'autre. James sourit à un petit hobereau, et ça fait des vagues dans tout le royaume. Elizabeth envoie trois lignes cinglantes à James, et la situation chavire à nouveau. En un rien de temps Alec peut décider qu'il n'a plus besoin de toi.

— Il brigue la couronne, et pour cela je lui suis indispensable. De toute façon, je ne vais pas rester longtemps à proximité de James, comme tu le crois. Nous partirons pour l'Angleterre dès qu'Alec aura réglé certains détails.

— Pourquoi l'Angleterre ? demanda Robert, très surpris.

— Il dit que les appuis seront plus faciles à obtenir de l'autre côté de la frontière.

— Non, les partisans de Marie sont beaucoup plus forts et nombreux ici, en Ecosse. Où irez-vous en Angleterre ?

— Si je me souviens bien, il a parlé de Warwick et Kenilworth.

— Quoi ? Mais ça n'a pas de sens ! Ce sont deux fiefs protestants.

— Alec n'est apparemment pas de ton avis. Mais puisqu'il convoite pour moi les deux couronnes, celle d'Angleterre et celle d'Ecosse, il sait sûrement où nous trouverons le meilleur soutien.

— La couronne ! Suis-je censé croire que c'est là l'objet de toutes tes convoitises ?

— Pourquoi pas ? lança Kate d'un air de défi.

Perdant son calme, Robert prit la jeune femme par les épaules.

— Arrête donc de me mentir, tu le fais très mal ! Je suis venu te chercher pour te ramener à Craighdhu.

— Cette page de ma vie est tournée, je ne retournerai pas là-bas.

Si seulement il laissait retomber ses bras ! La chaleur de ses paumes sur elle lui rappelait tant de délicieux souvenirs...

— Où as-tu la tête, Robert ? Ton cher Craighdhu t'a toujours tellement préoccupé. Me demander d'y retourner, c'est le mettre en danger.

— C'est mon problème.

— Justement. Laisse-moi décider de ma vie. Et c'est ici que je veux être.

— C'est faux ! gronda-t-il. Cesse de mentir.

Sur quoi, Robert l'attira plus près de lui. Kate s'écarta brusquement.

— Où faut-il que j'aille ? Craighdhu ? Pas question, je causerais sa perte. Tu avais raison, et je me trompais. Je resterai toujours celle dont on se sert.

— Je sais que tu n'as pas l'intention de laisser Alec se servir de toi.

— En effet, je vais le tuer.

— C'est bien ce que je pensais.

— Je vais le tuer, puis je m'en irai. C'est le seul moyen de sauver Craighdhu. Et ma seule chance de salut.

C'était aussi la seule façon de protéger Robert.

— Je vais m'en occuper. Après ce qu'il a fait subir à Gavin, j'ai bien l'intention de le liquider...

— Et de donner un prétexte à James pour s'emparer de Craighdhu ? Non, c'est à moi de le faire !

— Tu n'y parviendras pas, Kate. Tu n'es pas assez dure !

— Je peux fort bien apprendre à m'endurcir ! dit-elle sèchement. Et maintenant, fiche-moi la paix, Robert. Je n'ai pas besoin de toi.

— Je m'en vais. Pour l'instant... Mais, auparavant, je dois te dire quelque chose... Voilà, figure-toi que je suis tombé sur un de ces détails qu'Alec avait tant à cœur de régler. Sebastian Landfield est mort.

Kate s'immobilisa, stupéfaite. Pourtant la nouvelle ne lui causait aucune peine. C'était une curieuse sensation. Difficile, en effet, d'imaginer que soudain, la menace de toujours n'existait plus.

— Alec l'a torturé à mort, continua Robert. Et, apparemment, il n'a pas cédé. Dis-moi, Kate, que sais-tu d'une dénommée Clara Merkert ? demanda-t-il après une courte pause.

Le brusque changement de sujet la surprit, de même que ce nom que plus personne n'avait mentionné devant elle depuis des années.

— Pourquoi ?

— James l'a envoyé chercher en Angleterre et Alec l'a interrogée dans les cachots du palais royal à Edimbourg. Ce n'est sûrement pas sans rapport avec toi.

— Clara a été ma nourrice. Mes premiers souvenirs remontent à l'époque où je me trouvais avec elle. Des souvenirs peu nombreux et assez flous, mais empreints de chaleur et de gaieté.

— Interrogée, dis-tu ? Dans les cachots... Est-ce que...

— Tu rentres avec moi, Kate, la coupa Robert. Je ne peux pas t'emmener tout de suite, mais tiens-toi prête.

— Non.

— Si.

Elle tournait déjà les talons quand une pensée lui traversa soudain l'esprit. Si elle était enceinte, sans doute aurait-elle besoin d'aide pour sauver son bébé, il valait donc mieux être raisonnable et ne pas rompre absolument avec Robert.

— Si je changeais d'avis, puis-je t'envoyer un message ?

MacDarren la scruta attentivement.

— Pourquoi cette brusque incertitude, Kate ?

— Ce n'est pas de l'incertitude mais de la sagesse. Je crois ne pas devoir couper les ponts entièrement.

— Tu ne peux faire confiance à personne ici pour porter un message. Afin que je puisse entrer à Selwyth, Jock a été obligé de soudoyer des gardes.

Kate se retrouvait donc seule, comme avant sa venue. A elle donc, une fois de plus, de résoudre ses propres problèmes !

— As-tu couché avec ce salaud ? demanda brusquement Robert.

Kate sentit bouillonner en lui la colère et la passion. Si elle répondait par l'affirmative, la fureur de Robert serait telle qu'il repartirait tout droit pour Craighdhu... presque sans regret !

— Si oui, je comprendrais, mais j'en éprouverais beaucoup de peine, murmura-t-il. Au point d'infliger à Alec un bien triste sort. En comparaison, ce qu'il a fait subir à Sebastian lui semblerait soudain un jeu d'enfant !

Kate le fixait sans un mot, en plein désarroi. Il comprenait ! Tant d'hommes n'auraient jamais compris. Robert la connaissait si bien. C'était un des aspects de sa personnalité qu'elle aimait le plus. Cet homme était précieux, et pourtant elle l'avait perdu...

— Tu as couché avec lui, Kate ? insista-t-il.

— Non, pas encore.

Et, tournant les talons, elle s'éloigna dans l'allée.

— Elle veut tuer Alec ! lança Robert à Jock en réintégrant leur campement. Avec une armée de gardes autour d'elle !

— Elle n'est pas folle, elle choisira le moment le plus propice. Tu m'as l'air terriblement en colère.

— Oui, je suis en colère ! Et mort de peur ! Il y a quelque chose qui cloche dans toute cette affaire. Alec emmène Kate en Angleterre. En pays protestant !

— Comment expliques-tu cela ?

— J'ignore ce qu'il a en tête. Peut-être estime-t-il trop risqué de renverser la monarchie et cherche-t-il un autre moyen de s'emparer du pouvoir ? Suppose qu'il livre Kate à Elizabeth en échange de ses faveurs ? Il pourrait la dénoncer comme conspiratrice et ainsi se faire passer pour un loyal sujet ! La tête de Kate contre un poste influent à la cour...

— Elizabeth se laissera-t-elle si facilement berner ? Rappelle-toi qu'elle a essayé de venir en aide à Kate.

— Elle ne connaît pas Kate. Et Elizabeth ne pardonne pas aux traîtres. Quant à Alec, il cherche le pouvoir avant tout !

— Qu'est-ce qu'on fait alors ?

— On surveille Selwyth, on enlève Kate à la première occasion. Et, surtout, on liquide Alec, avant qu'elle n'essaie de le faire elle-même.

— Vous êtes ravissante, Katherine, la complimenta Alec. Vos joues ont pris de jolies couleurs. Kenneth me dit que vous avez passé la matinée au jardin.

— Oui, il faisait si beau, et les roses sentaient si bon, je n'ai pas pu résister. Alors, et vos affaires à la cour, sont-elles réglées ?

— En partie. James est trop ébranlé par l'attaque d'Elizabeth sur Cadix pour exiger ma présence à ses côtés.

— Pourquoi a-t-elle attaqué Cadix ?

— Dans l'espoir de décourager Philippe d'Espagne qui s'apprête à envahir l'Angleterre.

— Pourquoi James serait-il angoissé par un conflit qui ne le concerne pas ?

— Parce qu'il hésite entre se faire valoir auprès de Philippe II et rechercher les faveurs d'Elizabeth. Pauvre garçon ! conclut-il avec un sourire méprisant. Ce sera encore à moi de le décharger de ces soucis diplomatiques.

— Si une guerre se prépare, peut-être n'est-ce pas le moment de fomenter un complot ?

— Au contraire. Un état de chaos est toujours propice aux changements. Mais il est vrai que ces rumeurs de guerre ont quelque peu modifié mes plans. Nous n'irons pas en Angleterre mais aux Pays-Bas. Nous embarquerons demain soir.

— Pourquoi les Pays-Bas ? s'étonna Kate.

— Nous allons là où nous trouverons le plus d'appuis.

Kate resta perplexe. A sa connaissance, Marie n'avait jamais entretenu de liens très étroits avec les Néerlandais.

— Cela n'a pas de sens, dit-elle.

— Faites-moi confiance, recommanda-t-il sèchement.

Kate jugea plus prudent de ne pas insister. Ce voyage aux Pays-Bas semblait très important pour Alec, et il était évident qu'il ne reviendrait pas sur sa décision…

Alors la panique s'empara d'elle. Un bateau allait l'emporter vers un pays totalement étranger. Comment pourrait-elle s'en échapper une fois qu'elle aurait tué Alec Malcolm ?

Elle n'allait tout de même pas trembler comme une poltronne ! Robert n'était encore qu'un enfant quand il avait traversé les mers pour rentrer à Craighdhu. Les circonstances étant à peu près analogues, elle n'avait qu'à suivre son exemple.

— Je suis sûre que ce voyage aux Pays-Bas nous sera fort utile, dit-elle en souriant.

14

— Ils embarquent ce soir, annonça Jock. Le bateau d'Alec doit être prêt à lever l'ancre avec la marée de minuit. Quels sont tes projets, Robert ? Devons-nous le suivre en Angleterre ou bien passons-nous à l'action dès à présent ?

Robert s'efforçait de réfléchir objectivement, en vain. Depuis qu'il avait revu Kate, la veille, il ne tenait plus en place. Son seul désir était de retrouver sa femme, et pouvoir enfin se jeter dans ses bras !...

— Va au bateau, Jock, ramène les hommes, nous intercepterons Alec sur le chemin du port. Il est bien gardé, je sais, mais il ignore que nous sommes en Ecosse, nous jouerons donc sur l'effet de surprise.

— Espérons que cela sera suffisant, remarqua Jock en se mettant en selle.

Robert était hanté par les mêmes doutes. Ils ne seraient qu'en petit nombre face à la troupe d'Alec. Il lui fallait trouver un moyen de neutraliser ses gardes, de les prendre par surprise. Les piéger, en somme...

— Attends ! cria-t-il à Jock. Je t'accompagne au port.

— Vous paraissez anxieux, Milord, observa Kate d'un ton léger. Craignez-vous les bandits de grands chemins ?

— Non, je dois seulement m'assurer que MacDarren n'essaie pas de me dépouiller de mon bien.

— Vous a-t-on parlé de lui ces derniers jours? demanda-t-elle en s'efforçant de rester naturelle.

— Non... Ce qui ne veut pas dire qu'il ne soit pas à Edimbourg. Je connais son habileté.

— Il n'est pas fou, dit Kate en jetant un coup d'œil à leur escorte. Je suis sûre qu'il ne va rien tenter contre un tel déploiement de forces.

— Je suis bien d'accord, mais il vaut mieux être méfiant.

A cet instant, de gigantesques filets s'abattirent sur la troupe des gardes qui chevauchaient à l'avant.

— Qu'est-ce que...

Malcolm se retourna et vit d'autres énormes filets emprisonner la colonne qui les suivait.

— En avant, MacDarren!

A ce cri de ralliement, des hommes surgirent des fourrés et se précipitèrent sur les soldats retenus captifs.

— Non! cria Kate.

Les hommes se débattaient, essayant de dégainer leurs épées, mais ils furent jetés à bas de leurs montures et transpercés comme des saumons harponnés en pleine rivière.

— Sacrebleu! maugréa Alec en saisissant les rênes du cheval de Kate.

Robert, l'épée à la main, se tenait soudain devant lui.

— Descends!

Alec mit pied à terre et sortit aussitôt son épée.

— Arrêtez! leur cria Kate. Non, Robert, pas cela! Pourquoi ne...

Comprenant qu'ils ne prêteraient aucune attention à ses imprécations, Kate descendit immédiatement de cheval. Le cliquetis des armes qui se croisaient, la lueur des lames au clair de lune lui glacèrent le sang. Elle se sentait soudain terriblement impuissante. Beaucoup plus grand et massif que Robert, Alec Malcolm lui faisait penser à une bête sauvage, brutale et sanguinaire.

— Robert, je t'en supplie…

— Ne te mêle pas de cela, Kate ! ordonna-t-il.

Incapable de rester plus longtemps spectatrice du carnage qui allait fatalement se produire, Kate alla ramasser le poignard d'un garde mort et revint vers les deux combattants.

Elle avait moins peur à présent. A la force physique d'Alec, Robert opposait, lui, la vitesse et l'agilité. De toute évidence, il maniait mieux l'épée que son adversaire. Mais il était sans pitié, jamais elle ne lui avait vu une telle expression. L'homme qui croisait le fer avec son ennemi n'était plus Robert MacDarren, comte de Craighdhu, mais Robert le Noir, le redoutable boucanier…

— Tu perds la main, mon vieil Alec ! persifla-t-il. Au lieu de fréquenter les courtisans, tu aurais mieux fait de rester dans les Highlands, ton coup d'épée n'aurait pas tant perdu de sa force !

Robert venait de toucher Alec pour la deuxième fois et un filet de sang brilla sur son épaule.

— Pas facile d'avoir le dessus quand l'adversaire n'est pas enchaîné sur la table de supplice, n'est-ce pas, Alec ?

— Je savais que cela t'agacerait que je m'amuse avec Gavin, rétorqua cruellement Alec.

Alors Robert frappa son adversaire d'un furieux coup à l'aine. Malcolm poussa un cri terrifiant, chancela un instant puis, à nouveau, tenta de se ressaisir.

— Idiot… Tu ne peux pas… vaincre… bégaya-t-il.

— Je ne cherche pas la victoire, riposta Robert.

Et il administra le coup fatal. Malcolm tomba enfin, une expression incrédule sur son visage livide et grimaçant.

— James… aura les aveux… de la… nourrice à ma… mort… Elle a… signé… sa confession…

Il leva un regard vitreux sur Kate, pétrifiée.

— Fini, Craighdhu… envolé… James… va tout détruire… pour vous tuer… Plus de Kate…

Son corps s'arc-bouta dans un dernier soubresaut

et retomba. C'en était fini d'Alec Malcolm. Kate détourna la tête pour ne plus voir l'affreux rictus de haine figé à tout jamais sur son visage.

— De quelle confession voulait-il parler ? demanda-t-elle enfin.

— La preuve que tu es bien la fille de Marie Stuart. Il avait fait venir ta nourrice à Edimbourg et il l'a torturée à mort afin d'obtenir ses aveux.

— Clara ?

Morte elle aussi à cause d'elle ? Plus les jours passaient, plus elle semait le malheur autour d'elle...

— Tu ne m'avais pas dit qu'il l'avait tuée.

Robert ne broncha pas puis, toujours silencieux, il installa Kate sur son cheval.

— Nous en reparlerons plus tard, reprit-il soudain. Trois gardes au moins ont réussi à s'enfuir. Ils vont sûrement annoncer la nouvelle à Edimbourg. Alors gagnons le bateau sans perdre de temps.

Tout allait trop vite. Kate commença à protester, et Robert menaça de l'immobiliser pieds et poings liés sur son cheval, un bâillon dans la bouche.

— Il faut que nous prenions la mer avant que les soldats de James ne découvrent le cadavre d'Alec.

— Nous devrions peut-être essayer de savoir qui détient les aveux avant que James ne les ait entre les mains, suggéra Jock. Nous ignorons les délais fixés par Alec. Nous avons peut-être encore quelques jours devant nous...

— Connaissant Alec, j'en doute : je dirais une heure à peine, fit Robert. Je ne peux pas prendre ce risque.

Trois heures plus tard, l'*Irish Princess* quittait le port, et Robert poussa un soupir de soulagement. Ils étaient tranquilles pour quelques heures ; ça lui laissait un peu de temps. Il allait pouvoir réfléchir à la meilleure manière d'agir... Mais sa méditation fut troublée par la venue de Kate, qui s'installa près de lui au bastingage.

— Je ne retourne pas à Craighdhu, déclara-t-elle. Si tu m'y ramènes, je m'enfuirai.

— Tu iras là où je t'emmènerai. Tu ne seras plus en sécurité nulle part en Ecosse maintenant.

— Alors je ne resterai pas en Ecosse non plus. Emmène-moi chez Elizabeth ; elle me trouvera un endroit sûr, elle l'a déjà fait.

— Dès que James saura qui tu es, tu deviendras pour elle une réelle menace.

— Tu te trompes peut-être. De toute façon, je préfère courir le risque plutôt que de savoir Craighdhu anéanti.

— Kate...

Il aurait tant voulu lui apporter le réconfort dont elle avait besoin après toutes ces épreuves, cependant il lui fallait prendre des décisions rapides.

— Va dans ta cabine, Kate, essaie de dormir, nous reparlerons de tout cela demain matin.

— Bon, alors, emmène-moi aux Pays-Bas comme Malcolm s'apprêtait à le faire.

— Aux Pays-Bas ? répéta Robert, fort surpris. Ne m'avais-tu pas dit qu'il devait t'emmener en Angleterre ?

— Il avait changé d'avis. A cause de la guerre avec l'Espagne. Il disait aussi que nous aurions plus d'appuis là-bas... Mais pourquoi fais-tu cette tête ? Que se passe-t-il ?

Robert avait l'impression qu'il venait de recevoir un coup terrible sur le crâne.

— Bon Dieu, mais quel homme infect !

— Robert ? fit Kate doucement. Qu'est-ce qui ne va pas ?

— Tout va bien, retourne dans la cabine, et essaie de dormir. Il faut que je réfléchisse. Je te rejoins tout à l'heure.

Kenilworth... les Pays-Bas... Robert s'alarma. « Le serpent », avait dit Landfield avant de mourir, et c'était tout aussi alarmant...

Kate ne dormait toujours pas lorsque Robert pénétra dans leur cabine, bien après minuit. Les rayons de lune éclairaient faiblement la couchette. Robert ôta son gilet de cuir et ses bottes, puis il rejoignit la jeune femme assise dos à la paroi. Il avait l'air si terriblement anxieux qu'elle ne put rester silencieuse plus longtemps.

— Que se passe-t-il, Robert ? lui demanda-t-elle. Je te sens très inquiet. Penses-tu que je puisse causer la perte de Craighdhu ? Ne crains rien, cela n'arrivera pas. Laisse-moi partir, et tout redeviendra comme avant, exactement comme si je n'avais jamais mis les pieds sur ton île.

— Non, ça ne sera jamais plus comme avant.

— Pourquoi ? Si je...

— Parce que je t'aime et que je t'aimerai jusqu'à l'heure de ma mort.

Kate sentit son cœur bondir de joie. Mais aussitôt son âme fut emplie de désespoir. Trop tard ! Si seulement il lui avait dit ces mots lorsqu'ils étaient ensemble au bord de la corniche... Non, de toute manière, c'était un amour impossible !

— Et alors ? fit-elle, faussement dure.

— Alors, je ne veux plus te quitter, et je ne veux plus que tu me quittes, je ne te laisserai pas repartir.

— Ah, les hommes ! Il n'y a que vos sentiments qui comptent, on dirait ! Mais moi, je me fiche pas mal de toi, tout ce que je voulais, c'était Craighdhu ! J'ai intrigué, comploté pour l'avoir... alors oublie-moi, et de mon côté j'oublierai tout ce...

— Chut... fit-il tendrement. Tais-toi, mon amour.

Les larmes que Kate s'efforçait de refouler jaillirent de ses yeux.

— Je t'en prie, Robert, empêche-moi de te faire du mal ! balbutia-t-elle, la tête contre son épaule.

Il se taisait, lui caressant doucement les cheveux.

— Je voulais tellement que tu m'aimes, chuchota-t-elle entre deux sanglots. Mais tout est allé de travers...

— Tout ira bien maintenant, ne pleure pas.

— Non, tout ira mal si je te prends Craighdhu !
— Tu n'auras pas à me le prendre. Je te le donne.
— Je ne peux pas accepter, je ne mérite pas un tel cadeau. Et tu souffrirais tellement.
— Je souffrirais mille fois plus de renoncer à toi, Kate.
— Oh, on dit ça...
— Dans cinquante ans, je le dirai encore ! Ecoute-moi, Kate, ce n'est pas une décision prise à la légère. Tu comptes beaucoup plus que Craighdhu pour moi, et si j'avais à choisir, c'est toi désormais que je choisirais !

Elle n'avait pas le droit, pourtant elle allait prononcer les mots qui lui brûlaient les lèvres depuis si longtemps. Un instant de bonheur volé, ça ne causerait pas trop de dommages...
— Je t'aime...

Le baiser qu'il déposa alors sur sa tempe était d'une infinie tendresse.
— Mais ça ne durera pas, s'empressa-t-elle d'ajouter. J'ai un caractère changeant. Donc, tu n'as pas à te sentir coupable de me quitter !
— Oh, tu fais bien de me le dire, ça me rassure...

Elle savait bien qu'il ne l'écouterait pas. Pourtant elle devait absolument trouver un moyen de le protéger.
— Emmène-moi en Angleterre, implora-t-elle à nouveau. Elizabeth est notre dernière chance. Si James découvre qui je suis, elle seule pourra intercéder en ma faveur ou me mettre à l'abri.
— Ou bien elle n'en fera rien...
— Essayons quand même ! Si tu m'aimes, Robert, conduis-moi là-bas.

Et pour finir, alors qu'elle n'espérait plus, il accepta.

Fardée à outrance, les cheveux d'un roux agressif, Elizabeth ne ressemblait pas à ce que Kate s'était imaginé. Mais quelle prestance ! Et son regard aiguisé avait réellement de quoi impressionner...

La souveraine examina Kate dans sa robe de velours cramoisi, appréciant sa belle chevelure sous la petite coiffe assortie ; elle lui trouva beaucoup de grâce et de fort beaux yeux.

— Pourquoi n'êtes-vous pas à Craighdhu ? C'est là que vous devriez vous trouver, votre épouse et vous, MacDarren, dit-elle à Robert.

— Nous y étions mais certaines circonstances nous ont obligés à en partir.

Kate remarquait que Robert, depuis le début de l'entretien, se montrait affreusement insolent avec la reine. Comment obtiendrait-elle la moindre faveur dans ces conditions ? Le faisait-il exprès ? En outre, il ne cessait pas de parler... Kate, excédée, l'interrompit soudain :

— Laisse-moi donc parler, à la fin !

Elizabeth éclata de rire.

— Et moi qui pensais vous avoir donné en mariage une jeune personne soumise, MacDarren...

— Oui, mais j'en suis ravi, répliqua-t-il en s'esclaffant à son tour.

— Veuillez excuser sa grossièreté, Majesté, fit Kate. Il se montre fort impertinent, et ce, au moment même où nous venons vous demander une faveur !

Alors Kate raconta les circonstances qui les amenaient chez elle. La souveraine pâlit en apprenant que la nourrice avait fait des aveux signés et qu'ils se trouvaient probablement entre les mains de James.

— Quelle gaffe, MacDarren ! lança-t-elle avec sévérité.

— C'est vous, Majesté, qui aviez choisi ce Landfield, riposta Robert. Si vous m'aviez dit qu'il était assez fou pour aller trouver James, je lui aurais tranché la gorge avant d'emmener Kate à Craighdhu. Tout est votre faute, Majesté !

Ils se mesuraient du regard, comme deux fauves près de bondir, et Kate n'y tint plus.

— Peu importe à qui revient la faute ! M'aiderez-vous, Majesté ?

— Je ne sais pas si je vais pouvoir, Katherine. J'entretiens à présent avec James des rapports assez délicats. S'il apprend qui vous êtes, il y a un risque. Je peux, à la rigueur, vous trouver un endroit où vous serez en sécurité. Mais pas en Angleterre.

— Et si vous l'envoyez hors du pays, vous n'assurerez plus sa protection ? demanda Robert.

— Non, ce sera impossible. En aucun cas je ne dois donner l'impression d'avoir un lien quelconque avec elle.

— Pourtant vous ne pourrez pas faire autrement, lança Robert.

— Et pourquoi, je vous prie ?

— Parce que nous savons vous et moi ce que révèle la confession de Clara Merkert. Nous savons que Marie Stuart n'était pas la mère de Kate. Nous savons que c'est vous.

— Robert ! chuchota Kate, affolée.

— Mensonges, gronda la reine. Je pourrais vous faire couper la tête pour m'avoir insultée de la sorte !

— Ce serait un risque inutile, Majesté. Comment pourriez-vous justifier votre acte ?

— Robert ! s'interposa Kate. Tu dis n'importe quoi, tu sais très bien que je suis la...

— Qui t'a fait croire, Kate, que tu étais la bâtarde de Marie ? Sebastian Landfield ! Qui, lui, le tenait de Sa Majesté. Il n'aurait pas mis son auguste parole en doute, voyons. Et pour Sa Majesté, légendaire reine vierge, quelle aubaine d'avoir sa ribaude de cousine prisonnière à la Tour de Londres pendant toutes ces années ! N'est-ce pas, Majesté ? Vous vouliez que votre fille soit élevée avec les honneurs dus à l'enfant d'une souveraine, tout en la privant du droit de savoir qui l'avait mise au monde ! Malcolm a torturé le pasteur pour lui arracher la vérité. Mais le pauvre vieux ignorait *votre* vérité, celle qui figure dans la confession de Clara, la nourrice ! Cependant, avant de mourir, le doute a dû l'effleurer. Il parlait de serpent... le serpent du jardin d'Eden qui était le diable ! A ses yeux, Kate, tel le diable qui s'était métamorphosé en serpent, était devenue la fille d'Elizabeth après avoir été celle de Marie.

— Votre raisonnement ne tient pas debout, rétorqua sèchement la reine.

— Moi aussi, j'ai d'abord pensé qu'il ne tenait pas debout. Puis Kate m'a dit que Malcolm l'emmenait à Warwick et à Kenilworth pour chercher des appuis.

Kate remarqua un imperceptible changement d'attitude chez Elizabeth.

— Cela m'a paru étrange, mais je ne faisais toujours pas le rapport. Jusqu'à ce que Malcolm change brusquement d'avis et décide qu'ils se rendraient aux Pays-Bas. Où, affirma-t-il à Kate, elle trouverait le plus de soutien.

Robert soutint le regard de la souveraine en poursuivant :

— Et, de fait, ce mois-ci vous avez envoyé le comte de Leicester aux Pays-Bas pour négocier la paix et consolider vos défenses à l'étranger en prévision de la guerre avec l'Espagne. Le comte de Leicester ne se trouvait plus ni chez lui ni à Kenilworth, ni chez son frère à Warwick. Malcolm devait donc le suivre aux Pays-Bas afin de l'impliquer dans le complot.

— Robert Dudley, comte de Leicester, est un très fidèle sujet. Jamais il ne comploterait contre moi.

— Pas même pour faire de sa fille la reine d'Angleterre, et du même coup tenir lui-même les rênes du royaume ?

Kate avait l'impression d'être happée dans une spirale vertigineuse. Celle qu'elle avait crue toute sa vie être sa mère n'était plus sa mère... Et son père ? Etait-ce vraiment le comte de Leicester ? Oui, son univers devenait fou...

— Vous m'accusez sans avoir aucune preuve, MacDarren ! gronda Elizabeth.

— Et la confession de Clara Merkert que James doit maintenant avoir lue ?

— Il l'a déjà brûlée et oubliée, j'en suis sûre. Ce freluquet qui guigne ma couronne ne souffrirait aucun obstacle entre lui et moi.

— Raison de plus pour protéger Kate et la reconnaître publiquement comme votre fille.

— Vous êtes fou ? Si ce que vous prétendez est vrai, croyez-vous que je désire révéler son existence après l'avoir cachée toutes ces années ?

— C'est le seul moyen d'assurer sa protection.

— Et le seul pour vous de vous approprier la couronne en son nom ! Vous êtes très rusé, mais vous ne...

— Assez ! coupa net Kate. C'est de moi qu'il s'agit ! Comment osez-vous chicaner sur mon sort comme deux chiens qui se disputent un os ?

Kate se tourna vers Elizabeth et demanda d'un ton décidé :

— Etes-vous ma mère ?

La reine resta silencieuse, alors Kate s'avança d'un pas.

— Répondez-moi !

— Kate, écoute, commença Robert.

La jeune femme se retourna furieusement contre lui.

— Ah, non, c'est toi qui m'écoutes ! Pourquoi ne m'as-tu rien dit ? Pourquoi m'as-tu laissée venir ici et apprendre... cela de cette façon ?

— Notre grand Robert le Noir n'était pas très sûr de ce qui l'attendait, je suppose, ironisa la reine, et il comptait un peu sur l'effet de surprise pour gagner la bataille.

— Laisse-nous, Robert, ordonna Kate. Je veux lui parler seule à seule.

— Je ne sais pas si c'est une bonne idée, Kate, répondit Robert d'un air soucieux.

— Laisse-nous seules !

— Eh bien, faites ce qu'elle dit, pour l'amour du ciel ! lança la reine avec exaspération. Je n'ai pas l'intention de lui faire de mal !

— Oh, ce n'est pas cela que je crains ! Au contraire ! répondit Robert en souriant.

Il gagna la porte en s'inclinant au passage devant Kate.

— Ménage-la, petite, lui recommanda-t-il. C'est ta mère, après tout...

— Quel insolent, ce pendard! marmonna Elizabeth d'un air courroucé. J'aurais mieux fait d'écouter Percy!

— Etes-vous ma mère? demanda à nouveau Kate. J'ai le droit de savoir. Depuis toujours on me ment, on se sert de moi, on me considère comme quantité négligeable! Alors, j'ai maintenant le droit de savoir la vérité. Etes-vous ma mère, Majesté?

Elizabeth ne répondit pas tout de suite. Puis...

— Je vous ai mise au monde, avoua-t-elle enfin.

Kate crut qu'elle allait perdre connaissance.

— Mais jamais je ne vous reconnaîtrai, continua la reine. Ce serait mettre l'Angleterre en péril.

— Vous allez donc m'abandonner une seconde fois?

— Vous n'avez manqué de rien.

— Si, d'un père.

— J'avais tellement envie d'un enfant. Un héritier. Quand Marie a eu James, j'ai cru mourir de jalousie. Mais ce n'était pas possible; j'ai dû faire un choix, et je ne le regrette pas.

— Pourquoi un choix? Parce que mon père avait des ambitions?

— Robert Dudley était très ambitieux. Ce n'est pas un défaut lorsque l'ambition est bien contrôlée. Et je sais de quoi je parle. Robert Dudley, c'est l'amour de ma vie. Il a été mon compagnon de jeu, mon amant, et aujourd'hui il est mon meilleur ami. J'étais si seule, Katherine! Mais je l'avais, lui!

— Pourquoi ne pas l'avoir épousé, alors?

— C'était le plus sûr moyen de le perdre, petite sotte! Je le connais; prince consort, le pouvoir lui serait monté à la tête, il en aurait voulu toujours plus et j'aurais été contrainte de m'en débarrasser.

— Il aurait fini la tête sur le billot comme ma...

Décidément, Kate avait du mal à réaliser que Marie n'était pas sa mère!

— Oui, avoua la reine. Cela m'aurait brisé le cœur, mais la raison d'Etat passe avant tout. L'Angleterre est ce qui compte le plus au monde pour moi. Je ne laisserai personne, vous m'entendez, essayer de détruire mon pays !

— Je n'en ai pas l'intention.

Kate alla vers la fenêtre. La tête lui tournait, et toutes ces révélations successives, en l'espace de quelques minutes, avaient fait naître un flot d'émotions difficiles à maîtriser. Elle éprouvait du ressentiment, de la colère, de la stupéfaction. Mais aussi, et cela l'effraya, d'une certaine façon, elle comprenait... La jeune femme resta un long moment immobile à tenter de retrouver son calme. Puis elle se tourna de nouveau vers la reine qui ne l'avait pas quittée des yeux.

— Vous n'êtes pas obligée de me reconnaître, mais envoyez une lettre à James, dites-lui que je suis votre fille, et promettez-lui qu'à votre mort il sera roi d'Angleterre. A une seule condition toutefois : qu'il ne cherche jamais à me nuire, ni à mon mari, ni à Craighdhu.

— Mes décisions m'appartiennent !

— Alors j'irai trouver mon père. Refusez ce que je vous demande, et je file tout droit aux Pays-Bas ! Et vous verrez que je ne suis pas un pion sur votre échiquier. Je saurai être persuasive, n'en doutez pas !... et à nous deux, nous vous renverserons ! Vous pourrez dire adieu à l'amant et ami de toujours !

— Vous ne feriez pas cela, murmura Elizabeth, sidérée.

— Je suis votre fille, ne l'oubliez pas, et capable de changer la face du monde si je le décide !

— Probablement. Mais vous ne changerez pas mon monde ! fit la reine avec ironie. En tout cas, je ne crois pas utile de nous affronter. Je pense pouvoir traiter avec James ainsi que vous le suggérez. Mais comment m'assurer que vous n'irez pas trouver Robert Dudley ?

— Je n'ai aucune envie de monter sur le trône d'Angleterre. Rassurez-vous, votre couronne ne m'intéresse pas !

— C'est Craighdhu et le forban qui vous attend dans l'antichambre qui vous intéressent ? Quel manque d'ambition !

— Le forban en question conduirait les affaires du royaume mille fois mieux que vous ! Quant à moi, j'ai l'ambition du bonheur. Ma vie à Craighdhu sera riche et bien remplie, et je ne serai pas obligée de confier l'éducation de mon enfant à des étrangers ! Ecrivez à James tout de suite, je veux rentrer chez moi à Craighdhu.

— Vous ne voulez rien d'autre, vous êtes sûre ?

Kate, qui s'était déjà éloignée vers la sortie, se retourna. Elizabeth l'observait avec une étrange expression. Sur son visage, Kate pouvait lire des sentiments aussi contradictoires que le cynisme, la tristesse et, hélas, un peu de malveillance.

— Moi, je n'en suis pas si sûre, murmura-t-elle. Je vous sens insatiable et féroce. Vous êtes ma fille, après tout...

Quel réconfort lorsque Robert lui prit la main, à peine la porte franchie ! Puis, à bord de la barque qui descendait la Tamise jusqu'au port, Kate raconta sa conversation avec la reine.

— Naturellement, je bluffais quand je disais que j'irais trouver mon père et qu'à nous deux nous la renverserions.

— Tu crois ? fit Robert avec un petit sourire.

Il la connaissait si bien !

— Non, je le pensais vraiment, convint-elle. Quand je me mesurais à Elizabeth, j'éprouvais une jubilation rare, j'avais le sentiment que tout était possible. Et je sais qu'elle aussi...

— Cela ne me surprend pas, vous vous ressemblez tellement.

— Je ne veux pas être comme elle, Robert ! Cependant, je crois que j'aurais pu l'aimer. Mais je ne la reverrai pas.

— La tentation serait trop forte, peut-être ? Aimerais-tu devenir reine d'Angleterre ? C'est tout à fait possible, et, si tu le désires, nous pouvons mettre le cap sur les Pays-Bas.

— Mais nous rentrons à Craighdhu, dit Kate d'un air surpris.

— Seulement si tu y tiens. Je savais quand je t'ai amenée chez Elizabeth que tu devrais peut-être prendre une décision.

— Et tu m'y as amenée malgré tout ?

— Tu as été suffisamment bernée dans ta vie, je ne veux plus de tout cela !

— Rentrons à la maison, murmura Kate, émue.

— Tu en es sûre ?

Soudain, Kate en eut la certitude, elle n'avait aucune envie de finir sa vie dans la solitude, comme Elizabeth :

— Je ne veux pas de cette gloire-là, Robert, dit-elle avec fermeté. Elle non plus n'en voudrait pas si elle savait tout ce qu'elle a manqué ! Moi, je ne désire que toi et Craighdhu.

Alors Robert se détendit. Pendant un instant, il avait cru que Kate pouvait encore lui échapper. La jeune femme le comprit à sa voix, devenue soudain plus enjouée.

— Je suis très honoré que tu renonces à une couronne pour moi, mon amour. Il n'y a pas plus beau compliment.

— Je ne pense pas qu'à toi, tu sais, répondit-elle, le cœur léger.

L'espoir revenait, elle ne voulait pas penser que ce bonheur n'était peut-être qu'un sursis. Ils rentraient chez eux et, ensemble, ils trouveraient le moyen de rester à Craighdhu.

— Je pense aussi à notre enfant, ajouta Kate avec un sourire radieux. Il sera né quand les phoques reviendront à Craighdhu l'an prochain…

Pour leur plus grand soulagement, le calme régnait à Craighdhu lorsqu'ils y débarquèrent. Toute la communauté leur fit un accueil triomphal. Sous ses airs bourrus, Deirdre ne cacha pas sa joie de revoir Kate. Gavin se rétablissait vite, dorloté par la gouvernante et Jeanie. Les ateliers de tissage fonctionnaient à merveille. Bref, Craighdhu respirait l'harmonie.

Robert parvint à s'extraire de la foule et arracha Kate à Deirdre qui voulait déjà l'entraîner vers ses occupations de châtelaine. Il l'emmena vers l'église.

— Où allons-nous ? lui demanda Kate.

— Nous marier. J'ai envoyé un message au prêtre pour qu'il soit prêt à nous unir dès notre arrivée.

— Nous sommes déjà mariés !

— Je veux simplement renforcer nos liens.

— Ils deviendront irrévocables.

— Ils ont été irrévocables pour moi dès l'instant où je t'ai vue sur ce chemin de terre, couverte de boue.

Comme elle s'arrêtait délibérément sur le seuil de l'église, Robert se mit à rire.

— Tu viens de défier une reine et tu hésites encore à prononcer quelques mots devant le curé ! Ecoute, Kate, dit-il, à nouveau sérieux. J'ai failli te perdre. Rappelle-toi ! Alec me traitait d'idiot parce que je ne t'avais pas épousée. Eh bien, je veux réparer cette erreur !

— Un mariage religieux, cela signifie que tu ne pourras plus me répudier, même en cas de nécessité.

— Et réciproquement. Si tu changes d'avis, si tu estimes que Craighdhu ne te suffit pas, il faudra que tu m'emmènes dans tes bagages. Alors, Kate, on se marie ? fit-il en lui tendant la main.

A ce même endroit, le soir du mariage de Gavin et Jeanie, Kate avait déjà pris sa main tendue. Ce soir-là, elle lui avait demandé sa confiance et un engagement. Et elle les avait reçus... Aujourd'hui, c'est lui qui demandait à Kate un engagement définitif.

— Oui, Robert de Craighdhu, dit-elle en prenant sa main.

ÉPILOGUE

Elizabeth écrasa l'Invincible Armada de Philippe d'Espagne. Cette victoire fut imputée à la puissance de la marine anglaise et à la sagacité d'Elizabeth, dont les talents diplomatiques furent une fois de plus démontrés lorsque la souveraine empêcha James d'Ecosse d'offrir son aide à la flotte espagnole en déroute au large de ses côtes. Bien que le comte de Leicester n'eût pas joué un rôle des plus glorieux dans la victoire, Elizabeth montra qu'elle lui conservait son estime en le nommant commandant de son armée.

Craighdhu
30 octobre 1588

Gavin entra dans la grande salle et se dirigea vers Kate, qui jouait avec Patrick devant la cheminée.

— Une lettre pour toi, Kate. Le messager est au port, il attend ta réponse.

— C'est de Robert ? demanda-t-elle, pleine d'espoir.

Mais, alors qu'elle se levait, le petit Patrick se mit à protester et commença, en geignant, à tirer sur la jupe de sa mère. Kate lui donna un soldat de bois et regarda Gavin venir vers elle.

Robert se trouvait en Irlande depuis deux mois. Il tentait de protéger leurs intérêts face à l'impitoyable Fitzwilliam, le représentant d'Elizabeth. C'était la première fois, depuis leur retour à Craighdhu, qu'ils étaient séparés si longtemps.

Elle fut fort déçue lorsque Gavin l'informa que le messager venait d'Angleterre.

— Tu boites à nouveau, remarqua-t-elle d'un air soucieux. Ta jambe te fait mal ?

— Un peu. Comme toujours quand le vent du nord souffle. Jeanie dit que je fais exprès, pour m'attirer les sympathies. Elle n'a pas tort... fit-il avec un sourire espiègle. Dis, Kate, si je boite un peu plus, tu me diras où tu as caché ma cornemuse ?

— Non, répondit Kate en prenant la lettre. Jock veut que tu ménages tes doigts pendant encore quelque temps.

— Mais ça fait plus d'un an ! protesta Gavin. Tu sais, ils ont retrouvé toute leur agilité. Je pourrai jouer aussi bien qu'avant.

— C'est justement ce que je redoute.

Kate cessa de sourire quand elle déplia le parchemin où ces simples mots étaient griffonnés d'une grande écriture autoritaire

Votre père est mort. Venez me voir.

Elizabeth

Kate n'avait désormais plus de moyen de pression sur Elizabeth... Lorsque Gavin s'étonna de sa pâleur soudaine, elle lui tendit la missive. Puis elle alla vers le bureau et prit une plume.

— Aïe, fit Gavin. Tu vas y aller ?

— Ai-je le choix ? J'y vais, bien sûr.

Elle écrivit quelques mots, scella le parchemin et le tendit à Gavin.

— Donne ceci au messager, et dis à Jock que nous partons sur-le-champ. Toi, tu restes ici pour empêcher Robert de me suivre lorsqu'il reviendra. Et demande à Jeanie de s'occuper de Patrick, s'il te plaît.

Lorsque Kate entra dans les appartements royaux, Elizabeth se tenait assise à la fenêtre, ses doigts caressant distraitement les cordes d'un luth. Elle paraissait si frêle subitement ! Elle avait le teint pâle, la peau parcheminée, et les yeux rougis par les larmes.

— Votre air de santé rayonnante fait honte à voir ! lança-t-elle avec aigreur.

— Je suis désolée. Je ne connaissais pas mon père, sa mort ne peut donc pas me causer de chagrin !

— Vous devriez tout de même avoir l'élégance de paraître inquiète !

— J'ai quelques inquiétudes, mais il n'est jamais habile de montrer ses faiblesses. Nous le savons, vous et moi.

— Exact, acquiesça la reine avec un sourire furtif. Je serai brève. J'ai pitié de vous, alors j'ai décidé de continuer à vous protéger. A une condition. Que vous veniez vivre à Londres.

— Impossible.

— C'est à moi que vous dites impossible ?

— Impossible, répéta Kate. Je ne quitterai pas Robert, et je ne lui demanderai pas de quitter Craighdhu. En outre, j'ai maintenant un fils, Patrick.

— Je sais. Faites-les venir eux aussi. Non... écoutez-moi avant d'émettre une protestation, ordonna Elizabeth. Je n'ai pas envie de confier mon pays à ce freluquet qui règne actuellement sur l'Ecosse. J'ai tenté toute ma vie de faire la fortune de mon royaume, ce n'est pas pour qu'un gredin le conduise à sa perte. En revanche, vous pourriez être à la hauteur de la tâche. J'ai donc décidé de faire de vous mon héritière. Nul doute que cela va causer des remous, mais à nous deux nous pourrons...

Elizabeth s'interrompit en voyant Kate secouer la tête.

— Vous refusez ? gronda-t-elle, outrée.

— Je ne veux pas la couronne.

— Balivernes ! Bien sûr que vous la voulez ! Tout le monde la veut.

— J'ai tout ce que je désire à Craighdhu. Cela dit, je pourrais fort bien changer d'avis. Qui sait ? fit Kate avec un large sourire. Vous devez donc, par précaution, continuer à assurer la protection de la future reine d'Angleterre. Cela vaut aussi beaucoup mieux pour vous.

Tant d'arrogance arracha un petit sourire à Elizabeth.

— J'aurais dû vous garder ici la dernière fois que je vous ai vue ! Vous découvriez le pouvoir, vous hésitiez, il m'aurait suffi de si peu pour vous faire dévier de votre route…

Kate, pour la première fois, ne protesta pas.

Elizabeth se cala dans son fauteuil d'un air las. Ses doigts effleurèrent les cordes du petit instrument de musique sur ses genoux. L'altière souveraine était redevenue une simple femme vieillissante qui avait du chagrin.

— Robert adorait la musique, chuchota-t-elle. Il m'avait offert ce joli petit luth. Il me faisait tant de cadeaux magnifiques !

— J'en suis sûre.

— Mais le plus beau cadeau qu'il m'ait jamais offert, ce fut… d'avoir su me faire rire. Il savait si bien me faire rire… murmura-t-elle, les yeux noyés de larmes. Eh bien, qu'attendez-vous ? L'audience est terminée. Vous pouvez vous retirer.

Kate fit une révérence et s'en alla vers la porte.

— Je vous ai donné le prénom de la dernière femme de mon père, dit Elizabeth. Katherine Parr avait été très gentille avec moi quand j'étais enfant.

Etrange révélation ! songea Kate. Mais il est vrai que cette entrevue avait été tout entière placée sous le signe de l'étrange ! Kate ouvrit la porte.

— Je l'aimais beaucoup…

L'ébauche d'un regret d'avoir abandonné son enfant… Elizabeth n'irait jamais plus loin. Kate ne pouvait pas oublier, les blessures et les rancœurs étaient toujours présentes, même si elles étaient un peu atténuées par le temps. Alors elle ajouta avec un sourire ironique :

— Je n'ai jamais aimé que l'on m'appelle Katherine. Appelez-moi plutôt Kate…

Craighdhu
29 avril 1603

Kate et Robert regardèrent Percy Montgrave escalader avec difficulté la colline dans leur direction. Il portait un objet enveloppé dans un châle.

Lorsqu'il arriva au bord de la falaise, il jeta un regard révulsé en direction des phoques qui étaient groupés en bas sur les rochers.

— Tempête et bêtes sauvages ! Exactement ce qu'il vous faut, MacDarren ! lança-t-il avec mauvaise humeur.

— Très juste, riposta Robert. Quel mauvais vent vous amène, Montgrave ?

— J'apporte un cadeau à votre femme, de la part de la reine, répliqua-t-il. Vous savez qu'elle est morte le 24 mars dernier ?

— Oui.

En apprenant la nouvelle, un curieux mélange d'émotions avait envahi Kate... Mais elle se sentit surtout submergée par la tristesse et les regrets.

Montgrave sortit un parchemin de sa poche, et le remit à Kate.

— Sa Majesté était alitée depuis une semaine lorsqu'elle m'a prié de vous remettre cette lettre en même temps que le cadeau. Et elle m'a chargé de vous dire que la musique recèle bien des trésors.

— Etait-ce son seul message ? demanda Kate, déçue.

Qu'attendait-elle donc ? Elizabeth ne lui aurait sûrement pas fait de tendres adieux, elle aurait encore moins admis ses torts vis-à-vis de sa fille...

— Estimez-vous heureuse qu'elle ait fait l'effort de vous écrire, rétorqua sèchement Percy. Elle était malade, vous savez, et très fatiguée... elle n'était plus que l'ombre d'elle-même... Ce n'était pas une personne facile, mais elle va profondément me manquer ! La vie paraît déjà bien vide sans elle. Maintenant, je vous prie de m'excuser, je dois regagner la cour sans tarder. James s'est mis en route pour Londres dès qu'il a appris la mort d'Elizabeth. Ce n'était guère avisé de ma part de quitter le palais avant son arrivée, mais j'avais des devoirs à rendre à ma souveraine. Respecter ses dernières volontés était pour moi primordial.

Percy s'éloigna et Robert le suivit des yeux.

— Non, ce n'était guère avisé de sa part, répéta-t-il, songeur. Maintenant que James est roi d'Angleterre, la cour de Londres doit ressembler plus que jamais à un panier de crabes...

La lettre était courte, l'écriture mal assurée.

Kate,

Je donne rarement une seconde chance, mais je te dois peut-être réparation. J'ai laissé entendre à mon entourage que j'avais choisi James pour me succéder, mais je n'en ferai la déclaration ni verbale ni écrite. James recevra un exemplaire du document que tu trouveras à l'intérieur de ce luth ; un autre exemplaire sera adressé à l'archevêque de Canterbury pour qu'il le garde en sécurité, avec pour mission de ne l'ouvrir que sur un ordre de toi.

Si tu es avisée, tu utiliseras ce document comme moi, je l'aurais fait. Si tu es déraisonnable, comme je le crois, tu le garderas simplement comme garantie à utiliser contre James si par malheur il cherchait à te nuire.

Elizabeth

Robert ôta le châle qui enveloppait l'instrument de musique et sortit le parchemin caché sous les cordes. Il le déroula et le parcourut des yeux.

— C'est le testament d'Elizabeth, te nommant héritière du trône. C'est aussi une sorte de tentative de réconciliation... Que veux-tu faire ? s'enquit Robert.

Kate contempla pensivement le paysage marin sous ses yeux. La vie continuait, là, en bas, sur les rochers gris.

A nouveau, il lui était offert de faire pencher la balance du côté de la gloire : la puissance et les honneurs en échange de Robert et d'une vie de famille harmonieuse... une vie heureuse qu'aucune menace n'avait pu jamais altérer.

Il n'y avait pas à hésiter. Kate remit le testament d'Elizabeth dans sa cachette.

— Je crois que nous devrions donner ce luth à Patrick.

Elle embrassa tendrement son mari sur la joue et glissa son bras sous le sien.

— Nos oreilles auraient bien besoin d'un peu de répit. Gavin a enseigné la cornemuse à notre fils, mais l'élève promet de jouer plus mal encore que le professeur...

Découvrez les prochaines nouveautés de la collection

Amour et Destin

Des histoires d'amour riches en émotions déclinées en trois genres :

Intrigue ***Romance d'aujourd'hui*** ***Comédie***

Le 3 juin *Romance d'aujourd'hui*

Un cœur sauvage

de Robin Wells (n° 6831)

Celeste hérite par hasard d'une maison en Louisiane, mais aussi d'une véritable ménagerie qu'elle s'engage à garder. L'idée lui vient de créer un zoo. Ce pourrait être l'endroit idéal pour les pique-niques en famille, les anniversaires… Rand, son voisin, souhaite acheter cette propriété et tente par tous les moyens de la dissuader de s'y installer. La maison est vétuste, il n'y a guère d'enfants dans les environs et tout cela va lui coûter très cher. À Celeste de prouver à cet homme séduisant qu'il se trompe et que là se trouve leur destin…

Le 10 juin *Intrigue*

Rattrapée par son passé

de Mariah Stewart (n° 7307)

Simon Keller, journaliste, pense tenir le scoop du siècle : Graham Hayward, ancien président des États-Unis, a une fille illégitime ! L'enjeu politique est considérable puisque le fils de Graham convoite la Maison blanche. Simon décide alors de ne dévoiler ce secret qu'à l'enfant cachée. Mais il n'a pas tout prévu : la fillette, Dina, est devenue une belle et brillante jeune femme. Et depuis qu'elle connaît la vérité, le danger rôde : elle est victime d'un malade bien décidé à l'éliminer…

Le 24 juin *Comédie*

Alex & Nick… et Simon aussi

de Amanda Lees (n° 7308)

Alex est dans tous ses états : elle craque pour Nick, beau gosse célibataire au passé de baroudeur qui a écumé l'Extrême-Orient. Mais voilà, Nick emménage chez Simon, le meilleur ami d'Alex, photographe de renom résolument gay. Et, bien entendu, Simon est fou de son nouveau colocataire. Non, décidément, Alex n'a aucune chance d'attraper cet Apollon dans ses filets…

ainsi que les titres de la collection

Escale Romance

De nouveaux horizons pour plus d'émotion

Le 5 mai

Dernière croisière

de Ève Saint-Benoit (n° 6918)

Angela Rose va interviewer l'acteur glamour Michael Jones sur son somptueux bateau ! Oui, mais elle doit se faire passer pour l'autre, la célèbre journaliste qui s'est cassé la jambe. Et si Michael comprend qu'elle n'est pas qui elle prétend être, c'est la catastrophe ! Angela n'a qu'un souhait : poursuivre la croisière avec cet homme charmant et pourtant, à tout moment, le yacht peut repartir sans elle...

La maison du mensonge

de Laurence Brunner (n° 6919)

De retour d'un reportage en Amazonie, Samuel fait la connaissance du richissime La Sierna. Il lui propose une fortune en échange d'un service : retrouver sa nièce, Kora, qui a quitté la maison familiale du Venezuela pour vivre en France. Sous une fausse identité, il se fait engager par le quotidien où Kora travaille. Envoyés sur l'île de Chevrey pour une chronique, ils partagent de doux moments intenses et intimes. Samuel pourra-t-il cacher longtemps qui il est vraiment ?

Un amour en eaux troubles

de Liza Murray (n° 6910)

Le commandant de *L'Alysé* tend la main à Bonnie et se présente en lui souhaitant la bienvenue à bord. La voix est chaude, mais le regard glacial. Kent s'est vu imposer la présence de cette journaliste à bord de son bateau. Et quelle journaliste ! En jupe et talons hauts pour un reportage sur les baleines grises ! Si cet homme s'arrête à ça, tant pis pour lui... D'accord, Bonnie n'a rien d'une écologiste militante, mais elle est professionnelle. Et elle ne se laissera pas intimider par cet océanographe dédaigneux et méprisant.

4477

Composition Nord Compo
Achevé d'imprimer en France (La Flèche)
par Brodard et Taupin
le 21 avril 2004. - 23427
Dépôt légal avril 2004. ISBN 2-290-33866-4

Éditions J'ai lu
84, rue de Grenelle, 75007 Paris
Diffusion France et étranger : Flammarion